On Writing: A Memoir of the Craft

史蒂芬·金談寫作

史蒂芬·金——著
石美倫——譯

作者註記

除非有特別聲明到歸功於誰，
否則書中所呈現的例子不管是好的、
邪惡的，都是由作者本人所撰寫。

引言

誠實是最好的策略。

——賽萬提斯（Miguel de Cervantes）

說謊者得勝。

——佚名

Contents | 目錄 |

——導讀

A tranquillizing spirit presses now
On my corporeal frame, so wide appears
The vacancy between me and those days,
Which yet have such self-presence in my mind,
That, musing on them, often do I seem
Two consciousness, conscious of myself
And of some other Being.

The Prelude, Book 2, Wordsworth

閱讀寫作：進入小說家的兩個自我

陳超明

英國浪漫詩人Wordsworth在其自傳長詩（The Prelude序曲）中談論詩人如何以現在的我來看過去的我，分析其回憶童年往事的心理過程。他認為回顧過去，似乎出現兩個自我：現在的我與過去的我，兩個我有很大的距離與空間的存在，而且這兩個自我都有很強的意識存在。這種自傳式的寫作或是兩個自我對話的回憶錄近年來常成為美國當代作家的寫作文體之一，這種建構在事實陳述上的散文敘述或是小說敘述，一方面滿足作家將自己化成故事中主角（hero）的渴望，一方面也透露出讀者對名人內心世界經驗的窺視心態。作者游離於兩個自我，以過去的自我來肯定現在自我的價值與成就。

史蒂芬．金這本《史蒂芬．金談寫作》（*On Writing*）就是在這種架構下的寫作回憶錄。作者一反傳統寫作技巧的客觀書寫形式，而是將自己本身放在透視鏡下，成為敘述中的主角，解剖主角的形成與追尋創作的成就，有如傳統的成長小說或是古典作品中的自我追尋。作者利用回憶文學的手法，將過去的我與現在的我互相對話，將兒時的幻想、青少年的叛逆與成長後的生活掙扎，納入寫作生涯軌跡之中。從自我學習到閱讀他人作品以及整個社會文化的脈動，都是小說家如何訓練寫作的重要過程。

整本回憶錄共分成六章，其中前三章陷入作者回憶中所建構的幻想與兒時世界中，我們可以很清楚的看出史蒂芬・金搞怪及想像力運作的一面。他常常提及如何獲得靈感，如何將靈感改成文字來呈現。真正提到寫作技巧及寫作訓練的，應該從第四章開始。一般來說，寫小說其實最重要的是「故事」，一個好的故事才是小說的精髓。史蒂芬・金一開始在此章不提構思，反而鼓勵我們應該要養成隨時閱讀的習慣，永遠帶一本在身上；閱讀是激發靈感與磨練文字的最佳管道。對於故事本身，史蒂芬・金指出：「生活總會有些意外！」好的故事常常不自覺的發生，也發生在你我周遭的空間中，一旦發覺了生活中的意外，故事本身會自我創造，自然形成一個令人驚喜的小說。

史蒂芬・金在序言說，教人如何寫作的書，其實大都是胡說八道，因此他這本書不想重踏覆轍，他想另開別徑，以自身的故事告訴讀者，寫作是怎麼回事。因此這本論寫作的書，以寫作為情節，以作者本身為英雄，開啟了一頁頁作家英雄探索寫作，追尋故事的旅程（odyssey）。全篇文字以輕鬆幽默的口氣，討論寫作與閱讀的情境，並不時引用自身的經驗及周遭的事物來分析寫作的要素。這種寫作的風格，將說理及敘述融於一體，著實開創了非小說類的迷人之處。文字貼近口語，敘述有如話家常，片段不連貫的章節恰如回憶的縮影，也像是小說家的日記剪貼。然而其內容充滿知性與經驗，有如一本小說，卻又無小說的虛幻情節。

史蒂芬・金以恐怖及驚悚小說席捲全球小說市場，然而此本論寫作的回憶錄讓我們見識作者如何從平實的生活中發揮想像力，並利用精鍊的說故事技巧（如情境的鋪陳、象徵的使用等）來牽動全球讀者的心。這是一本「現在的史蒂芬・金」與過去的「史蒂芬・金」兩個自我精彩的互動，可讀性十足，不但可以瞭解作者成長的家庭與文化的氣息以及自我磨練的一些點點滴滴，更可以品嚐小說家以說故事的方式來「聊」寫作。想要知道恐怖小說家的內心世界與創作方式，應該來細讀此書。當然，品味史蒂芬・金在這本書中的「說」寫作，也有如閱讀一本閒話美國六、七〇年代文化的散文敘述。

（本文作者為政治大學英文系教授兼外語學院院長）

——推薦序

你認識史蒂芬・金（Stephen King）嗎？

林尚威

「要是有人和我一樣賣了這麼多本小說，他自己必定有值得一提的事情可以寫。」
「這是一本薄的書，因為大部分教寫作的書都滿紙胡說八道。」

——史蒂芬・金談出版本書的動機

近年來，大部分的台灣民眾漸漸傾向於透過另一種管道去認識國外的作家及其作品——先輕鬆的看電影，根據內容的精彩與否，之後才有進一步的興趣去瞭解相關原著。這樣的模式已成為大多數現代人吸收文學的主要方式。不論是《藝妓回憶錄》（Memoirs of a Geisha），或是《時時刻刻》（The Hours）等，相信在電影上映之前就已經讀過小說的人並不在多數。於是，一部好看的原著改編電影可以讓一個作家在台灣大紅大紫，讓書商瘋狂引進相關作品。但可憐的史蒂芬・金，這一位美國最暢銷、最富有的小說家，同時也名列《富比士》全球娛樂業最具影響力的四十位名人之一，近年來卻一直沒有代表性的電影作品讓他被台灣民眾認識。二〇〇三年的《捕夢網》（Dreamcatcher）雖然主打史蒂芬・金的名號，但悽慘的賣座以及改編不甚成功的劇情卻讓台灣觀眾再次加深對史蒂芬・金的刻板印象——一個老是與B級恐怖片扯上關係的作家。好在台灣的出版業在這一兩年來漸漸以傳統的方式，引進史蒂芬・金最暢銷的作品來開拓台灣讀者的市場。前年出版的《四季奇譚》，成功的運用「《刺激一九九五》原著」的行銷策略，讓許多原本愛好該部電影的讀者，進而成為史蒂芬・金的書迷。而也有越來越多的台灣讀者，對這位美國家喻戶曉作家的作品有新的認識與興趣。

在美國，從《魔女嘉莉》（*Carrie*）一書以降，史蒂芬・金證明了原來恐怖小說家也可以賺大錢，而《四季奇譚》則證明了他的吸金領域可以橫跨到一般通俗小說。而寫了快三十年的恐怖小說，伴隨其深植美國民眾文化與日常生活的影響力，最後還讓史蒂芬・金贏得了二〇〇三年度美國文學傑出貢獻獎章，這也是美國圖書基金會第一次把這樣崇高的榮譽授予一位恐怖小說作家。其實，這位作家本身的崛起過程，其曲折性絕不亞於他自己構思的小說劇情。在寫了五十多本小說，賣了這麼久的關子，史蒂芬．金終於在大難不死的一場車禍之後，開始著手完成他自己的傳記。但脾氣古怪的他，也不離老本行——英文老師的使命感，硬是把自己的自傳結合他從未透露的寫作技巧，一起結合付梓上市。姑且不論是為了多賺一筆版稅，或許是感於自己快要封筆了（雖然他說了不下幾十次），而想要把自己寫作的精華傳承後世，史蒂芬．金確實是大大方方的把自己過去十年來狂印鈔票的技巧，詳細記載在這本書裡。

因此，商周這次重新出版的《史蒂芬．金談寫作》，書名看來似乎是一本教人英文寫作的教科書，但實際上卻是這位美國最受歡迎的傳奇小說家，結合自傳以及寫作心得的另類小說。畢竟，一個曾經在洗衣店打工，清掃女生廁所的落魄高中英語教師，透過曾經被他扔在垃圾桶裡的草稿而一夕成名致富的故事是挺戲劇化的。本書的前半段由史蒂芬．金以戲謔風趣的口吻，詳細的描述他的悲慘成長背景，從小時候被父親以買香菸為由棄養開始，年少開始構思恐怖小說的點子，投稿退件的過程，到靠《魔女嘉莉》一書開始奠定他在恐怖小說界的地位，以及名利雙收之後的酗酒、墮落，到重新振作，但又離奇的發生去掉他半條命的嚴重車禍，在本書都有詳細的介紹。而我個人覺得最有價值的，則是史蒂芬．金在這本自傳中，詳細的介紹他每一本小說的誕生動機與寫作背景。例如《閃靈》中的主角傑克，其實是描寫史蒂芬．金那段曾經接近酒精中毒的荒唐日子。這些介紹相當於電影所謂的「幕後花絮」，讓讀者在日後閱讀他的小說時，更能體會不同的趣味。

本書的後半部，則進入到本書的主題：寫作指導。不過千萬別誤會史蒂芬．金會大談修辭與文法規則，事實上作為一個暢銷作家，史蒂芬．金本人是非常厭惡墨守文法規則的。因此，這部分同樣也是用輕鬆幽默的敘事口吻，教導後輩如何寫出生動並撼動讀者的小說。不同於中國文人自古相輕的習慣，史蒂芬．金總是鼓勵作家除了多寫以外，還要多讀其他的通俗與經典文學。不論是磅薄大作《魔戒》、廣受歡迎的《MIB星際戰警》，或是經典文學作品《蒼蠅王》，都名列史蒂芬．金所推薦的書單上。匯集了名家的精髓，這也無怪乎史蒂芬．金每部作品的寫作風格總是截然不同，毫無脈絡可循，但卻又能讓讀者在大快朵頤之後能有如醍醐灌頂般的過癮。

想要瞭解史蒂芬・金的生平、相關作品，以及他的寫作思路與技巧，這本《史蒂芬・金談寫作》絕對是一本不可多得的好作品。放鬆心情，開始品嚐第一頁吧！因為它並不是一本嚴肅的勵志傳記，而是一部讀來詼諧莞爾，史蒂芬・金為自己精彩生平所撰寫的另類小說喔！

本文作者介紹

一九七六年生，台灣大學化工所畢業。曾任台積電資深工程師，美商半導體公司專案經理，現於美國芝加哥大學商學院攻讀MBA碩士。曾創立台灣第一個史蒂芬・金網站 http://www.tacocity.com.tw/swlinb，並致力推廣史蒂芬・金及其作品在台灣的復興。

序一

九〇年代初期(可能是九二年吧,當日子過得不錯的時候,時間總是記不太清楚),我加入了一個大部分由作家組成的搖滾樂團。搖滾本質庫存樂團(Rock Bottom Remainders)是凱西・卡門・高德馬克一手創建,他是一位來自舊金山的書評家和音樂家。樂團成員有吉他手大衛・貝瑞,貝斯手雷利・皮爾森,鍵盤手芭芭拉・金索爾沃,曼陀林手羅柏・福羅漢,我是負責節奏吉他。還有個仿效南方酒杯樂團(Dixie Cups,編按:美國黑人樂團,由三個表姊妹組成)的「俏妹三重唱」,成員(通常)有凱西、泰德・巴迪摩斯以及譚恩美。

樂團本來有意來個僅此一次的表演,在全美書商大會上做兩場演出,博君一笑,重拾三、四個小時虛擲的青春時光,然後即分道揚鑣。

結果這樣的事情並沒有發生,因為樂團從來就沒有真的解散。我們發現我們實在是太愛在一起玩音樂,以至於欲罷不能,還有好幾個「槍手」樂師擔任薩克斯風手和鼓手（加上我們早期的音樂宗師阿拉・古柏，是我們樂團的核心人物），我們的音樂聽起來相當不錯。你會願意付錢來聽我們的演出，不是太多，不像U2或E街樂團（E Street Band）那樣的票價，但也許是早期說的那種在小酒館現場演出的「走唱價」（roadhouse money）。我們四處巡迴演出，出了一本書以茲紀念（我太太負責拍照，興起時也會跳支舞，其實她還滿常跳的），並持續的偶爾表演幾場，有時是以庫存樂團的名義，有時則是稱作雷蒙・布爾的腿。樂團裡的成員來來去去——專欄作家米契・艾爾柏取代芭芭拉擔任鍵盤手；而艾爾不再隨團演出，因為他和凱西處不來。但是核心人物仍然是凱西、恩美、雷利、大衛、米契・艾爾柏和我……，加上鼓手喬許・凱力和吹薩克斯風的艾爾斯莫・帕洛。

我們因為音樂而聚合，但我們也因為友誼而聚在一起。我們彼此互相欣賞，也高興有此機會聊聊彼此真正的工作——那些別人總叫我們不可以輕言放棄的正職。我們都是作家，但從不過問彼此靈感從何而來，因為我們很清楚我們自己也不知道答案。

某一晚，當我們在邁阿密海灘演出前吃著中國菜時，我問恩美每次在作家講壇後幾乎都緊隨而來的「答客問」時間裡，有沒有哪一個問題是她從來沒有被問過的——那種當你站在一群對作者痴迷的書迷面前，假裝你不是那種一次只能從一邊褲管開始穿起的一般人時，從來沒有機會回答的問題，恩美停了半晌，仔細地想了一下然後說：「從來沒有人問過措辭的問題。」

我對她的答案報以萬分的感謝，當時，我想要寫一本和「寫作」有關的小書已經超過一年多了，之所以遲遲未動筆是因為我不相信自己的動機——為什為想寫一本和寫作有關的書呢？是什麼內容讓我覺得值得我書寫？

答案很簡單，要是有人和我一樣賣了這麼多本小說，他必定有值得一提的事情可以寫，但是這顯而易見的答案卻未必是事實。山德斯上校（Colonel Sanders，譯按：肯德基炸雞的創始人）的炸雞廣受好評，但我不確定有人會想知道他是如何製作炸雞。如果我冒昧到要告訴大家如何寫作，那應該要有比「我受歡迎」更好的理由。換言之，即使像這本書一樣短，我也不想寫一本書會讓我覺得自己像個文學的吹牛者，或是一個自命不凡的混蛋。市面上已經有夠多諸如此類的書——和作家了。

但恩美是對的：沒人問過措辭。大家會問狄尼羅（Don DeLillos，編按：美國當代作家，得過國家書卷獎，以《美國》一書聞名）、厄普代克（John Updikes，編按：美國當代作家，以短篇故事以及《野兔子》系列書聞名）和史提洛斯（William Styrons，編按：美國當代作家，長期遭受憂鬱症的困擾，小說主題也多以此為主題），但就是沒有人會問暢銷小說家。但我們這些無產階級作者也以我們謙虛的方式關心語言的表達，並且熱切地關注在紙上說故事的藝術及技巧。接下來，我嘗試用簡單扼要的方式，表達我如何獲得寫作技巧，我現在所知道的技巧，以及它們是如何運作。這是關於我的工作，這也是關於措辭。

僅將本書獻給譚恩美，是她以非常簡單直接的方式告訴我，可以去寫一本這樣的書。

序二

這是一本薄的書，因為大部分教寫作的書都滿紙胡說八道。小說家們，包括現今的那群人，通常都對他們自己做的事一知半解——做得好的時候是哪裡做得好、做得不好的時候又是為什麼做得不好。因此我領悟到這本書要是寫得越短，就會越少一些胡說八道。

威廉・史川克（William Strunk）和懷特（E.B. White，編按：著有《夏綠蒂的網》）的《風格元素》（*The Elements of Style*）是這堆胡說八道慣例裡唯一著名的例外。那本書裡幾乎沒有任何明顯的廢話。（當然，它很薄，八十五頁的頁數比起本書還薄得很。）我現在告訴你，每一個有理想抱負的作家都應該去看《風格元素》。在「作文的原則」那一章裡，第十七條原則是「刪除不必要的文字」。我將在此試著去身體力行。

序三

有一條規則將不會在本書的其他部分直接點明：「編輯永遠是對的。」自然而然的是沒有作家會完全採納編輯的忠告；為此，他們總是違背和短缺了編排上的完美。換言之，寫作是人，編輯如神。查克・威瑞爾是本書的編輯，我的許多小說也是出自他手。依照慣例：查克，你是上帝。

Chapter

1

履歷

瑪麗·卡爾（Mary Karr）的回憶錄《大說謊家俱樂部》（*The Liar's Club*）令我目眩神迷，不只是因為它的殘忍、優美，以及她對方言運用的精準描述，而是它呈獻出來的完整性。她是一位能記住自己早年生活中「每一件芝麻小事」的女性。

我就不是那樣，我有一個詭異又雞飛狗跳的童年，生長在單親家庭的我，小時候四處搬家。雖然我不是很確定，但我母親似乎曾經因為經濟和情緒因素無法應付，把我和我哥送到阿姨家住過一陣子。但也許她只是去尋找那個欠了一屁股債，最後在我兩歲、大衛四歲時逃之夭夭的父親。如果事情真是這樣的話，我媽終究沒有成功地找到他。我媽尼莉·露絲·皮爾斯貝瑞·金，是一名美國早期自由解放運動中的婦女，不過那並不是出於她自己的選擇。

瑪麗·卡爾近乎完整無缺地描述她童年的全景，而我的童年記憶卻像是霧中的風景畫，零星的記憶片段像是一棵棵與世隔絕的樹木——那種看起來好像會把你抓起來吃掉的樹。

接下來就是一些這樣的記憶，加上我對青春期和青年時期一些比較完整的短暫回顧。這並不是我的自傳，反而比較像是履歷——用意是讓大家瞭解一個作家是如何形成的，而不是一個作家是如何被「製造」出來的；我不相信作家是「能夠」被製造出來的東西，不管是因為時機的因素，或是個人的志向（雖然我也曾一度相信這些東西）。「才華」其實是來自原始的本能，但並非是一種不平凡的天分。我相信絕大多數的人多少都有一些寫作或說故事的能力，而這些能力是可以被加強和磨練的。如果我不相信這樣的說法，那寫這樣一本書只是在浪費時間。

對我個人來說，事情就是這樣——一種集結成長的過程讓企圖心、欲望、運氣，和少許的才華各自扮演一部分的要素。不用試著去解讀字裡行間的意義，也不用想要找到一句完整明確的句子。這裡沒有必須依循的線條——只有一些片段的回顧，而且大部分還焦點模糊。

1

我最早的記憶是把自己幻想成另外一個人——老實說，是幻想自己是瑞麟兄弟馬戲團（編按：創於十九世紀的美國著名馬戲團）中的大力士，事情是發生在緬因州艾瑟琳阿姨與歐瑞姨丈家，阿姨對此事記得非常清楚，她說那年我大概兩歲半或三歲左右。

在車庫角落裡我發現了一個水泥空心磚，並設法將它撿起。我抬著磚塊緩緩地穿越車庫裡平滑的水泥地板，但是在心裡，我幻想自己身上裹著獸皮背心（也許是豹皮吧），抬著磚塊穿過馬戲團的中央圓心；周圍群眾鴉雀無聲，一盞藍白色的聚光燈打在我引人注目的動作上。觀眾驚訝的表情說明了整個故事：他們從沒有見過如此強壯的小孩。「這孩子才兩歲大而已！」有人不可置信地竊竊私語。

然而我渾然不知當時黃蜂已在那空心磚的下半部築了個小小的巢，其中一隻黃蜂因為移動而被激怒，飛出來螫我的耳朵，那痛是如此鮮明，有如一個惡毒的啟示，也是我小小生命中所經歷過最大的痛，但那只在最初幾秒鐘。當我將空心磚砸在我光溜溜的腳上，壓傷了五隻腳趾頭時，我已經把黃蜂螫咬的痛完全拋諸腦後。我不記得我是否有被送去看醫生，艾瑟琳阿姨對此也沒有印象（歐瑞姨丈，那邪惡空心磚的主人已去世快二十年），但是她仍記得我被黃蜂螫傷、被砸爛的腳趾頭，和我當時的反應。「史蒂芬，你那天叫得多慘啊！」她說，「你那天的嗓音真是不小。」

2

大概一年多以後，我母親、我哥和我在威斯康辛州的西帝培瑞。我不知道我們為何會在那裡。我母親的另一位姊妹卡爾（二次大戰期間的選美皇后），與她那嗜飲啤酒的丈夫居住在威斯康辛州，我媽也許是想要搬到離他們近一點的地方吧！如果是這樣的話，我卻不記得有常看見威瑪斯一家人。事實上，是他們家的任何一個人。當時我母親在工作，但是我也不記得是什麼工作了，有可能是麵包店，不過那應該是稍晚當我們搬到康乃狄克州，住在另一位阿姨路易絲和她的丈夫弗瑞德家附近時候的事（弗瑞德是個不喝啤酒，也不怎麼令人愉快的人；他是個留有海軍平頭的老爹，總是驕傲地開著他的跑車卻打不開篷頂，天知道是為什麼）。

我們住在威斯康辛時請過好多個臨時保母，我不知道他們的離開是因為大衛和我太過難纏、找到薪水更好的工作，或是我媽堅持的高標準超過他們可負擔的程度；我只記得我們曾經換過好多位保母。我唯一印象深刻的是烏拉，她也可能叫比烏拉吧！她才十來歲，噸位大得和房子一樣，而且很愛笑。即使我才四歲都能感覺得到，烏拉／比烏拉很有幽默感，但卻是帶有「危險性」的幽默感——她每一個拍手、扭臀、搖頭晃腦的大笑後面，好像都潛藏著暴風雨般的威力。每當我在電視上看到，隱藏式攝影機所拍下真實世界中的奶媽或保母忽然拍打小孩的畫面時，總讓我回想起那段和烏拉／比烏拉共處的時光。

她對我哥是否也和對我一樣嚴格？我不知道。我哥幾乎沒有出現在我這些回憶的畫面之中。況且，他被烏拉／比烏拉颶風的可怕暴風圈掃到的危險也比我小；他當時六歲，正在就讀小學一年級，一天內大部分的時間裡他都在可能被砲擊的範圍外。

烏拉／比烏拉會一邊講著電話，和別人談笑著，一邊招手要我過去。她會抱我、搔我癢，逗我發笑，然後還是笑笑地，用力從頭上把我推倒，再用她的光腳丫子搔我癢，直到我們倆都再次笑出來。

烏拉／比烏拉有常放屁的傾向——那種又臭又響的屁。有時當她實在無法忍耐時，會把我丟在長椅上，把她那穿著毛線裙的大屁股蓋在我的臉上，高興得大叫。「噗！」而我就會像被掩蓋在沼氣的煙火中。我記得當時眼前一片漆黑，感到快要窒息，但是卻笑個不停。因為雖然發生的事情有些可怕，但同時也有幾分有趣。從許多方面來講，烏拉／比烏拉訓練了我日後面對文學評論的準備。經歷過一個兩百磅重的保母在你臉上放屁，並大叫「噗！」之後，《村聲》（*The Village Voice*）比起來實在就沒那麼恐怖了。

我不知道其他保母發生什麼事，不過烏拉／比烏拉最後被炒魷魚的原因是因為蛋。有一天早晨，烏拉／比烏拉煎了一顆蛋給我當早餐，我吃完之後又跟她要了一個，烏拉／比烏拉煎了第二個蛋給我，並問我還要不要。她的眼神中似乎說：「小史蒂芬，我諒你也不敢再要一個了。」然而我又開口要了一個又一個。在吃完第七個蛋之後我停下來，我想——七這個數字清晰的留在我腦中。我不記得是因為蛋用光了，或是我被弄哭了，再不就是烏拉／比烏拉被嚇到了。不過幸好這遊戲是結束在數字七，七個煎蛋對一個四歲小孩而言，實在是太多了點。

一開始我覺得還好，沒多久我開始吐得滿地都是，烏拉／比烏拉見狀大笑，她拍我的頭，並把我丟進衣櫥裡把門鎖上。噗！如果她把我鎖在浴室裡，也許還可以保住她的工作，但她沒有；至於我，我真的並不介意待在衣櫥裡面，衣櫥雖然很黑，卻飄著我媽的蔻蒂牌香水味，而且還有一絲柔和的光線從門縫底下透進來。

我爬到衣櫥後方，媽媽的大衣和洋裝掃過我的背。我開始打嗝——又長又大聲的嗝灼熱似火。我雖然不記得了，但我的胃一定很不舒服，因為當我張嘴準備打上另一個灼熱的嗝時，我卻反而吐了出來，而且全部吐在我媽的鞋子上。這是烏拉／比烏拉的終曲。當我媽那天下班回到家，保母正在沙發上打盹，而小史蒂芬被鎖在衣櫃裡，睡覺時頭髮上還沾有乾掉的、消化到一半的煎蛋。

3

我們在西帝培瑞的生活時間很短，也不怎麼圓滿。當一位鄰居看到我那六歲的哥哥在屋頂上爬來爬去而叫來了警察，我們就被趕出我們住的那間三樓公寓。我不知道事情發生時我媽在哪兒，也不知道那星期的保母是誰。我只記得我在浴室裡，赤腳站在熱水器上，看著我哥是會從屋頂上跌下來或是平安地回到浴室來。他後來安然無恙的回到家中。他現年五十五歲，住在新罕布夏州。

4

在我五、六歲時，我問我母親是否曾看過有人死掉，她說有，她曾親眼見到一個人死亡，也曾聽到過另一個。我問她怎麼能聽到一個人死掉，而她告訴我，一九二〇年時，有一個女孩在普魯特海峽（Prout's Neck）溺斃。她說這個女孩游過了海溝，沒辦法游回來，於是她開始大聲呼救。幾名壯漢想去救她，可是當天海峽內洶湧強勁的暗潮，迫使他們回到岸邊。最後大家只能站在一旁，現場的觀光客和居民，其中包括一位十來歲後來成為我母親的少女，大家等待著那艘後來始終沒有出現的救援船隻，他們聽到女孩呼救到筋疲力竭而沉進水底。我母親說女孩的屍體後來被沖到了新罕布夏州。我追問那女孩多大，我媽回答她十四歲。然後念了一段漫畫書給我聽後，就打發我上床睡覺。在另外一天，她告訴我她親眼見到的那次事件——有個船員在緬因州波特蘭市的葛蘭莫飯店，從屋頂跳了下來，摔落在街道上。

「他粉身碎骨，」我媽用她最實際的語調這樣說。她停了一下，然後補充說，「從他身上流出來的東西是綠色的，我永遠都忘不了。」

媽，我想我們倆都忘不了。

5

小學一年級時，原本應該上課的九個月裡我大部分是在病床上度過的。我的問題一開始是痲疹——一種再平常不過的病症——只是後來情況愈來愈糟。我一次又一次地誤以為自己得的是一種叫「斑紋喉」的病。躺在病床上的我喝著冷水，想像我的喉嚨裡布滿了紅白交錯的紅斑紋（這也許跟事實相去不遠）。

後來我的耳朵也受到感染，一天，我媽叫了計程車（她不開車），帶我去一位大牌到從不出診的醫師那裡就診——一位耳朵專科醫生（基於某些理由，我想這種醫生叫做耳鼻喉科醫生）。我根本不在乎他是專長看耳朵還是看屁股，我那時發高燒到攝氏四十度，每次吞嚥口水，側臉就痛得像被點唱機唱針敲打。

醫生檢查我的耳朵，花了大部分時間（我自己覺得）在我的左耳。然後他要我躺在診療台上。「小史蒂芬，頭抬起來一下。」護士小姐說，並放了一大塊吸水布——有可能是塊尿布——在我頭下，所以當我再躺下時，臉頰可以靠在上面。我當時應該就要猜到事有蹊蹺（something was rotten in Denmark，語出莎士比亞的《哈姆雷特》），誰知道，也許就是我。

診療室裡飄散著一股刺鼻的酒精味，醫生打開他的消毒器時，發出刺耳的聲音。我看到他手裡拿著一根針——看起來跟我鉛筆盒內的尺一樣長——我開始緊張。他給了我一個安心的微笑，還說了句讓我覺得醫生都應該馬上被抓去關的謊話（如果騙的是小孩子，刑期還要加倍）：「放輕鬆，小史蒂芬，這不會痛的。」我還真的相信他。

醫生將針輕輕的滑進我的耳朵刺我的耳膜，那疼痛的感覺真是我前所未有——唯一稍可比擬的是一九九九年夏天，我被貨車撞傷後頭一個月的恢復期。不同的是車禍的疼痛雖然持續時間比較久，但感覺上卻沒有這麼激烈。耳膜穿刺的疼痛真是超越世上一切事物。我放聲尖叫，這時在我的頭內部有種聲音——一種巨大的親吻聲。溫熱的液體從我耳朵流了出來——彷彿是我的眼淚流錯了地方似的。天知道我到那時為止，從對的地方流出來的眼淚也是哭得夠慘了。我抬起淚流滿面的臉，不可置信地望著那耳朵醫生和他的護士。然後，我看著護士先前墊在診療台上面三分之一處的吸水布。那上面不但已經濕了一大塊，還留有細長牽絲的黃色膿液。

「嘿！」耳科醫生拍拍我的肩膀對我說，「你很勇敢哦！一切都結束啦。」

一星期後，我媽叫了另一部計程車帶我回耳科醫生那兒，我發現我又再度頭下墊著吸水布側躺著。耳科醫生的動作還是充滿了酒精味——一種令我聯想到疼痛、疾病和恐懼的氣味，我猜大部分的人也會如此吧——以及伴隨而來，那長長的針筒。醫生再次向我保證不痛，我也再度相信他。雖不能說是百分之百的信任，但已足夠讓我能安靜地讓他將針滑入我的耳中。

那「真的」很痛。事實上，幾乎和第一次一樣痛。在我腦袋裡的親吻聲也更大聲；這次是巨人式接吻（像我們一般形容的「在臉上吸來吸去，還轉動著舌頭」）。護士小姐在診療結束後，對著躺在一大灘水水膿液裡大哭的我說：「只有一點點痛啦！而且你也不想變成聾子，對不對？而且，一切都結束了！」

我對她的話大概相信了五天，然後我媽又叫來了一輛計程車。我們再去找那耳科醫生。我還記得計程車司機警告我媽，如果她不能讓我停止大叫，他就要把我們丟下車。

再一次，我在頭下墊了塊尿布躺上診療台，我媽則在候診室裡坐立難安地翻著雜誌（或許是我喜歡這麼想像吧）。仍舊是那刺鼻的酒精味，醫生轉身向我，手裡拿著一支如尺般長的針筒。一樣的笑容、一樣的慢步逼近、一樣是「這次」不會痛的保證。

自從六歲那年反覆上演的耳膜針刺事件後，我生命中堅定的原則之一就是：騙我一次，你的錯；騙我兩次，我的錯；騙我三次，我們兩個都有錯。第三次在耳科醫生的診療台上，我不停的掙扎、慘叫、踢打和抵抗；只要那根長針一靠近我的臉，我就奮力把它推開。最後護士只好把我媽從候診室叫進來，兩人設法把我抓住，好讓醫生乘機將針放入我的耳朵。我那又長又響亮的尖叫聲至今猶在耳邊，事實上，我想在我腦袋裡的某座深遠峽谷，我那最後的慘叫聲仍在回音裊裊。

6

在那不久之後一個沉悶寒冷的月份——如果我沒把事情順序記錯的話，大概是一九五四年的一月或二月時，我們家又叫來了計程車。這次不是去看耳科醫生，而是看喉科。我媽再次坐在候診室等待，而我則再次坐在診療台上，身旁還有一名護士走來走去。一樣是那刺鼻的酒精味，一種足以讓我的心跳在五秒內加速兩倍的濃郁氣味。

然而，這次出現的是喉部用的一種棉花棒。不但感覺刺痛，而且味道嘗起來很糟。不過在經歷耳科醫師的長針之後，這就顯得小巫見大巫了。

喉科醫生頭上戴了一個用金屬帶圈固定的有趣小裝置，中間有面鏡子，會像是第三隻眼睛似地發出刺眼的強光。他花了好一段時間檢查我的喉嚨，催促我把嘴再張大一點直到我的下巴嘎嘎作響。可是因為他沒有用針扎我，所以我還滿喜歡他的。過了一會兒，醫生要我閉上嘴巴，並請我媽進來。

「是扁桃腺的問題，」醫生說。「他的扁桃腺看起來就像被貓抓過一樣，必須割掉。」

在那之後不久，我記得在強光下被推動著，一位戴白面罩的男人彎身向我。由於他站在我所躺著的診療台頭部的地方（在一九五三至一九五四年，是我躺在診療台的年代），就我的角度來看，他整個人是上下顛倒的。

「史蒂芬，」他問道：「你聽得到嗎？」

我回答可以。

「我要你做個深呼吸，」他說：「醒來以後，你要吃多少冰淇淋就有多少冰淇淋。」

醫生將一個小裝置放在我的臉上，在我的印象裡，那看起來就像船外的馬達。我深呼了一口氣，然後整個人陷入一片黑暗。當我清醒之後，我確實被允許愛吃多少就吃多少的冰淇淋，但這簡直就像是在捉弄我，因為我當時一點冰淇淋都不想吃。我的喉嚨感覺又腫又肥大。不過，這比那個耳朵刺長針的老把戲要好得多了。如果需要的話，可以割掉我的扁桃腺；如果一定要的話，可以在我腳上裝鋼架；不過老天爺就饒了我吧！別再看什麼耳鼻喉科了。

7

我生病那年，我哥跳級去讀四年級，而我則休學在家，我因為缺了太多一年級的課，所以我媽和學校達成協議，一旦我健康好轉，就讓我在秋天從頭來過。

那年大部分的時間裡，我不是躺在床上就是在家裡。我看了大約六噸重的漫畫書，還有湯姆·史威（Tom Swift）和戴夫·達森（Dave Dawson，二次大戰的空戰英雄，他那各型各樣的飛機總是「用螺旋槳捕捉著大氣旋入雲間」）的故事，接下來還看了傑克·倫敦（Jack London）驚悚的動物故事。從那時開始，我開始寫自己的故事，先是模仿，然後創作。我先在我的「藍馬牌」筆記簿上逐字抄寫《戰鬥凱西》（*Combat Casey*）漫畫書，有時在合適的地方加上我自己的描述。我可能寫過：「他們紮營在一個受詛咒的農舍。」直到一、兩年後，我才發現「Drat」（詛咒）和「draft」（草稿）是不同的字；我還記得在同一段時期裡，我誤以為「details」（細節）和「dentals」（牙醫）是同一個字；而「bitch」（母狗）指的是高大的女人，「A son of a bitch」（狗娘養的）說的似乎是籃球選手。當你六歲時，大部分的字母排列就像是尚未完全開出彩球的賓果遊戲，連貫不起來。

我後來終於給我媽看了一部我半抄襲的作品，她十分喜歡。我還記得她略帶驚訝的笑容，就好像她不敢相信她的小孩竟會如此聰明——老天爺這幾乎就是一個奇才嘛。我之前從來沒在她臉上見過那種表情，不光只是對我的事，而是任何事，而我愛死了我媽的反應。

我媽問我這些故事是不是我自己想出來的，我只好誠實地告訴她大部分的內容是我從那些好笑的漫畫裡抄襲的。她看起來很失望，她的反應也澆了我一桶冷水。最後她把筆記簿還給我。「小史蒂芬，寫你自己的故事，《戰鬥凱西》那種耍寶的書根本只是垃圾——書裡的主角總是動不動就打掉別人的大牙。我敢打賭你自己的創作一定比它好，寫你自己的故事吧！」

8

我記得我對媽媽提出的這個主意產生了一種充滿「可能性」的美好感覺，就好像有人帶我進入一座門全都關著的大樓裡，並告訴我可以任意打開其中任何一扇門。而我覺得那裡的門簡直是多到讓人終其一生也來不及全部打開（現在還是這麼認為）。

我後來終於寫了一篇關於四隻魔法動物到處開著舊車幫助小孩的故事，首領是一隻名叫「把戲兔先生」的白色大兔子，他在故事裡是負責開車的。故事只有四頁長，以鉛筆書寫。就我所記得，書裡面沒有一個角色從葛蘭莫飯店的屋頂跳下來。當作品完成後，我把它拿給我媽看，她坐在起居室裡，立刻將她的口袋書擱在一旁讀了起來，看得出來她很喜歡我的作品——她跟著故事節奏開懷大笑——雖然如此，我仍不確定她是因為喜歡我，想讓我高興才笑，還是因為她真心喜歡我的故事。

「這個故事不是模仿的？」她看完故事時問我。我回答說沒有，這次不是。她跟我說故事好得可以出書了，之後沒有任何人對我說過任何話會讓我比當時更快樂。我後續又寫了四篇有關把戲兔先生和他四個朋友的故事。我媽賞了我一塊錢作為稿費，並將作品寄給她四個姊妹。我猜想，這四個姊妹對我媽都有些許的同情。畢竟她們都已結婚，她們的男人也未曾離開。雖然弗瑞德姨丈不但欠缺幽默感，而且總是頑固地不拉開敞篷車的車頂；歐瑞姨丈則貪好杯中之物，並且對猶太人是如何主導著這個世界有一套黑暗理論，但是他們至少都在姨媽身邊。而另一方面，我媽露絲在唐離家出走後，被獨自留下來照顧襁褓中的孩子。至少，她想向姊妹們炫耀自己有個才華洋溢的孩子。

四篇故事，每篇值二十五分錢，那是我在這個業界領的第一份稿費。

9

我們後來舉家搬到康乃狄克州的史翠福（Stratford）。二年級時，我愛上了住我家隔壁的美少女，雖然大白天裡她從來沒有正眼瞧過我，但到了晚上，當我躺在床上漸漸沉入夢鄉時，我們總是一次又一次地逃離白天那個冷漠的真實世界。

和藹可親的泰勒女士是我的新老師，她有一頭像極了科學怪人的新娘（Bride of Frankenstein）艾爾莎·藍徹斯特般的灰頭髮和一雙金魚眼，我媽就說過：「每次和她說話時都想把手放在她的眼睛下面，以免她的眼珠子掉下來。」

我們位於三樓的公寓在西大街上，往山下隔一條街，距離泰迪市場不遠處，在布瑞德建築材料行的對面有一大片荒煙蔓草的空地，遠方角落是廢物棄置場，火車鐵軌則從中穿越。這個場景時常浮現在我腦海，也曾多次以不同的名字出現在我不同的作品中。附近的孩子們稱這裡是「貧瘠之地」，而我和我哥則稱這裡為「綠色叢林」。大衛和我在剛搬去不久，便把這裡探究了一番。那是個盛夏，天氣燠熱，感覺很棒，正當我們深入這個酷斃了的綠色神祕的新遊樂場，我卻因為內急不得不找地方解決。

我跟我哥說：「大衛，帶我回家！我需要解放一下（I have to push）！」（這是我們為了這種情況訂的說法。）

大衛對我的話置若罔聞，他說：「就在樹林裡解決吧！」從綠色叢林回我家，大概需要走至少半個小時，我哥才不想因為他那要上廁所的弟弟，而浪費了這寶貴的時光。

「我不行啦！這裡沒有東西可以擦屁股啊！」我有點被我哥的建議嚇到。

「你當然可以啦，就找一些葉子把屁股擦乾淨。牛仔和印地安人都是用這方法。」

一方面，那時候就算跑回家也大概來不及了，我覺得我根本無計可施；另一方面，我也被牛仔之說迷了心竅。所以我假裝自己是英勇的荷普龍・卡西迪，荷槍蹲在草叢裡，以免在這私人時刻突然被攻擊。上完之後，我照我哥吩咐的方法，找了一把綠葉小心地把屁股擦乾淨。沒想到這些鮮綠色植物竟然是有毒的常春藤。

兩天後，我從膝蓋後方到肩膀都布滿了一大片紅疹。我的「雞雞」縮得好小，睪丸卻腫得跟號誌燈一樣大，感覺上好像從屁股一直癢到胸肋骨去。但最慘的是我抓葉子的手，腫得就像米老鼠被唐老鴨用榔頭槌腫了的手一樣，巨大的水泡散布在手指搓揉的地方。在水泡破了之後，留下一塊塊粉紅色的新肉。有六個星期的時間，我一面泡在微溫的藥水澡裡，覺得自己既悲慘又丟臉；同時聽到從門外傳來，我媽和我哥在聽彼得・崔普（Peter Tripp，美國五〇年代著名廣播節目主持人）廣播裡的倒數讀秒，以及玩瘋狂八點紙牌遊戲（Crazy Eights）時的笑聲。

10

說實話，大衛是個很棒的兄弟，但對一個十歲的小孩而言，他顯然聰明過了頭。他的鬼主意常讓他惹上麻煩，後來他不知何時學會（也許是在毒常春藤事件之後），在麻煩來臨前把他那小史蒂芬弟弟一起拖下水來分擔風險。大衛從來沒有要我為他那些通常是聰明至極的鬼把戲承擔「所有」責任——他既不是偷偷幹壞勾當的卑鄙之人，也不是個懦夫——不過好幾次事件裡，我卻得和他分擔責任。我想這就是為什麼，在那次大衛築堤擋住流經叢林的水流，造成西大街大部分低窪地區淹水時，我們兩兄弟都會惹上了麻煩；也是因為被他拖下水，害我倆都在他那有致命危險的學校科學計畫裡差點送命。

好像是一九五八年，我在中央文法學校上課，大衛則在史翠福中學念書。我媽在史翠福洗衣店工作，她是部門裡唯一的白人員工。當時她忙著把被單丟進軋布機時，大衛正計畫著他科學展的實驗。我哥可不是那種在紙上畫畫青蛙解剖圖，或用塑膠磚及上色的衛生紙筒拼拼湊湊蓋「未來之屋」就滿足的人；大衛的目標是得獎。他那年的計畫是「超級愚人大衛電子磁鐵」。大衛對於可以拿來唬人和用他自己名字來命名的事物有極大的狂熱。他後面這項嗜好稍後還促成了《大衛八卦報》（*Dave,s Rag*）的產生，這個我們等一下再來好好談談。

大衛的「超級愚人電子磁鐵」計畫一開始並不完全是騙人的把戲；事實上，雖然我不能十分肯定，但這個計畫似乎根本沒有成功過。計畫的構想其實來自書上，並不是大衛憑空想出來的。書上是這樣寫的：把長鐵釘靠在一塊普通的磁鐵上用力摩擦可以使其產生微弱的磁力，雖然鐵釘上的磁力十分微弱，但也足夠吸起一些鐵屑。在做到了這一步後，你可以將鐵釘用一段銅絲纏繞，並將銅絲的尾端接上乾電池。照書上所講，電池的電力會讓鐵釘產生更強的磁力，也可以吸起更多的鐵屑。

大衛可不只是想吸起一堆愚蠢的小鐵渣，他希望能吸起別克汽車、火車車廂，甚至是軍用的運輸機。大衛想要的是那種足以改變世界，驚天動地的成果。

哇！這個想法夠驚人吧！

於是我們在「超級愚人大衛電子磁鐵」計畫中各司其職，大衛負責製作部分，而我負責測試。我小史蒂芬．金，是史翠福鎮上的查克．葉格（二次大戰時的美國空戰英雄，回國後專門試飛各式戰機，不但是第一位飛行速度突破音速的人，軍旅生涯中更飛過一百八十種不同的軍機）。

大衛新版本的實驗省略了我們從五金行買來的老舊乾電池（他的理由是，反正買來的時候就可能沒什麼電了），而希望使用真正的電流。他從別人棄置在垃圾旁的檯燈上剪了一段電線，剝去外面的膠皮，然後以螺旋方式把光禿禿的電線纏在他的長鐵釘上。然後我們坐在位於西大街公寓裡的廚房地板上，大衛把「超級愚人大衛電子磁鐵」拿給我，吩咐我執行我的任務，把插頭插入插座之中。

我猶豫了一下——至少要給我這點小智慧一點獎勵——可是大衛熱切的催促使我沒有時間多加考慮，於是我將電線插入插座，強大的磁力沒有如預期般發生，但是這小小的裝置卻讓我們屋子、我們住的公寓，以及隔壁建築物（那裡住著我暗戀的美少女）裡的每一盞燈和每一樣電器都跳電。屋前的變電器發出轟然巨響，警察隨即趕到。之後那可怕的一小時裡，我和大衛不斷地從我媽房裡的窗戶向外窺探，那是屋裡唯一向著街道的窗戶（其他窗戶都只能看到我們家後面那一片荒蕪、滿地糞便的空地。那裡唯一的生物是一隻叫做汪汪的髒兮兮小狗）。警察走後，電力工程車接著趕來，一個穿著釘鞋的男人爬上位在兩間公寓間的電線桿，查看電力轉接器。換做另一個狀況下，我和大衛應該會完全著迷於眼前的景象，可是那天並沒有。因為我們當時只想著如果被送進了感化院，不知道媽媽會不會來看我們。終於，電力恢復了，工程車也離開了。我們沒有被抓走，繼續留下來奮鬥。大衛後來的科學作業決定改做一架「唬人滑翔翼」，而他認真的告訴我，我被邀請參加首航。聽起來是不是棒極了呢？

11

我出生於一九四七年，而我們家直到一九五八年，才有了第一台電視。我記得我在電視上看的第一個節目是《機械怪獸》（*Robot Monster*），影片裡有一個身穿人猿裝、頭戴金魚缸、叫做「羅人」（Ro-Man）的傢伙四處追殺著核戰裡的最後一位生還者。我覺得這是相當高品質的藝術。

我也陸續看了柏德瑞克．克勞福在《公路偵察隊》（*Highway Patrol*）裡扮演無畏的丹．馬修，以及約翰．紐藍主演的《一步之外》（*One Step Beyond*）影集，他有著世界上最恐怖的眼神。其他影片還有《錢尼》（*Cheyenne*）、《海獵》（*Sea Hunt*）、《你的熱門排行》（*Your Hit Parade*）、《安妮．奧克利》（*Annie Oakley*）；湯姆．瑞汀是靈犬萊西（Lassie）的第一個朋友，喬克．麥哈尼飾演《邊城騎士》（*The Range Rider*），以及安迪．戴維尼用他那又怪又高的聲音大吼「嗨！瘋狂比利，等我！」一個充滿冒險犯難故事的世界就被包裝在這黑白影像、十四吋見方，名字到現在還聽起來跟詩一樣的知名品牌方盒子裡。它的一切我都愛死了！

比起來，我家很晚才有電視，但我對此感到很慶幸。當你停下來仔細想想，我可是某個小團體裡精挑細選的成員之一：最後一批在被錄影帶垃圾餵食之前，少數先學會寫作和閱讀的美國小說家。這件事也許沒那麼重要，但另一方面，如果你正開始作家生涯，你可能會做出比剝掉你家電視的電線，包上鐵釘，再插回牆上去看看會爆出什麼來，或是爆出多遠等更糟的事情來。

這只是一個想法。

12

一九五〇年代晚期，一位文學作品經紀人和科幻小說蒐集迷弗瑞斯特・阿克曼，開始編輯《電影世界中著名的怪物》雜誌，這本雜誌改寫了成千上萬小孩的生活，而我也是其中之一。只要向在過去三十年間，曾和奇幻、驚悚、科學小說略有淵源的人問起這本雜誌，我保證你絕對會看到對方發出會心的微笑、眼中閃爍著光芒，以及激起一連串鮮明的回憶。

一九六〇年左右，弗瑞（他有時自稱是「阿克怪獸」（the Ackermonster））衍生出一本內容涵蓋科幻電影，短命但有趣的雜誌《太空人》。一九六〇年時，我寄了一篇故事給《太空人》。那是就我記憶所及，我第一篇正式投稿的文章。我不記得標題了，不過我知道我那時的寫作發展還停留在「羅人」（Ro-Man）階段，所以故事毫無疑問地和影集《機械怪獸》中，頭戴金魚缸的人猿殺手有很大的淵源。

我的文章並沒有被採用，不過弗瑞將它保存了下來（弗瑞保存所有的東西，凡參訪過他家「阿克豪宅」（Ackermansion）的人都會這麼告訴你）。大約二十年後，我在洛杉磯一家書店辦簽名會，弗瑞在排隊的人潮裡出現……，手裡還拿著我那篇單行間距，用十一歲耶誕節時我媽送給我的那台早已絕跡的皇家打字機打出來的文章。他要我在那篇故事上簽名，我猜我也照做了，只是這一切感覺都很超現實，害我不敢百分百確定它是真的。老天！這簡直是恍如隔世啊！

13

我實際上第一部出版的作品是在阿拉巴馬州伯明罕市的麥克・卡瑞特發行的驚悚雜誌上發表的（麥克現在仍在業界活躍）。麥克把這個中短篇故事命名為〈在恐怖的靈界〉（In a Half-World of Terror），但我還是比較喜歡我原來取的名字〈我是個少年盜墓者〉（I Was a Teen- Age Graverobber）。聽起來超唬人的！

14

我第一個真正原創的小說靈感——我想人總是會對此心知肚明——是發生在艾克（Ike，譯按：艾森豪總統的暱稱）溫和的八年主政接近尾聲時。我坐在我們位於緬因州德漢鎮家中的廚房餐桌，望著我媽把一張張綠印花貼在印花簿中（如果你想知道更多有關綠印花郵票多采多姿的故事，可以閱讀《大說謊家俱樂部》一書）。為了讓我媽可以就近照顧她那年邁的雙親，我們金氏三人搬回了緬因州。外婆那時已八十高齡，人胖又有高血壓，眼睛幾乎全盲；外公高壽八十二，骨瘦如柴人又陰沉沉的，偶爾會像唐老鴨般脾氣暴躁，只有我媽能應付他。我媽常叫外公「磨人精」。

是我媽的姊妹幫她找了這個工作的，這也許是她們一石二鳥的妙計，一來外公外婆可以在女兒的照顧下享受天倫之樂，二來也可解決我那嘮叨老媽的問題，她從此可以不用再漂泊不定。之前為了養大她的兩個男孩，我媽漫無目的地從印地安那州流浪到威斯康辛州，再到康乃狄克州，不是一早五點到麵包店烤餅乾，就是在夏天溫度高達一百一十度的洗衣店裡燙衣服。因為那裡溫度實在太高，每逢七月到九月下午一點和三點，洗衣店領班都會拿鹽做成的小丸子給大家吃，以免因大量的汗水流失體內過多的鹽分。

我猜，我媽很不喜歡她的新工作，託她眾姊妹的幫忙，我那自給自足、好笑又有點瘋狂的老媽變成了身邊只有少少現金的小佃農。阿姨們每個月寄來的錢剛好支付日常雜物開銷，所剩不多。她們還會寄來一箱箱的衣服給我們。每到夏末，克拉姨丈和艾拉阿姨（我猜，他們不是我們真正的親戚）會為我們帶來好幾箱的罐裝蔬菜和果醬。我們住的房子是艾瑟琳阿姨和歐瑞姨丈的。我媽一住到這來，就再也跑不掉了。在外公外婆過世後，我媽找了另一份真正的工作。當她最後離開德漢鎮時——我哥和大嫂琳達在她生病辭世前的幾個星期照顧著她——我想她那時早已迫不及待地要離開那個鬼地方了。

15

讓我們先把一件事情說清楚，這世上沒有從天而降的靈感，沒有所謂的「故事製造中心」，也沒有「暢銷作家的埋骨之島」；好故事的靈感真的就像是不知從哪冒出來似的，從本來空無一物的空中出現並向你飄過來：兩個原先沒有關連的念頭相遇，就在太陽下創造了新鮮事。你的任務不是去尋找靈感，而是當靈感湧現時，能及時辨識出它們。

當這個特別的靈感——我第一個真正好的靈感——出現的那一天，我媽說她還需要六本印花簿，才能兌換檯燈作為給她姊妹莫莉的耶誕禮物，但她想時間上大概是趕不及了。「我想可能要把檯燈當成她的生日禮物了，」我媽說，「這些討厭的印花看起來總是比實際貼上去的多很多。」我媽對我扮了個鬥雞眼，還吐了吐舌頭。她那樣做的時候，我發現她的舌頭上都是綠印花的顏色。我心想如果可以在地下室自己製造這些該死的印花該有多好，就這樣靈光一閃，〈快樂印花〉的故事誕生了。偽造綠印花的想法，和看到我媽被染成綠色的舌頭的影像結合在一起，忽然就激發了我的靈感。

故事的主人翁是一個標準的笨窮鬼，他的名字叫羅杰，因為印製偽鈔而入獄兩次，再出一次差錯的話，他就成了人們所說的那種萬劫不復的失敗者（three-time loser）了。除了印製偽鈔之外，他也開始偽造「快樂印花」……，只是，他發現這種印花的設計簡單到有點低能，讓他覺得他根本就不像在從事偽造的勾當，而是在擴大這種印花的生產。有一幕很好笑——或許是我寫出的第一個像樣的場景——羅杰和他的老媽媽坐在客廳，他們出神地瀏覽著快樂印花目錄，而印刷機在樓下嘎嘎作響地運作著，吐出一捆又一捆一模一樣的印花。

「我的老天！」羅杰的母親說道，「這些快樂印花印得這麼好，我們真的可以要什麼有什麼了，羅杰——你告訴他們你要什麼，然後他們幫你查查看需要用多少本印花簿去兌換。用上個六、七百萬本印花簿，搞不好我們就可以在郊區買間快樂印花房了！」

然而羅杰發現，印花雖然印得很完美，可是背膠卻有瑕疵。如果舔一下印花後把它貼在印花簿裡是沒有問題，可是如果用機器來黏貼印花，那麼粉紅色的印花就會變成藍色。故事結局是羅杰在地下室，站在鏡子前面，身後的桌子上約有九十本快樂印花簿，每一本都是他一個個舔了背膠後貼上去的印花。故事主人翁的嘴唇是粉紅色的。他吐出舌頭，舌頭甚至更粉紅，就連他的牙齒也變成粉紅色的了。羅杰的老媽媽高興地從樓上喊著說，她剛剛才和快樂印花位於泰瑞荷的全國兌換中心通過電話，中心的小姐說，只要一千一百六十萬枚快樂印花，他們就可以換到一間位於西區的都鐸式房子了。

「媽，那真是太好了！」羅杰回答。他望著鏡子中的自己，粉紅的雙唇和無神的雙眼，然後緩緩地走回桌旁。在他身後，數億張的快樂印花堆在地下室的儲藏箱裡。故事的主人翁緩慢地打開一本新的印花簿，然後舔了一下印花並把它黏在簿子上。只要再黏一千一百五十九萬枚印花，他的老媽媽就有夢想中的都鐸豪宅了，故事在他邊想邊貼的情景下結束。

這個故事當然有瑕疵（最大的敗筆應該是羅杰的失敗僅僅是因為他用了不一樣的背膠），但是也很可愛，不但完全是我自己想出來的，而且我知道我有些地方寫得還不錯。在我長時間地仔細研究我那本破舊的《作家文摘》（*Writer's*

Digest）上的寫作市場後，我把〈快樂印花〉寄到《希區考克的懸疑雜誌》（*Alfred Hitchcock's Mystery Magazine*）。三星期後，雜誌社把稿子連同一張退件的便箋寄了回來。便箋上有用紅墨水印的希區考克著名側面肖像，並寫著祝我好運的話。便條底部還有一行沒有署名的簡短訊息，這是我在定期投稿八年多後，唯一從這本雜誌得到的個人回應。便箋上寫著：「不要將原稿用訂書針裝訂，散裝的文稿用迴紋針夾起來，才是正確的投稿方式。」我想，這真是相當冷淡的建議，不過十分有用。從此以後，我再也不把原稿訂起來。

16

在緬因州德漢鎮的家，我的房間是在樓上的屋簷下。到了晚上，我躺在床上——要是我猛一坐起身，頭可能會被頂上的屋簷撞出一個大包。我就著鵝頸檯燈看書，燈光反射在天花板上形成一條蛇般的有趣影子。有時屋子裡寂靜無聲，除了火爐嘶嘶作響外，就是屋頂上老鼠奔跑的聲音。外婆常在半夜花個一小時左右，大聲喊叫別人去幫她查看一下迪克——她老是擔心我們會忘了餵牠。迪克是外婆在學校任教職時養的一匹馬，至少死了四十年了。我的書桌在另一片屋簷下，上頭擺著我的老皇家打字機和堆積如山的平裝書，大部分是科幻小說，我把它們靠著壁板排排放著。櫃子裡有一本《聖經》，是我參加衛理公會青年獎學金詩歌背誦比賽贏來的獎品，旁邊蓋在綠天鵝絨布下的是一部可以自動換片的偉布格（Webcor）留聲機。我常用它來聽唱片，大多是四十五轉的單曲唱片，其中包括貓王、查克·貝理、法萊弟·卡儂、費茲·多米諾。我特別喜歡費茲，他是真的知道如何搖滾，而且你可以感覺得出來他樂在其中。

我在留聲機上方的牆上釘了個釘子，把我從《希區考克的懸疑雜誌》拿到那張退稿的便箋上寫「快樂印花」，並把它插在釘子上；然後我坐在床上聽著費茲唱的〈我準備好了〉這首歌，感覺真是棒極了。當你還是不用刮鬍子的生嫩小夥子時，保持樂觀是面對失敗最好的方式。

到我十四歲時（不論是否需要，我每週刮鬍子兩次），牆上的釘子再也無法負荷退稿的重量，我換了另一支長釘，然後繼續寫作。十六歲時，我已經開始拿到一些手寫的退稿便箋，內容也比之前叫我把訂書針換成迴紋針之類的建議更具有鼓勵價值。這些充滿希望感的便箋最早是艾爾吉斯．巴瑞（Algis Budrys）寄來的，然後是《科幻小說》雜誌（*Fantasy and Science Fiction*）的編輯，我寄給他的作品是〈夜虎〉〔靈感來自影集《亡命者》（*The Fugitive*）中的一集，理查．金柏博士在動物園或是馬戲團之類的地方擔任清潔工〕。而退稿的便箋是這樣寫的：「寫得很好，雖然和我們的風格不合，但真的不錯。你很有才華，請再來投稿。」

這四行短句用鋼筆潦草地書寫，字跡還留下一塊污漬，但是卻照亮了我十六歲那年灰暗的冬天。十多年後，我賣了幾本小說，在一箱舊手稿中發現〈夜虎〉，重新閱讀，還是覺得故事相當不錯，儘管明顯看出是位初出茅廬的小夥子所寫的。我把它重新改寫並一時興起，再度投稿到《科幻小說》雜誌，這次他們採用了它。我發現，當你小有名氣時，雜誌社比較少會對你的來稿說：「這不適合我們的風格。」

17

儘管我哥比他的同學們都小一歲，但他仍然覺得高中生活索然無味。有部分原因要歸咎於他的天資聰穎——大衛的智商高達一五〇、一六〇左右，不過我認為，他不安分的天性才是最主要因素。對大衛來說，高中生活就是不夠精彩——既不夠炫也不刺激，更缺乏樂趣。為了至少暫時解決無聊的問題，他辦了一份報紙，叫做《大衛八卦報》（*Dave's Rag*）。

《大衛八卦報》的辦公室就只有一張辦公桌，位於我家那水泥地板、石頭牆壁和布滿蛛網的地下室，就在壁爐北邊一點，酒窖東邊一點，本來是用來存放克拉姨丈和艾拉阿姨寄來的無數罐頭蔬菜和果醬紙箱的地方。《大衛八卦報》是家族通訊報和小鎮故事雙週刊的奇怪混合體。如果大衛被其他事物轉移了注意力（採楓糖、釀蘋果汁、火箭製造、車輛改裝等等，在此僅列出幾個例子），有時也會變成月刊。這時就會有一些我其實不太懂的笑話，像是這一期月刊會晚點發行、大家不要去吵大衛，因為他正倒在地下室的破布（Rag）上之類。

不管有無笑話，《大衛八卦報》的銷量從每期大概發行五份（賣給附近的家族成員），緩慢爬升到五、六十份，包括我們在小鎮的親戚，還有親戚的鄰居（德漢鎮在一九六二年時的居住人口約有九百人），都迫不及待地等著最新一期的出版。一些常見的報導內容有查理・哈瑞湯骨折復元的情況；哪些客座演講會到西德漢鎮衛理公會教堂演講；金家兄弟能從鎮上的抽水機拉多少水上來，讓他們屋後的蓄水池不至乾掉（當然，一到惱人的夏天，不論我們拉上來多少水，蓄水池總會乾掉）；誰到衛理公會另一頭的布朗家或霍爾斯家探訪；以及誰家的親戚會在每年暑假來度假之類。大衛還在報上加入一些運動新聞、文字遊戲、氣象報告（譬如「天氣相當乾燥，但地方上的老農哈洛德・戴維斯表示，如果在八月沒有下至少一場大雨的話，他就會微笑並親吻一隻豬。」）、食譜、連載故事（由我負責撰寫），以及大衛的笑話和幽默集，像是以下的小品：

史坦：海狸會和橡樹說什麼？

珍：有機會「咬」你真好！〔譯按：咬（gnawing）、認識（knowing）音近。〕

第一個披頭族[1]：你要如何進卡內基音樂廳？

第二個披頭族：練習人練習囉！（Practice man practice!）

第一年的《大衛八卦報》是紫色的——由一種平版的膠版印刷製成的。我哥很快就發現膠版印刷是個累贅，對他來說，膠版印刷實在是太慢了，就算是個還在穿短褲的小孩，大衛就已經是個討厭拖拖拉拉的急驚風。每當我媽的男朋友麥特開車遇到紅燈或塞車停下來時，大衛就會從別克汽車的後座傾身向前大喊：「從他們頭上開過去！叔叔，從他們頭上開過去！」（在我媽甩掉他幾個月後，有一天她跟我說：「麥特人很好，就是不夠聰明。」）

1 披頭族是二次大戰後出現的新世代，以舊金山為主要聚集地，原稱為疲困世代（Beat Generation），是六〇年代嬉皮的先驅。

等待膠版印刷的風乾過程十分漫長（在風乾的過程中，油墨會溶化成一大片紫色的膠膜狀，掛在膠版上，就像隻海牛的影子），讓正處於青春期的大衛不耐煩到快瘋掉。而且，他十分想在報上加放一些照片。他有一些不錯的作品，十六歲時還會自己沖洗相片。他在衣櫃裡臨時改造了一間暗房，在那充滿刺鼻的化學藥水味的窄小空間裡，時常沖製出一些不論在解像度和構圖上都令人激賞的佳作〔我在《調節器》雜誌（*The Regulators*）封底上的照片——我和刊登我第一篇發表故事的雜誌合照——就是大衛用老柯達相機拍攝，並在他那衣櫃暗房裡沖洗出來的〕。

更令人氣餒的是不管我們在每次印刷完後，如何小心翼翼地蓋住那又老又遲緩的該死機器，在地下室空氣不流通的環境裡，印刷用的膠版似乎特別容易滋生孢子般的菌類。本來在星期一還看起來頗正常的東西，到了週末卻常常變成有如從洛夫克拉夫特（H.P. Lovecraft, 1890-1937，編按：二十世紀美國著名恐怖小說家）的恐怖小說裡跑出來的東西。

在大衛上高中的布斯威克鎮，他發現有家商店販售一台小型的滾筒印刷機，那玩意兒勉強地還能使用。首先把要印刷的內容打在模板上，這種模板在當地的辦公文具店花十九分錢就可買到一片——我哥稱這事為「刻模板」，而這工作大多落在我頭上，因為我比較不會有刻錯字的傾向。在印刷時，將模板固定在印刷滾筒上，塗上一種奇臭無比的墨水，然後就開始拚命吧——使勁地搖晃滾筒到你的手臂要斷掉為止。我們可以在兩個晚上內搞定先前用膠版印刷要花一星期才能完成的東西。儘管滾筒印刷會弄得髒兮兮的，不過至少它不會像感染了某種不治之症似的（發霉）。《大衛八卦報》就此進入它短暫的黃金時期。

18

我對印刷不感興趣，對照片沖洗和複製過程的奧祕完全提不起興致。我也一點都不在意在車內安裝赫斯特變速器（Hearst shifters）、釀蘋果酒，或是研究某個特定公式是否能將塑膠火箭送上大氣層（它們通常連把火箭射越過屋頂都有困難）。在一九五八到一九六六年間，最令我醉心的是「電影」。

當時序從五〇年代漸漸進入六〇年代，我住的地區內只有兩家電影院，都在路易斯頓鎮。帝國戲院專放首輪電影，有迪士尼的電影、聖經史詩片，以及有光鮮亮麗的人在寬銀幕上載歌載舞的歌舞片。我只有在有便車可搭的時候，才去看電影——畢竟電影只是電影——但我並不很喜歡這些片子，它們實在八股得有點無聊，故事內容都可以猜得出來。在《小紅娘》（*The Parent Trap*）一片中，我一直希望海莉・邁爾斯（Hayley Mills，美國舞台劇以及電影明星）可以遇見《黑板叢林》（*The Blackboard Jungle*）裡的維克・墨若（Vic Morrow），那會如神蹟似的讓電影產生些火花。我總覺得，人們只要看著維克的彈簧刀，和他像螺絲刀般銳利的眼神，就能用比較合理的觀點來看海莉那些無關痛癢的家庭問題。每當夜晚時分，我躺在屋簷下的床上，聽著在樹林間呼嘯的風以及老鼠在閣樓上奔跑的聲音，我夢到的不是黛比・雷諾（Debbie Reynolds）飾演的泰咪或是仙杜拉・蒂（Sandra Dee）飾演的姬潔特（Gidget），而是《大水蛭攻擊》（*Attack of the Giant Leeches*）中的伊凡・維克斯（Yvette Vickers）或《傻瓜十三》（*Dementia 13*）的路娜・安得斯（Luana Anders）。不在乎甜美可愛、振奮人心的東西，或是《白雪公主和七矮人》，十三歲的我只想要把整座城市吞下去的大怪物、有輻射能的死屍從海裡冒出來將衝浪的人一口吃掉，以及穿著黑色胸罩、無比低俗（trailer trash）的女孩。

恐怖片、科幻片、少年幫派電影，或是騎著摩托車的失敗者電影——這些才是讓我提起興趣的電影類型。只不過這些電影都不在里斯本街頭的帝國戲院上映，而是在里斯本街尾的麗池戲院。麗池戲院位在街上的當鋪之間，不遠處有家路易服飾店，一九六四年時，我在那裡買了生平第一雙長靴。從我家到麗池有十四哩遠，在一九五八到一九六六年間的八年，我幾乎每個週末都會搭便車到麗池去看電影，直到我領到了汽車駕照。有時我會和好友克里斯．切斯理一同前去，有時會獨自前往。除非生病或有要事在身，我從不缺席。就是在麗池，我看了由湯姆．崔昂（**Tom Tryon**）主演的《我的另一半是外星人》（*I Married a Monster from Outer Space*），還有克雷爾．布魯（**Claire Bloom**）和茱莉．哈瑞斯（**Julie Harris**）主演的《往日情懷》（*The Haunting*），以及彼得．方達（**Peter Fonda**）和南西．辛那屈（**Nancy Sinatra**）的《野天使》（*The Wild Angels*）。我看奧莉維．迪．哈偉蘭在《籠中之女》（*Lady in a Cage*）一片中將詹姆士．肯恩（**James Caan**）的眼睛用刀挖了出來；喬瑟夫．卡敦（**Joseph Cotton**）在《甜心夏綠蒂》（*Husb...Husb,Sweet Charlotte*）中死而復活；我屏住呼吸地看（沒動絲毫歪腦筋）《五十呎女巨人的復仇》（*Attack of the 50 Ft.Woman*）中的艾莉森・哈耶斯（Allison Hayes）是否會愈變愈大，而把衣服撐破。在麗池，所有美好的事物都可能唾手可得，只要你坐在第三排的座位上，集中注意力地盯著銀幕，並且別在錯誤的時間眨眼。

我和克里斯喜歡各種恐怖片，但我們特別偏好一系列美國片，這些片子大部分是由雷傑・卡門導演，片名則多抄襲自愛倫坡（Edgar Allan Poe）的作品。我並不是說電影的內容取材自他的作品，因為沒有一部片和愛倫坡寫的故事或詩扯得上一點關係〔就像《烏鴉》（*The Raven*）被拍成喜劇——這可不是玩笑話〕。經典之作如《宮殿》（*The Haunted Palace*）、《昆蟲勝利者》（*The Conqueror Worm*）、《紅色死亡面具》（*The Masque of the Red Death*）都將陰森恐怖的氣氛發揮得淋漓盡致，這也是它們與眾不同的地方。我和克里斯用我們自己的一套方法為這些片子命名，並將它們歸入不同的類別，有西部片、愛情文藝片、戰爭片以及愛倫坡片。

「星期六下午要不要搭便車去看電影？」克里斯會問我。「去麗池好嗎？」

「有什麼新片？」我問他。

「一部摩托車片、一部愛倫坡片。」

我當然毫無疑問的加入他的行列。你可以看到布魯斯・登（Bruce Dern）騎著哈雷機車四處胡搞，或是文森・普萊斯（Vincent Price）在一座可以俯瞰波濤洶湧的海洋的鬧鬼城堡裡胡搞，還有什麼好要求的？如果夠幸運的話，你還有可能看到赫茲・考特（Hazel Court）穿著蕾絲低領的睡衣走來走去。

在所有愛倫坡片當中，影響我和克里斯最深的是《陷阱與鐘擺》（*The Pit and the Pendulum*），編劇是李察・麥森（Richard Matheson），這是部大銀幕、用「彩色印片法」（Technicolor）拍攝的電影（當片子在一九六一年上映時，彩色恐怖片仍相當罕見）。這部影片採用了許多典型的「歌德式」小說元素，並加以特殊化處理。這或許是在喬治・羅梅洛（George Romero）那部改變了一切的（少部分變得更好，大部分變得更糟）有名電影《夜之活死人》（*The Night of the Living Dead*）出來之前，最後一部傑出的攝影棚恐怖片。其中最棒的一幕——把我和克里斯嚇得釘在座位上一動也不動——是約翰・克爾（John Kerr）挖掘城堡城牆時，發現他妹妹的屍體，而屍體顯然是遭活埋。我永遠忘不了那個用紅色濾鏡拍攝的屍體特寫，扭曲鏡頭把屍體的臉拉長成一個巨大而無聲的尖叫狀。

那晚在搭便車回家漫長的過程裡（如果很慢才搭到便車，就有可能得走上四、五哩的路，直到入夜才能到家），我突然有個靈感：我要把《陷阱與鐘擺》改寫成書！我要把它小說化，就像孟那區出版（Monarch Books）將經典電影《開膛手傑克》（*Jack the Ripper*）、《蛇髮魔女》（*Gorgo*）和《大金剛》〔*Konga*，編按：一九六一年由約翰．雷蒙特（John Lemont）執導〕改成小說一樣。但我不只要寫，我還要把它印出來，用家裡地下室的那部滾筒印刷機，然後把成品拿到學校去賣！耶！讚喔！

如同構想的，我完成了這個計畫。憑著我那事後廣受讚揚的謹慎和奮力不懈的態度，我在兩天內完成了小說版的《陷阱與鐘擺》，連排版都直接排在後來印刷的模板上。儘管那個特別的傑作一本都沒保留下來（至少就我所知），我記得它應該有八頁，單行間距，而且段落之間的距離也盡量縮到最小（記得嗎？每片模板要十九分錢）。我採用雙面印刷，就像一般的書一樣，並加了一個書名頁，畫有一幅由鐘擺上滴下細小黑色污痕的畫，希望讀者會覺得那看起來像血。我在最後關頭發現我忘了標上出版社，經過半小時愉快的左思右想，我在書名頁右上角打上「A V.I.B. BOOK」的字樣，「V.I.B.」意指非常重要的書（Very Important Book）。

四十本的《陷阱與鐘擺》銷售一空，我幸福得完全沒有察覺到自己犯了那些條列在世界史中的抄襲及版權問題；我全部的心思都在想如果書在學校暢銷的話，我可以賺進多少錢。印刷用的模板花了我一塊七十一分（花了一整塊模板去做書名頁看起來實在很浪費錢，不過沒辦法，書總要做得好看點，我心不甘情不願地這麼決定，還是不要一開始就太標新立異），紙張又花了二塊左右，而免費的訂書針是從我哥那裡偷來的（也許你會想到用迴紋針裝訂寄去雜誌社投稿的故事，不過這可是一本書，不能隨隨便便的打發）。經過進一步的仔細思考，我把V.I.B.的第一本書，由史蒂芬．金所寫的《陷阱與鐘擺》定價為一本二十五分錢。我想我大概可以賣出個十本（我媽會先買一本讓我起個頭；她總是我得以依靠的對象），那加起來就有二塊五了。我能賺進四十分錢左右，足夠資助我再去麗池戲院來場教育啟發之旅。如果再多賣兩本書的話，我還可以加買一大桶爆米花和一杯可樂。

結果《陷阱與鐘擺》成為我第一本暢銷書。我把印好的書放進書包（一九六一年時，我在德漢鎮上擁有四間新校舍的小學讀八年級），那天到中午為止，我已經賣了二十四本書。到午餐時間結束時，書中女孩被活埋的情節已傳遍校園（「他們驚恐地看著從她指尖突出的白骨，明白她死前是如何瘋狂地掙扎想要逃跑」），而我則賣出了三十六本書。書包裡沉甸甸的裝了九塊錢〔這書包是來自德漢鎮上的酷老爹（**Daddy Cool**）店裡，他在書包上印著「獅子今夜沉睡」的大部分歌詞〕，飄飄然的我彷彿在夢中，無法相信自己會突然變得這麼富有。一切都完美得不像真的一樣。

結果，這真的是假象。當學校在下午兩點放學後，我突然被叫到校長辦公室，校長希司樂小姐說我不應該把學校變成商場，尤其不該販賣像《陷阱與鐘擺》之流的垃圾作品。她的態度並不讓我感到驚訝。當我還在之前那所只有一間教室的衛理公會學校念書時，希司樂小姐是我前一學年的老師，我在那所學校念五年級和六年級。她那時就發現我在閱讀一本比較聳動的青少年讀物〔爾凡·秀門（**Irving Shulman**）的《安鮑伊公爵》（*The Amboy Dukes*）〕，還把書給沒收了。這回只不過是那次事件的翻版，我倒是憎惡自己為何沒有事先預想到這樣的結果。我們那時候稱做了蠢事的人叫「呆伯」〔dubber，如果你來自緬因州，就知道發音念「呆巴」（dubba）〕。而我正是幹了超級大蠢事的呆伯。

「史蒂芬，我不明白的是，」希司樂小姐說，「你為什麼會寫這種垃圾作品？你才華洋溢。為什麼要糟蹋了你的天分呢？」她把一本我的書捲起來對著我揮舞，那模樣就像一個人揮舞著捲起的報紙教訓隨便在地毯上小便的狗。她等待著我的回答——就這點而言她是對的，這個問題並不是完全地誇大不實——可是我無言以對，覺得十分慚愧。從那時開始，我的確花了許多年——我想有點太多年了——為我所寫的東西感到不好意思。我想我直到四十歲才瞭解到，幾乎所有曾經出版過小說和詩集的作家，都曾經遭某人指責是在糟蹋自己的天賦。如果你寫作（或畫畫、或舞蹈、或雕刻、或唱歌），總會有一些人試圖讓你對自己的所作所為感到糟糕，如此而已。我並非用評論的方式來討論這件事，只是試著讓你瞭解我所看到的事實。

希司樂小姐要我把錢還給每個同學，我沒有異議地照辦了，即使有些同學（我要很高興的說，其實還不少人呢）堅持留下我那 V.I.B. 編號第一本的書。最後這還是一筆賠本的買賣，不過當暑假來臨時，我又把我的一個新故事印了四十八本，是我原創的《外星人入侵》（*The Invasion of the Star-Creatures*），賣到只剩四、五本。我想我最終還是贏了，至少以金錢來衡量的話。然而在內心深處，我一直感到很慚愧。耳邊仍不斷聽到希司樂小姐責問我為何要糟蹋我的天分、為何要浪費我的時間、為何我要去寫一些垃圾故事。

19

幫《大衛八卦報》寫連載故事是一件有趣的事，不過我其他的新聞工作卻讓我覺得枯燥無聊。不論如何，我還算是在報業界工作，消息傳了出去，我在里斯本中學念二年級時，成了校刊《鼓聲》（*The Drum*）的編輯。我不記得我對這件事有任何選擇的機會，我想我是直接被指派的。我的副手丹尼·艾蒙比我對報紙工作更不感興趣。他只是看上四號教室的位置，也就是我們工作的地方，隔壁就是女生的浴室。「史蒂芬，我總有一天會神智不清地衝進那裡去，衝、衝、衝。」丹尼不只一次這樣告訴我。有一次他還補充，彷彿是想為自己辯解：「全校最美的女生都在那裡脫掉她們的裙子喔！」這讓我忽然領悟到，那種打從根本就愚蠢至極的事也許反而會有它聰明的地方，就像禪宗或是約翰・厄普代克（John Updike）早期的故事一樣。

《鼓聲》並沒有在我的編輯領導下蓬勃發展。那時就跟現在一樣，我往往在一段懶散時期過後，會變成了工作狂似地全心投入。在一九六三到一九六四的學年間，《鼓聲》只發行了一期，可是那一期卻像怪物一樣的比里斯本電話簿還要厚。有一晚——我正為班級報告、啦啦隊近況，和一些蠢蛋提供的學校詩集感到倒胃不已——在我應該為《鼓聲》上面的照片下標題時，我創造出了一份我自己的，具有嘲諷性質的高中校刊。我稱為《村嘔》（*The Village Vomit*）的成品，共有四頁。在左上角框起來的箴言寫的不是「凡新聞都值得印刷」而是「凡屁話都會留存」（All the Shit That Will Stick）。這種愚蠢的幽默使我惹上高中時代唯一真正的麻煩，不過也讓我上了寫作課中最寶貴的一課。

依照典型《瘋狂》（*Mad*）雜誌的風格（「什麼，我會緊張？」），我在《村嘔》

上面寫滿了關於學校教職員的虛構小報導，用的是學生們一看就知道的老師綽號。於是，學習中心的督察瑞佩曲小姐（Miss Raypach），就成了「鼠幫小姐」（Miss Rat Pack）；大學體系出來的英文老師瑞克先生〔也是全校最文雅的教師——他看起來真有點像在彼得・固（Peter Gunn）這個美國經典電視節目裡的葛瑞格・史帝文斯（Craig Stevens）〕變成了「牛人」，因為他家族擁有「瑞克乳製品」公司（Ricker Dairy）；地球科學老師戴爾先生則成了又「老」又「生」的老生戴爾（Old Raw Diehl）。

就跟所有一知半解的幽默家一樣，我對自己的機智佩服得五體投地。我這人實在是太幽默好笑了！就像是一個平凡磨坊小鎮裡的孟肯（H.L. Mencken，美國知名記者和文學評論家）。我一定要把《村嘔》拿去學校給所有的朋友看，他們必定會捧腹大笑到肚子痛！

事實上，他們的確是笑到肚子痛；我對於什麼事情能引起高中生發笑還滿有概念的，而大部分這些事都可以在《村嘔》上找到。在其中一篇報導，牛人寶貝的澤西牛在「頂尖贗品大會」中贏得牲畜類放屁大賽；另一篇則是老生戴爾，因為把當作標本的死豬眼球塞到鼻孔裡而被開除。你看，都是在可接受範圍內的敏銳幽默。很有格調吧？

第四節課時，因為我三個朋友在學習中心後頭笑得太大聲了，瑞佩曲小姐（真有鼠幫偷偷摸摸的風格）悄悄靠近看看到底是什麼東西如此好笑。她把《村嘔》給沒收了。我不管是因為出於過度自負，或是難以置信的天真，竟在《村嘔》上面署名總編輯和最高領袖。下課後我被叫到學校辦公室，這是我在學生時代裡第二次因為我寫的東西，而被叫到辦公室。

這次惹的麻煩比上次嚴重許多。大多數老師對我的揶揄一笑置之，連老生戴爾都願意不再對豬眼的事追究，讓它過去就過去了——可是有一個老師不願善罷甘休，在商業課程中教女生速記和打字的瑪姬婷小姐。她令人又敬又怕；依循早期的教師傳統，瑪姬婷小姐不想成為學生的朋友、心理醫生或啟蒙者。她是教商業技能，並希望學習的過程完全按照規矩行事——她的規矩。瑪姬婷小姐有時會要求課堂上的女生跪在地板上，如果裙子的邊緣碰不到地板的話，就得立即回家更換。不論如何淚眼相求，都無法感動她，也沒有任何理由會改變她的想法。她留校察看的學生名單是全校最長的，不過她教出的女孩常被選做畢業生代表致告別辭和致謝辭，而且日後都能找到好工作。許多人喜歡她，有些人則就算事隔多年，卻還是討厭她。不喜歡她的女孩們叫她「蛆小姐」〔譯按：在英文裡，瑪姬婷（Margitan）和蛆（maggot）的拼法接近〕，而且想都不用想，在她們之前，這些女孩的母親也是這樣叫她。我在《村嘔》裡有一條新聞的開頭是：「瑪姬婷小姐，也就是所有里斯本鎮人都暱稱為蛆的那位……」

希金斯先生，我們的禿頭校長（在《村嘔》中化名為「老毛球」）告訴我，瑪姬婷小姐對我寫的東西感到既傷心又生氣。不過，她顯然並沒有難過到忘了《聖經》上的古老訓誡「速記老師說，這是我的復仇。」然而，希金斯先生說她希望我能被退學。

我的個性裡，狂放不羈和古板保守其實是相互糾結如同髮束中的髮絲。我個性中較瘋狂的那面寫了《村嘔》，然後拿到學校傳閱；現在惹麻煩的海德先生奪門而出；而傑格醫生則被留下來擔心我媽要是知道我被退學的話，她會怎麼用那痛心的眼神看我。〔編按：海德和傑格是出自《金銀島》作者史蒂文生的《傑格醫生與海德先生的奇案》（*The Strange Case of Dr. Jekyll and Mr. Hyde*，又名《化身博士》）一書中所寫的人物，善良傑格醫生吃了自己發明的藥而變成個性凶殘的海德。」我得盡快把我媽從腦海中弄走，我現在是二年級學生，比大部分同班同學年長一歲，而且我六呎二吋的身材在學校也算是大個兒之一。我絕對不想在希金斯先生的辦公室掉眼淚——至少不在外頭走廊上擠滿學生好奇地向裡張望的當下：校長坐在他的桌子後面，而我則坐在那張壞小孩椅上。

最後，瑪姬婷小姐決定以正式道歉再加上兩星期的留校察看，和我這個膽敢在報刊上稱她為蛆小姐的壞學生達成和解。那真是糟透的經驗，可是高中時代的學校生活哪個不是這樣？只要我們進了學校，就好像是人質受困在土耳其浴室裡一樣，對我們所有人而言，學校是全世界上最嚴肅的地方。要等到後來第二或第三次同學會時，我們才開始明白這整件事情有多麼荒謬可笑。

一兩天後，我被帶進校長辦公室站在瑪姬婷小姐面前，她筆直的坐著，患關節炎的雙手置於膝上，灰色的眼睛不假辭色地盯著我的臉，而我則意識到她和其他的大人不太一樣；一時之間我也說不上來她不同在哪裡，但我很清楚她不是個可以被輕易誘惑，或是被說服的女士。稍後，當我和其他受罰的男生女生在「留校察看室」丟紙飛機時（留校察看結果其實並不太糟），我想通了這件事其實很簡單：瑪姬婷小姐不喜歡男孩。她是我這輩子所見女人當中，第一個不喜歡男生的女人，是一點都不喜歡。

不知這有沒有稍稍讓情形好轉一點，我的悔過書寫得十分真心誠意。瑪姬婷小姐真的被我所寫的嘲諷文章所傷，遠超過我能想像的程度。我懷疑她是否真的討厭我——她應該忙到沒什麼時間吧——可是她是學校裡國家優秀學生獎（NHS，美國中學的模範學生獎勵組織）的提名委員，當我的名字兩年後出現在提名名單上，她否決了我，「國家優秀學生獎不需要像『他這類型』的男孩。」瑪姬婷小姐說。我也相信她是正確的，一個曾經拿毒常春藤擦屁股的男孩，大概也不會屬於這種聰明人的團體。

那次之後，我就不太常寫諷刺文章了。

20

我從留校察看室放出來後不到一星期，又再度被叫進校長辦公室。我的心沉到了谷底，懷疑自己是又惹上了什麼麻煩。

結果原來不是希金斯先生要見我，這次是學校的輔導員把我找過來的，他說他們曾就我的事進行討論，想說要如何將我這枝「不務正業」的筆，導向較有建設性的方向上。他已經徵詢過里斯本週報的主編約翰·顧爾德（**John Gould**），發現約翰正好有一個體育記者的空缺。儘管校方不能強迫我接受這個工作，但辦公室裡的人都認為這是個千載難逢的好機會。「接受，或是等死」（**Do it or die**），學校輔導員的眼神，似乎如此暗示著我。也許那只是我的妄想症，但即使是大約四十年後的今天，我還是不覺得是我自己多疑。

我心裡嘟囔著，我已經對《大衛八卦報》感到厭煩，學校《鼓聲》也快做不下去了，現在又跑出來個里斯本《企業週報》。雖然不像《大河戀》（*A River Runs Though It*）裡的諾曼·麥克林（Norman Maclean）老是跟水糾纏不清，我卻是個被報紙糾纏所苦的青少年。但我能怎麼辦？我再看了一眼輔導員的眼神，然後回答說我很樂意去應徵這份工作。

顧爾德——不是眾所周知的新英格蘭幽默家，也不是寫《綠葉之火》（*The Greenleaf Fires*）的小說家，但是我想和他們都有親屬關係——有點保留又帶點好奇地歡迎我。他說我們可以雙方適應一下，看看這工作是否適合我。

既然我現在不是在里斯本中學的辦公室裡，我覺得我可以吐露一點實話。我告訴約翰・顧爾德先生，我對運動不太內行，顧爾德回答說：「就算人們在酒吧喝醉了都看得懂這些比賽，只要你願意，一定學得會。」

他交給我一大卷寫稿用的黃色紙——我想我不知在哪兒還留有一些——並答應付我每字半毛錢的稿費，這可是第一次有人要付我錢寫東西。

我剛開始交出的兩篇報導是有關一位里斯本籃球隊隊員，在一場比賽中打破學校的得分紀錄。其中一篇是比賽的直述報導，另一篇則是羅伯特・瑞森破紀錄演出的側記。我將這二篇報導在比賽隔天就交給了約翰・顧爾德先生，這樣他才能在星期五出刊前拿到。他先讀比賽的報導，做了兩個小小的修正並將文稿釘裝，然後他手拿著一枝粗黑的筆開始讀另一篇主要的報導。

在里斯本中學的剩餘二年裡我選修了英國文學課程，而大學時則修習了寫作組織、小說創作和詩文的課程。然而約翰．顧爾德先生在十分鐘之內所教我的東西，卻遠比任何一堂課更讓我獲益匪淺。我希望我還有保有這篇由約翰．顧爾德先生修飾的文稿——它實在很值得被裱框珍藏——我仍清楚地記得它的內容，以及被顧爾德先生用他那黑筆修潤過後它看起來的樣子。在這裡舉個例子：

> 昨晚在里斯本中學廣受喜愛的體育館，觀眾與傑爾山隊的球迷，同為一項打破學校歷史紀錄的精采演出感到驚嘆不已。巴布．瑞森（編按：羅伯特暱稱巴布（Bob）），因為他的噸位和準確度，人稱「子彈」巴布，獨得三十七分。是的，你沒聽錯！再加上他以優雅、快速的動作……，以及少見的禮貌態度騎士般的精神，完成比賽中只有兩次個人犯規，這打破了一九五三年自韓戰以來里斯本運動球員從沒有達到的紀錄。

顧爾德停在「韓戰爆發的那一年」句子上，抬頭看著我，「最後紀錄保持是在哪一年？」他問我。

幸好，我帶著我的筆記，「一九五三年。」我說。顧爾德咕噥了一聲又繼續工作。當他像上面例子那樣地修改完我的稿件之後，他抬起頭似乎從我臉上看見了什麼。我想他可能以為我在害怕，其實不是，我只是單純地有被抓到了的感覺。為什麼？我想，英文老師不是也曾這樣做？感覺有點像老生戴爾在他生物課桌上放著的人體模型。

「我只是把不好的部分剔除，你了解吧？大致上都還不錯。」顧爾德先生說。

「我知道，」我回答他，這包含二個意思：是的，大致上都還不錯——總之是交了差——和是的，他只有把不好的部分刪除掉。「我不會再重蹈覆轍了。」

他笑了出來：「如果那是真的話，那你永遠都不用為生活而辛苦工作了。你只要一直寫這篇文章就好了。我要不要解釋一下這些改過的記號？」

「不用。」我回答。

「當你在寫一篇故事的時候，你其實是在跟自己說這個故事，而當你重寫的時候，你主要的工作則是把那些不該在故事裡的東西給拿掉。」他說。

在我交出我頭二篇稿子的那天，顧爾德還說了一些其他的事：寫的時候把門關上，重寫時則把門打開；換言之，寫文章一開始只寫給你自己，可是之後就要向外走出去。只要你知道故事是怎樣的並且把它正確地描述出來──總之是盡你所能的──它就屬於那些想要去閱讀它，或是評論它的人了。如果你夠幸運的話（這是我的想法，非約翰．顧爾德的，但我相信他會為此背書），大部分的人會想要做前者，而不是後者。

21

從高年級班級到華盛頓特區的旅行回來後，我在巫倫波研磨及紡織廠找到一份工作，我其實並不想要這份工作──因為它既困難又無趣。磨坊本身是一幢突出在飽受污染的安卓斯可金河上的航髒破爛的房子，看起來很像是查理斯．狄更斯小說中的工廠──可是我需要這份收入。我媽那時在新葛洛斯特的一所精神療養中心做管家賺取微薄薪資，可是她堅持我一定要和我哥大衛一樣去讀大學（緬因州大學，六六年畢業班）。在她心中，教育反而變成其次的因素。德漢鎮、里斯本瀑布和緬因州大學奧朗諾校區都算是在這個雞犬相聞，人們就算關係扯了四或六層遠，也還是會相互關心的小世界中的一部分，也是這種關係讓鎮區間緊密相連有如「黏黏鎮」（Sticksville）。在外面的世界裡，男孩如果不上大學就會被送去海外參加詹森總統的未公開的戰爭，而其中許多人回鄉時卻是躺在「盒子」裡被送回來的。我媽喜歡林登那個貧窮戰役的主張（War on Poverty），「那是我會加入的戰役。」她有時候會這麼說，可是對他在東南亞的做法就不怎麼贊同了。當我有一次告訴我媽其實入伍和到亞洲去也許對我來說也不錯——保證在那裡可以寫出一本書來。

「史蒂芬，別傻了！」我媽說，「憑你那雙眼睛，你一定會被子彈打到的。你要是死了也甭寫什麼書了。」

她是認真的；她不但已經考慮清楚，也下定了決心。因此，我申請了獎學金、學生貸款，還到工廠去工作。光靠我幫《企業週報》寫些保齡球比賽和肥皂盒子圓禮帽競賽的新聞賺來的五、六塊週薪，當然是不可能支撐我太久的。

在里斯本中學最後幾週，我的行事曆是這樣的：七點起床，七點半上學，最後一堂課二點結束，二點五十八分在巫倫波三樓打卡上班，把碎布裝袋的工作持續八小時，十一點零二分打卡下班，大概十二點過一刻回到家，吃一碗玉米片，倒頭睡覺，第二天一早起床，重複一樣的行程。有幾次我連續上兩輪班，在去學校上課前，就在我那台六〇年代出廠的福特銀河系老爺車（大衛的舊車）上睡一個多小時，然後在午餐過後再跑到保健室睡過第五、六節課。

等暑假一到，事情就變得輕鬆多了。其中之一是我調換到地下室的染房工作，那裡的溫度跟樓上比起來涼爽了三十度。我的工作是負責把墨爾登呢衣服的樣品染成紫色或海軍藍色。我可以想像現在還有一些新英格蘭人家裡的衣櫥裡還有著我們染出來的外套。那並不是我度過最美好的暑假，可是我避開了可能被機器吸入，或是手指被重量級裁縫機縫在一起的危險，這些可都是我們在傳送未染布料時可能碰到的狀況。

七月四日的那個禮拜，工廠休息。工作五年或五年以上的巫倫波員工有一個星期的年假。而對工作未滿五年的員工則提供另一個工作的機會，負責把工廠從上到下徹底的清掃一遍，範圍包括那至少有四、五十年未清掃過的地下室。我本來想加入這個清掃的行列——那可是能從事工作的時間和半薪——不過早在領班找到我這個九月就會離職的高中小鬼前，有限的名額就早已被搶光。當我隔週再回去工作時，一個在染房工作的傢伙說我應該要加入他們的，那個禮拜可瘋狂了。他說：「地下室的老鼠大得跟貓一樣，其中有一些，要是沒有跟狗一樣大的話就真是見鬼了！」

跟狗一樣大的老鼠耶！哇！

大學最後一學期快結束的某一天，期末考剛考完正在放輕鬆，我突然想起染房那傢伙說磨坊下老鼠的故事——大得像貓，天殺的！有些還跟狗一樣大——我開始構思一個名叫〈墓地輪值〉的故事。我只是在一個晚春的午後打發時間，但是二個月後《騎士雜誌》卻以二百元買下了這個故事。在這之前，我曾賣出了二篇故事，加起來的稿費不過六十五元。這次的價錢是之前的三倍之多，而且還只是單一故事的稿費。這真的讓我吃了一驚，我發財了。

22

一九六九年的夏天，我在緬因州大學圖書館得到一份工讀的工作。那是個美麗與醜陋交織的季節。在越南，尼克森正執行他的停戰計畫，看起來像是要把大部分的東南亞城市持續性地轟炸成一堆瓦礫。誰人合唱團（The Who）唱：「見見新老闆吧，就跟舊老闆一模一樣。」尤金．麥卡錫（Eugene McCarthy，編按：美國明尼蘇達州的參議員，同時也是教授和詩人）專注於他的詩文上，快樂的嬉皮穿著喇叭褲和上面印著口號的T恤，像是「為和平而戰就像是為守貞而做愛」，那時我留了一片落腮鬍。清水合唱團（Creedence Clearwater Revival）唱著〈綠河〉（Green River）——赤腳的女孩，在月光下跳舞——而肯尼．羅傑斯（Kenny Rogers）還在首版樂團（The First Edition）中。馬丁．路德．金（Martin Luther King）和羅伯．甘迺迪（Robert Kennedy）相繼遇刺過世；可是珍妮絲．賈普林（Janis Joplin）、吉姆．莫瑞斯（Jim Morrison）、「大熊」包伯．海特（Bob "The Bear" Hite）、吉米．亨德瑞斯（Jimi Hendrix）、約翰．藍儂（John Lennon）、貓王（Elvis Presley）

都還在人世創作音樂。我住在校區旁的艾德・普萊斯公寓（一星期七塊，包括更換一次床單）。人類剛剛登上了月球，而我則登上了院長的觀察名單，那是奇蹟和神蹟共存的時期。

那年夏天六月末的某一天，我們一群圖書館的同事在大學書店後的草地上吃午餐。在保羅・席維法和艾迪・馬緒的中間坐著一位苗條的女孩，她有著沙啞的笑聲，紅色的頭髮，以及展示在黃色短裙之下，我這輩子看過最美的腿。她手上拿著本艾爾垂奇・克利弗〔Eldridge Cleaver，編按：黑人民權領袖、「黑豹黨」（Black Panther Party）首領之一〕的《冰上的靈魂》（*Soul on Ice*）。我之前沒有在圖書館裡見過她，也很難相信一個大學生會發出這般美妙又無所畏懼的笑聲；而且不管有念書還是沒念書，她的咒罵都像個磨坊工人而不是大學生（我曾經是個磨坊工人，所以有資格這樣評斷）。她的名字是塔比莎・史普斯，我們一年半後步入禮堂，至今婚姻仍然美滿。她從來沒有讓我忘記第一次見到她時，我以為她是艾迪・馬緒在城裡的女朋友這件事，猜想她也許是個正值午休時間在看書的當地披薩店女服務生。

23

我們成功了。除了卡斯楚之外，我們的婚姻比所有的世界領袖都維持得久，而且如果我們繼續交談、爭吵、做愛，和隨著雷蒙斯合唱團（Ramones，美國傳奇龐克樂團）的音樂〈Gabba Gabba Hey〉跳舞——這段婚姻也許還會繼續下去。我們來自不同的宗教，但是作為一個男女平權論者，塔比並不特別熱中於由男人制定規條的天主教（包括不准用馬鞍這種上帝的直接指令），而且女人還要負責洗內衣褲。而我雖然信仰上帝，但宗教組織對我也沒特別用處。我們來自類似的勞工階級背景、都是肉食主義、一樣支持民主黨、有著典型的洋基（Yankee）精神，懷疑新英格蘭區以外的種種生活。我們性生活美滿而且天性支持一夫一妻制。然而真正讓我們緊緊相守的原因是文字、語言，以及我們生活上熱情、努力的工作。

我們相識時兩人都在圖書館工作，我在一九六九年秋天的一場詩歌研討會上真正墜入情網，當時我就讀大四，而塔比是大三。我愛上她的部分原因是因為我很了解她在工作上做的努力，我也因為她很了解自己為工作而做的努力而愛上她。

當然，她那性感的黑色洋裝加上絲質用襪帶鉤住的長襪，也是我墜入情網的原因之一。

我不想過於貶抑屬於我的那個世代（事實上我是這麼想，我們曾有改變這世界的機會，但是卻寧願選擇去建造家庭購物網路），不過在我那時認識的學生作家群裡有一種普遍觀點，好作品的產生是一種本能，在感情蜂擁而出時要即時捕捉；當你要蓋一座通往天堂的階梯時，你不能只是拿著釘槌站在那裡。一九六九年的《詩藝論》（*Ars poetica*）在唐納文・李區的一首歌裡得到完美詮釋，「起先那兒有座山／之後山消失了／然後山又出現了。」未來的詩人們活在一個充滿托爾金（**Tolkien**，譯按：《魔戒》的作者）氣息的縹緲世界中，試著從空氣中摘取下詩句。幾乎無異議的是：真正的藝術是……憑空而來的！作家是受到眷顧的速記員，忙著把天賜的文句默寫下來。我並非想讓任何一個我那時認識的老朋友覺得難堪，所以這裡用一個杜撰的例子來解釋我的說法：

我閉上眼
在黑暗中看見
夜鶯　烏鴉
在黑暗裡
我吞下一方
寂寞
烏鴉　我在這
渡鳥　我在這

如果你問詩人這詩代表什麼意思，你很可能會得到一個輕蔑的眼神，略帶不舒服的沉默似乎就要遍布四周。然而事實上，詩人或許無法告訴你他創作技巧的這件事，卻肯定不會被認為有什麼嚴重的。如果你硬要對方回答，他們也許會說那並沒有任何技巧，有的只是那飛迸出來的情感：起先那兒有座山，之後山消失了，然後山又出現了。根據詩中使用像「寂寞」這樣平凡，及對所有人來說都是差不多意思的字，要是創造出來的詩淡而無味的話——嘿！老兄，那又怎樣呢？就別執著在那些老掉牙的東西，只要看它的優點就好了。我對這種態度不太能苟同（雖然我不敢大聲這麼說，至少不是用這麼長篇幅的文字），我欣喜萬分的是研討會上那個身穿黑色洋裝和絲質長襪的女孩和我一樣對這樣的態度不能苟同。她並沒有站出來大聲地這麼說，但是她也不需要這麼做，她的作品已代她說明一切。

研討會團員每星期會在講師吉姆・畢夏士家的客廳舉行一、二次聚會，大約十二名大學生和三、四名教職員在同等的美好氛圍裡一起共事。研討會當天，作品會先在英文系系辦公室打字和油印，當詩人朗誦詩詞的同時，其餘的人就照著拿到的那份影本跟著看。這裡有一篇塔比寫於那個秋天的作品：

奧古斯汀的進階詠[2]

最瘦弱的熊在冬天醒來
因為蚱蜢的擾眠笑聲
因為蜜蜂的擾亂好夢
因為沙塵中的蜂蜜香
藉著風
吹入了遙遠的山丘
吹入了他香杉木的房子裡

---

2 編按：進階詠（gradual canticle）是中世紀天主教的儀式之一，以前讀經的檯子是走迴旋梯上去的，當讀經的人走迴旋梯上去時，大家一邊頌唱的歌曲就叫做進階詠。

熊聽到一個完美的保證
那種肯定的文句是可以吃下肚的
它們比銀盤中的雪
或溢出金碗的冰更滋養
從愛人嘴裡吐出的冰晶不是恆常美好
沙漠中的夢境也不總是海市蜃樓
甦醒的熊吟唱著一首進階詠
沙的織網征服了城市
以一種緩慢的週期
牠的頌揚誘惑了經過的風
飄送向海洋
那裡有一隻魚
被捕捉在謹慎的網裡
在透著寒冷氣息的雪中聽到一首熊的歌曲

當塔比念完之後一片鴉雀無聲，沒有人知道該如何反應。像是有條纜線貫穿了這首詩，繃緊了線繩直到它們幾乎要嗡嗡發聲。我覺得詩裡面巧妙的措辭和迷人的意象不但讓人驚喜，也是充滿了啟蒙性的組合。她的詩讓我發現自己並不孤獨，我相信好的作品是可以同時令人陶醉又啟發思考的。如果迷醉的人可以像喪失心智一樣的亂搞——若是在那種狀態下被捉到，他們實際上是真的喪失了心智——那為什麼作家不能夠在瘋狂的同時依然保有理智？

我也喜歡詩中表現出來的一種工作狂熱，這說明了寫詩（或故事，或短文）其實就像清掃地板一樣，是拿神話性的時刻作為啟示。在《太陽下的葡萄乾》中有一個角色曾經喊道：「我想要飛行！我想要觸摸到太陽！」而他的妻子回答：「先把你的蛋吃了吧。」

在塔比朗讀完詩後的討論裡，我越發清楚她是真的了解她自己的詩，她完全明白她想要表達的是什麼，而且成功的表達出了大部分。她會知道聖奧古斯汀（西元前三五四至四三〇年）一方面是由於天主教，一方面是因為她主修歷史。奧古斯汀的母親（也是一位聖人）信奉基督教，而父親是異教徒。在他皈依上帝之前，奧古斯汀追求著金錢和女人；接踵而來的是他對於性衝動的不斷掙扎，並因為他充滿自由思想的禱詞而為人所知：「哦！天主，讓我返璞歸真吧……，但現在還不是時候。」在他的文字裡，他著重在男人為了追求上帝的信仰而背離自身信念的掙扎，而他有時候會自我比喻為熊。塔比在笑時常會低著下巴——這模樣使她看起來充滿智慧而且非常可愛，我記得她那時就是這樣做，她說：「除此之外，我喜歡熊。」

也許因為熊是漸漸醒過來的，所以這讚美詩也是漸進式的；熊雖然因為來日不多而顯得瘦，但也是強壯且充滿慾望的。塔比在被要求對她的詩加以闡明時說，從某一方面來說，作品中的熊可以被看成是一種象徵，代表人類總是在不該作夢的時候作些美妙的夢，這是種惱人又美好的習慣。這種夢之所以充滿困難，是因為它們的不妥當性，但是它們顯現的預示又是如此美好。這首詩也提到夢是很有威力的——在詩中，熊的夢就強大到可以慫恿風將牠的歌聲帶到網中的魚兒那裡。

我不想爭辯這首〈進階詠〉是否是首好詩（雖然我認為它相當不錯），重點是這是一首在歇斯底里時代裡通情達理的詩，一首合乎寫作倫常、並讓我的靈魂及思緒產生共鳴的詩。

那晚塔比坐在吉姆．畢夏士家的搖椅上，而我則坐她身旁的地板上，當她朗誦作品時，我把手放在她的小腿上，透過她的長襪將她溫暖的軀體線條置於掌中。她對我微笑，我也回她同樣的笑容。有些時候這種事情並不是偶然發生的。我幾乎可以這樣肯定。

24

我們結婚三年時已育有兩個小孩，兩個孩子並非我們計畫中也非意外懷孕的；他們來了就來了，而我們則高興能擁有他們。女兒娜歐蜜耳朵受到感染，喬則健康良好但似乎從不需要睡眠。當塔比被推入產房快要生喬的時候，我正和友人在布渥的汽車電影院看露天電影——國殤紀念日的連三部片特場，三部恐怖片，當我們正在看第三部片《推屍體的人》和抽第二包菸時，辦公室的人拿著一張通報衝了進來。那個時代還有杆狀的播音器，當你停車時，把一個舉起來掛在車窗上，因此經理廣播的聲音響遍了停車場：「史蒂芬．金，請快回家！你老婆正在產房！史蒂芬．

金，快回家！你老婆快要生了！」

當我急忙將我們那台老普理茅斯車開往出口，數百支汽車喇叭高鳴著挖苦的祝賀。很多人閃著汽車頭燈一明一暗，把我浸漬在一片斷斷續續的光亮中。我的朋友吉米・史密斯因為笑得太厲害，竟往下滑到前座助手席的腳墊上。在回邦加鎮的一路上，他也大多保持在那個位置。當我趕到家，塔比正冷靜地收拾著行李，不到三個小時後，她生了喬。他輕鬆地來到這個世界，但在接下來的四、五年中，卻沒有一件跟喬有關的事是輕鬆的；不過他真的是上天的恩賜，兩個孩子都是，真的。即使娜歐蜜把小床上的壁紙給撕下來（也許她以為自己是在打掃家裡），或喬便便在我們山福街公寓前廊的柳條編織椅上，他們都是老天賜予我們的恩典。

25

我媽知道我想做一個作家（看我把那些退稿便箋全部掛在牆上的長釘上，她怎麼會不知道？），但是她鼓勵我去考一個教師資格，「這樣你生活上才有後盾。」

「史蒂芬，你也許會想要結婚，但是塞納河邊的小閣樓只有對單身的人而言，才會覺得浪漫，」她有一次這麼說，「那裡沒有足夠的空間讓你建立你的家庭。」

我接受她的建議，進入緬因州大學的教育學院，四年後帶著一張教師資格重出江湖……，就好像一隻黃金獵犬從池塘裡冒出頭來，嘴上還叼了隻死鴨子；鴨子是死的，一點都沒錯。我並沒有如願的找到教師的工作，所以去了新富蘭克林洗衣店，薪水比四年前在巫倫波工廠時也沒有高多少。我只好把家人安置在可以俯瞰，不是塞納河，而是邦加鎮上不甚迷人街景的成串小閣樓裡，而在那裡，警察的巡邏車似乎總是會在星期六的清晨兩點出現。

在新富蘭克林幾乎沒有看過私人送洗的衣物，除了一些由保險公司買單的「急件」（大部分的急件都是一些「看」起來還可以，但是聞起來卻像是烤猴子肉的衣服）。我每天送進送出的大部分工作內容物，是從緬因州海岸城鎮的汽車旅館送來的床單以及海岸餐廳的桌布，而桌巾實在是髒得嚇人。來到緬因州的旅客通常會點蚌類和龍蝦作為晚餐，其中又以龍蝦居多。當這些用來呈獻美食的桌布傳到我這裡時，它們早就是臭氣薰天，還常常布滿了蛆，而這些蛆會試圖在你把桌布放入洗衣機時爬上你手臂；就好像這些該死的東西知道你就要用熱水把牠們煮熟一樣。蛆就已經夠糟了，可是那些龍蝦和蚌肉腐壞分解時發出的味道卻更令人反胃。「為什麼人會這麼邋遢啊？」當我把來自泰斯塔的海港酒吧那令人發病的桌布放入洗衣機時，心裡忍不住這麼想，「人怎麼會這麼去他媽的邋遢啊？」

醫院的床單和痲織品更可怕。夏天時，上面也會爬著蛆，但是在這上面牠們是以血為食物來源，而非蚌類和龍蝦肉。衣服、床單和枕頭套這些有可能被感染到的東西會被放入我們稱為「瘟疫袋」的袋子裡，這種袋子一遇到熱水便會溶解，但是血液不行，這種時候都會被考慮為特別危險的狀況。來自醫院的衣物堆裡通常都會有點額外附加的小東西；這些衣物就像是內藏奇怪獎品的傑克餅乾盒一樣。我曾在一堆衣物裡找到一只鐵製便盆，另一堆衣物裡則是有一對外科用剪刀（便盆沒什麼實質上的使用價值，不過外科剪刀倒是十分好用的廚房工具）。和我一起工作的夥伴厄尼斯·「洛基」·洛克威爾，有一次在東緬因州醫學中心的衣物堆裡發現二十塊錢，結果中午就跑出去開始喝酒〔洛基稱下班的時間為「史利茲時間」（Slitz o,clock），Slitz為一種廉價啤酒品牌Schlitz的暱稱〕。

有一次我聽到責任範圍內的一台華洗克斯三槽洗衣機裡有怪聲，我馬上按下緊急停止鈕，心想這該死的東西可能是齒輪脫落了還是怎樣。我把門打開，拖出來一大坨滴著水的手術外衣及綠色帽子，把我自己也弄了一身濕答答。結果在衣物下面，中間洗衣槽像濾鍋一樣的內風袋上，四散著看起來像是一整組人類的牙齒。心裡有個念頭想這一定可以串成一條有趣的項鍊，然後我用手把它們給撈了出來，丟進垃圾桶。我太太這些年來容忍了我許多事情，可是她的幽默感至今沒什麼進步。

26

從經濟觀點來看，一雙兒女對兩個在洗衣店和甜甜圈店工作的大學畢業生而言，負擔大概是重了點。當時我們唯一的消遣來自如《城市》、《騎士》、《亞當》、《典雅》之類的雜誌——歐瑞姨丈曾叫這些雜誌為「乳房雜誌」。到了一九七二年時，它們已經刊登一些比上空裸照更大尺度的東西，而小說則正開始淡出，但我很幸運地趕上了最後一波風潮。當我們住在新富蘭克林附近的葛羅福街時，我常在下班之後寫作，有時也會趁著午休時間寫點東西，我猜想這聽起來幾乎令人難以相信，好像林肯總統年輕時那樣打拚，不過這也沒什麼大不了的，我是樂在其中。這些故事，就算有些內容不甚愉快，也是我得以短暫逃離老闆博克司先生和樓層監工亨利，喘一口氣的機會。

亨利的雙手是鐵鉤做的義肢，那是因為二次大戰期間他跌入了床單絞布機所致（他在打掃機器上方梁柱時失足跌落）。他是個天生的喜劇演員，有時候他會溜進浴室用冷水沖他一邊的義肢，再用熱水沖另一邊的義肢，然後鬼鬼祟祟地跑到正在送裝衣物的你的背後，然後把那鐵製的義肢放在你的脖子後面。我和洛基花了很久的時間觀察他如何完成一些特定的浴室活動。一天我們在洛基車上吃中飯時他對我說：「至少亨利上完廁所不用洗手。」

有的時候，尤其在夏天，當我服用下午分到的鹽錠時，我會忽然想到我是在重複過著我媽的生活。這個想法通常會讓我覺得很有趣。但要是我剛好感到疲倦或是有額外帳單要付卻阮囊羞澀的話，這就會令我覺得糟糕透了。我會想：「我們的生活不該是這樣的。」然後又會想：「全世界大概有一半的人都和我有著一樣的想法吧！」

我在一九七〇年的八月把故事賣給男性雜誌，當我收到〈墓地輪值〉賺來的二百元支票時，我們在一九七三到七四年間的冬天，才稍微在捉襟見肘的生活和社會福利中心之間創造了點小小的差距（我媽是終其一生的民主黨員，向我灌輸了她對「靠國家吃飯」的恐懼；而塔比也有類似的想法）。

我對那段時期最深刻的記憶是某個星期天下午，我們全家在德漢鎮媽媽家度完週末，回到葛羅福街上的公寓——這也是我媽的癌症病徵開始出現的時候。我有一張拍攝於那天的照片，看起來疲累卻又安慰的老媽，膝上抱著喬坐在她前院的椅子上，而娜歐蜜則健康地站在她身旁。不過，娜歐蜜到了那個星期天下午就不怎麼健康了；她除了耳疾發炎外還發高燒。

那個夏天午後最難熬的時刻，是我們蹣跚地從車上走回公寓的那段路。我抱著娜歐蜜，手上拎了個袋子，裡頭裝滿了嬰兒的生活必需品（奶瓶、乳液、尿布、睡衣、內衣、襪子），而塔比則抱著喬，他剛才在她身上吐了一灘。她身後還拖了一袋的髒尿布，我們都知道娜歐蜜需要那個我們稱為「粉紅色東西」的液狀抗生素．

只是「粉紅色東西」很貴，而我們那時很窮，我的意思是，窮到極點了。

我成功地打開樓下大門而沒把手上的女兒給摔下去，當我正慢慢地把女兒抱進屋裡時（她發著高燒，像塊灼熱的煤球一樣地靠在我胸前），我看到有個信封塞在我們的信箱裡——一封少見的週六限時專送。新婚夫妻通常不會有太多信件；除了大家似乎都忘了他們的存在的瓦斯和電力公司之外。我把信撕開，祈禱著千萬別又是什麼帳單才好，結果不是。信是在出版《騎士》及其他數本高品質成人出版品的杜貞出版社的朋友寄給我的稿費，那是一篇我想在哪都很好賣的長篇小說，稿費是張五百元的支票，也是我從沒收過的一筆大數目。突然間，我們除了可以帶女兒去看醫生，買瓶她需要的「粉紅色東西」，還可外加一頓豐盛的週日晚餐。而且我還幻想著，等到孩子們都睡覺後，我和塔比可以來「親熱」一下。

我想我們在那段日子裡是有著許多快樂的回憶，不過令人擔心受怕的日子也不少。我和塔比本身也沒比孩子們大多少（就像一般人說的），而保持親密的關係讓我們得以從生活赤字中稍稍喘息。我們盡力照顧好我們自己、孩子，並且彼此相互扶持。塔比穿著粉紅色制服去甜甜圈店上班，當醉漢到店裡要咖啡大吵大鬧時，她會叫警察來幫忙；而我則一邊辛勤地在洗衣廠洗汽車旅館床單，一邊繼續寫著單行本的恐怖電影故事。

27

在我開始撰寫《魔女嘉莉》時，我在鄰近的漢普登鎮找到一份英文教職，年薪六千五百元，跟洗衣廠一塊六毛的時薪相比，這份收入簡直令人難以置信。但如果我有好好計算一下，小心地加上所有花在課後會議和在家改作業的時間，我可能會看出這真是一筆應該多加考慮的收入，我們的狀況也因此雪上加霜。到了一九七三年冬末，我們住在賀莫鎮（邦加鎮旁的一個小鎮）上一輛加寬的拖車裡。（許久之後，在《花花公子》雜誌的專訪裡，我曾說賀莫鎮是「全世界最爛的地方」。鎮上的居民對此十分震怒，我在此為這件事致歉，賀莫鎮其實也不過是世界上的爛地方之一。）我開著一輛變速器有問題但卻沒錢去修的別克汽車。塔比還是在多拿滋甜甜圈店工作，而家裡仍然沒有裝電話，我們就是單純地每個月入不敷出。那段期間裡，塔比試著寫懺悔故事（「太美，所以不是處女」——之類的東西），但卻馬上得到「不適合我們，可是請再來投稿」這樣的回應。如果她每天能有額外的一、兩個小時的話，她可能會有所突破，可是她還是被困在固定的二十四小時裡。除此之外，一開始吸引塔比的懺悔故事裡提供閱讀趣味的公式〔稱作三元素（3R's）：反抗（Rebellion）、墮落（Ruin）和重生（Redemption）〕，很快就隨時間逐漸消退了。

我自己的寫作也並不成功，男性雜誌中恐怖、科幻和犯罪故事的空間逐漸被一些和性有關的情色故事所取代。但那只是麻煩的一部分，不是全部；更大的麻煩是在我人生中頭一遭，覺得寫作變得很困難。問題在於我的教職。我很喜歡我的同事和學生——即使是英文生活節目中的「瘸四與大頭蛋」這種角色也很有趣——可是每到星期五下午，我就常會覺得自己像是腦袋被彈跳纜繩束住一般地過了一個星期。要是我曾對於成為作家的未來近乎絕望的話，就一定是在那段時間了，我可以看到自己接下來的三十年，穿著一樣破舊、手肘部分有塊大補丁的斜紋軟呢外套，啤酒肚還垂掛在 Gap 卡其褲褲頭外；我會因為抽了太多包 Pall Malls 香菸而老是咳嗽，戴著比現在還厚重的眼鏡，有更多的頭皮屑，書桌的抽屜裡躺著五、六份未完成的手稿，每隔一陣時間，通常是在喝醉酒時，我就會把它們拿出塗塗寫寫。如果問我平常沒事時在做些什麼？我會告訴別人說我在寫書——不然一個自許為創意作家的老師課餘時間還會做什麼別的事？當然，我也會自我欺騙，跟我自己說時間還多得是，現在並不是太晚，有些小說家也是到了五十，甚或六十歲才開始創作，而且這種人大概也不少。

在我於漢普登任教（以及暑假在新富蘭克林洗衣廠洗床單）的那兩年，我的妻子做了一個關鍵性的決定。如果她當時覺得我花時間在我們龐德街上租來公寓的前廊寫作，或是在我們賀莫鎮克雷特路上租來的拖車裡的洗衣室裡寫作，都是在浪費時間的話，我想我會失去大部分的熱情和意志力。可是塔比從來沒有顯露出一絲的懷疑。她對我的支持是永不改變的，這也是少數讓我覺得那是一種恩典的事情。每當我看到頭次出版的小說上寫著要獻給愛妻（或丈夫）時，我總會發出會心的微笑並且想到：「有人是了解這個作者的。」寫作是份寂寞的工作，要是有人能相信你會讓一切都有所不同，他們不必長篇大論，通常只要是能信任你就夠了。

28

當我哥大衛念大學的時候，他在他的母校布魯絲威克高中當清潔工，有年夏天我也曾在那工作過一陣子，我不記得是哪一年了，但知道那是在我遇見塔比之前、開始抽菸之後的事。那樣算起來，我想我應該是十九或二十歲。和我搭檔的是個叫做亨利的傢伙，穿著綠色野戰服帶著一大串鑰匙，走路有點跛（但他是真的有手而不是裝義肢的）。有次午餐時間，亨利向我形容在特拉瓦島上面對日本敢死隊的襲擊時，會是什麼樣子，日本軍官全都揮舞著用麥斯威爾咖啡罐鑄成的長刀，在他們身後的是放聲大叫神智不清的士兵們，身上還帶著烤狗肉的味道。我的夥伴亨利可真是一個會講故事的人啊。

有一天，我們兩人本來是去女生更衣室清除牆上的鐵鏽，我在置物間裡四處張望，像是個回教男孩為了某種原因而深入女人住所那樣感到好奇。那裡看起來跟男生的置物間沒什麼不同，但是某一方面又完全不同；當然，那裡沒有男用馬桶，而瓷磚牆上有兩個加掛在上面的金屬盒子——既沒有標識，也不是放衛生紙的尺寸。

我問亨利那裡面放的是什麼？「娘們用的塞子，」他回答，「給她們每個月特定日子用的。」

我還注意到淋浴間跟男生更衣室裡的不一樣，這裡的淋浴間有用黃鉛做的U型掛勾掛著粉紅色的塑膠浴簾，所以在這裡，你可以真的有保有個人隱私的淋浴。我和亨利提起這個，他聳了聳肩說：「我想年輕女生對脫光衣服可能感到比較害羞吧！」

當我有一天在洗衣廠工作時忽然想起這些記憶，我開始構思一個故事的開場：女孩們在一間沒有掛勾、粉紅浴簾，或是任何隱私的更衣室裡淋浴，其中有個女孩第一次來月經，只是她不清楚那是什麼，而其他的女孩子們——覺得噁心、恐怖又好玩，開始用衛生棉，或是亨利稱作「娘們塞子」的衛生棉條丟她。那女孩開始尖叫，全部都是血！她以為她要死了，而其他女孩在她快要流血過多死掉的時候還捉弄她……，她開始反應、還擊……，但以什麼方式呢？

這也讓我想起幾年前曾在《生活》雜誌上讀過一篇文章，文章暗示有些經過報導的鬼魅活動中，至少有一些可能實際上是隔空取物現象——這是一種光是想像著物體就可以移動東西的能力。有些證據顯示年紀輕的人可能有這種能力，文章還說特別是青春期初期的女孩子，時間差不多就在她們開始有第一次……。

哇！兩個不相干的靈感，青少年的野蠻行徑加上隔空取物超能力，讓我想出了個故事，但是，我可沒有擅自離開我在二號華洗克斯洗衣機前的職位，高舉雙手繞著洗衣廠跑來跑去地高喊「我發現了！」我有過其他跟這一樣或是更好的靈感，但我仍覺得這可以是一篇給《騎士》雜誌，甚或可能是《花花公子》的故事腹稿。《花花公子》給短篇小說的價碼最多可以出到二千元稿費，而二千元在買了別克汽車轉換器後，還可以剩下不少零頭買日常用品。這個故事在我腦海裡構思了好一段時間，當我在某一晚終於能坐下動筆之前，我已經開始教書，第一份草稿寫了三張紙，單行間距，然後我就厭惡地把它們揉成一團丟掉了。

我寫的故事裡有四個問題：首先也是最不重要的是，這故事無法使我感動；其次也是稍微重要一點的是，我不喜歡故事的主角嘉莉·懷特，她讓人覺得沉重又被動，像個天生注定的受害者，所以當其他的女孩用衛生棉或棉條丟她，並大喊著「塞進去！塞進去！」的時候，我反而顯得有點漠不關心；第三個也是更重要一點的問題在於，不管是對故事的背景或是全部女生的故事人物們，我都沒有辦法產生歸屬感，我像是降落在一個「女性星球」上，而多年前算是去過布魯絲威克高中女生更衣室這個經驗，也沒有辦法幫助我在這個地方進行探索。對我而言，最好的寫作應該是一種親密行為，就像是肌膚之親一樣，但對《魔女嘉莉》這個故事，我卻覺得好像是穿著一件脫不下來的濕答答橡膠衣。最後也是最重要的問題是，我覺悟到光靠這個故事是不夠讓我償清債務的，除非我把它寫得很長，可能還得要長過我另一篇故事〈有時歸來〉，而那已經完全超過一般男性雜誌市場所能接受的字數篇幅。雜誌上必須留好些空間來刊登一些基於某些原因而忘記穿內褲的啦啦隊照片——她們才是讓男人購買雜誌的主要原因。我沒辦法想像自己浪費二週，甚至一個月的時間來寫一篇我既不喜歡，也賣不出去的故事，所以我把它給丟掉了。

隔晚，當我從學校下班回到家，塔比拿著我揉掉的草稿，她是在清理我的字紙簍時瞄到它們，她把草稿上的菸灰抖掉，把紙弄平並坐下來讀它，她說她希望我能繼續寫下去，因為她想知道接下來的故事。我告訴她我對高中女生一無所知，塔比說這部分她可以幫我。她低著下巴用她那非常可愛的方式微笑著，「你這故事抓到了什麼特別的東西，」她說，「我真得這樣覺得。」

29

我從不曾喜歡過嘉莉・懷特這個角色，也不相信蘇・斯耐爾要她的男友陪嘉莉去畢業舞會的動機為何，可是我是在故事裡真抓住了什麼，像是我後來所有的事業。不知何故塔比清楚的知道這一切，等我寫了五十頁後，我自己也開始了解到這點。基於一點，我不覺得任何一個有去參加嘉莉・懷特畢業舞會的角色會忘記這件事，這是對少數幾個活著離開的人而言。

在《魔女嘉莉》之前我寫了三篇稍後才出版的小說——《忿怒》、《漫長的散步》、《跑步的男人》。《忿怒》是其中最麻煩的，而《漫長的散步》則是最好的，但沒有一部能像《魔女嘉莉》一樣讓我學到那麼多東西。其中最重要的是作者有時會和讀者一樣，對故事中的角色或角色們產生錯誤的認知；稍稍其次的是，不管是因為情緒上或想像力上碰到困難而把寫到一半的故事就此停筆，這都是件壞事。有時，就算你不喜歡這個故事也得要繼續下去；而另一些時候是你其實寫得不錯，但自己卻覺得好像是坐在那兒光寫些狗屁不通的東西。

塔比開始幫我，她首先告訴我通常在高中裡，要拿到衛生棉並不是用投幣式的——老師和學校都不喜歡看到女生穿著沾到經血的裙子走來走去，只是因為她們身上沒有帶硬幣。我自己也盡力發掘高中時代的記憶（在學校教英文的工作對我幫助不大；因為我那時已經二十六歲了，而且在學校裡的角色也不同），回想我們班上那兩個最孤單，也最常被欺負的女生——她們的長相、她們的動作，以及她們在學校是如何被同學對待。在我工作中，極少有比這更不愉快的經驗。

我稱其中的一個女孩為桑卓，她和母親及愛犬切達乳酪住在離我家不遠的拖車裡。桑卓有副破鑼嗓子，每次說話都好像有痰卡在喉嚨一樣，她不很胖，但身上的肉卻有點鬆垮蒼白，像是某些蘑菇翻過來的底部。雀斑臉旁貼著像孤女安妮（Annie）一樣捲捲的頭髮，她沒有任何朋友（我猜想除了愛犬切達乳酪）。有一天，她的母親僱用我去幫忙搬一些家具，在拖車的起居室中主要的是一座實體大小的耶穌受難像，耶穌雙眼向上望著天、嘴巴往下彎、血絲從戴著荊冠的頭頂滴下。除了腰際圍著的一塊破布之外全身一絲不掛，破布之上是凹陷的腹部和集中營難民一樣突出的肋骨。這讓我想到桑卓就是在這垂死上帝的痛苦凝視下成長，這毫無疑問的影響了她之所以會變成我所知道的她的樣子：一個膽怯平凡的被遺棄者，匆忙穿過里斯本高中的門廊，像隻受到驚嚇的老鼠。

「那是耶穌基督，我的天父以及救世主，」隨著我的眼神，桑卓的母親說，「你曾經被拯救過嗎？史蒂夫？」

我有點遲疑地告訴她我曾像世人覺得拯救該有的樣子那樣被拯救過，雖然我不認為人們可以好到夠資格得到耶穌對你行為的眷顧。痛苦已讓他喪失了意志，從他的臉上你就可以看得出來。如果那個人能再回到這世上，他大概也不會有心情去拯救別人。

另一個女孩我叫她多蒂・法蘭克林，只有其他女孩會叫她多多或嘟嘟。她的雙親只對一件事感興趣，就是參加比賽，他們也是個中好手；他們贏過各式各樣奇怪的獎項，包括一整年免費供應的三鑽石牌高級鮪魚和傑克・班尼（Jake Benny, 1894-1974，編按：美國喜劇演員）的麥斯威爾汽車。那輛車停放在他們位於德漢鎮上西南區的屋子左方，隨著時間漸漸融入周圍的景色中。每隔一、二年，其中一家當地報紙——波特蘭《新聞前鋒報》、路易斯登《太陽報》，或里斯本《企業週刊》——就會有一小塊消息報導多蒂的家人在彩券、摸彩和大型抽獎贏來的奇怪獎品。通常一同刊出的照片會有那台麥斯威爾車、傑克・班尼與他的小提琴，或是兩者皆有。

不管法蘭克林家族贏過什麼東西，給成長中青少年穿的服裝並沒有包括在內。多蒂和她兄弟比爾在上高中的第一年半裡，每天都穿一樣的衣服：比爾是黑長褲和短袖格子運動上衣；多蒂則是黑長裙、灰色及膝長襪和白色無袖罩衫。許多讀者也許會覺得我說「每天」似乎有點言過其實，但是那些五〇、六〇年代成長在鄉下地方的人就會了解我的意思。我在德漢鎮的童年生活是只有少數甚或沒有多餘裝飾的，我和同一條領巾圍好幾個月的小朋友們一起上學，小孩的皮膚上有一碰就痛的瘡包和疹子，像風乾蘋果的臉是因為曬傷沒有治療，還有的人被送去學校的時候，便當盒裡裝石頭，保溫水壺中除了空氣外什麼也沒有。那裡不是世外桃源，多數情況還比較像是一點都不好笑的狗雜碎地（Dogpatch，譯按：引自美國幽默漫畫利爾・阿布納（Li'l Abner），書中同名主角在名為「狗雜碎地」的山中小屋過著可笑又原始的生活〕。

多蒂和比爾在德漢小學的時候一切都還好，但是高中意味著一個廣大多了的城鎮，對法蘭克林家的兩兄妹而言，里斯本福斯中學則代表了嘲弄和毀滅。我們有趣地看著比爾的運動上衣逐漸褪色，並且從袖子的上方開始脫落・他用一個迴紋針來代替掉了的鈕扣，褲子膝蓋後方的裂縫則用小心翼翼以黑蠟筆上色的膠帶固定，以配合他原來褲子的顏色。多蒂的無袖白罩衫逐漸因為長期的穿著，和日積月累的汗水污漬開始變黃。當衣服漸漸變薄，她胸罩的帶子也愈來愈明顯。其他的女生都開她的玩笑，剛開始還在背後，後來就當面給她難堪・揶揄也成了辱罵。男生並沒有參加這一部分，因為我們還有比爾要好好關照（沒錯，我也是共犯——雖然不是常常參與，但我是其中一個）。我想多蒂的情況比較糟，女生們不只是討厭她而已，她們還憎恨她，多蒂就像是她們所有害怕事物的綜合體。

高二那年的耶誕假期結束，多蒂光亮耀眼的回校上課，那件寒酸的長黑裙子換成了一件蔓越莓紅色的及膝長裙，磨損的灰長襪則換成了尼龍絲襪，因為她終於刮了她腿上濃密的黑毛，所以穿上絲襪看起來相當不錯。那件陳年的無袖罩衫也換成了柔軟的羊毛衣，她甚至還燙了頭髮。多蒂徹底地改變了，從她的臉上你就知道她自己也感覺到了。我不知道這些衣服是她自己存錢去買的，還是她父母給她的耶誕禮物，或者是她禱告了無數次後終於出現的奇蹟。不過這些都不重要，因為光是新衣服並不能改變所有事情，對她的捉弄在那天反而更加變本加厲，她的同學們並不想讓她輕易地擺脫她們為她貼上的標籤；她則因為試圖要逃脫而遭到處罰。我有幾堂課和她同班，因此可以親眼看到她悲慘的遭遇。我看到她的笑容逐漸退去，眼中的光芒逐漸暗淡，最後消失殆盡。到了那天放學的時候，她就像是耶誕節前的老樣子——一個沒有表情、滿臉雀斑的幽靈，垂著眼睛，胸前抱著書本從學校大門倉皇地穿過。

多蒂隔天又穿著她的新裙子和毛衣，然後隔一天也是，再隔一天也是。直到學期結束，她都仍然穿著它們，不管那時天氣已經熱得不適合再穿毛衣了，因此她的額頭和嘴唇上方，總是掛著一串串汗珠。家庭燙髮並沒有維持下去，新衣服也開始起了毛球，一副無精打采的樣子，不過對她的揶揄倒是回到了耶誕節前的程度，而辱罵則完全停止了。這就像是有人試圖衝破圍籬而必須被制伏，如此而已；等到叛逃平息下來，所有的犯人也都再次歸位，生活也就恢復了正常。

在我開始寫《魔女嘉莉》的時候，桑卓和多蒂都已相繼過世，桑卓後來搬離了德漢鎮上的拖車，遠離那垂死救世主痛苦的凝視，住到里斯本福司的一間小公寓裡。她應該曾在那附近工作過，也許是其中一間磨坊或是鞋廠。她是位癲癇症患者，在一次病症發作時死去。因為她一個人住，沒有人能在她倒下時幫助她，以至於她頭部受創而過世。多蒂則嫁給了一名在新英格蘭區以播報方式有氣無力著名的氣象播報員，在孩子出生後——我想是他們的第二個小孩——多蒂走進酒窖裡朝自己的腹部射了一發點二二的子彈。那槍很幸運（或很不幸，端看個人的觀點），擊中了她的大動脈而讓她一命嗚呼。鎮上的人說那是產後憂鬱症，真是可憐。而我卻懷疑高中時代不愉快的經驗多少和這件事有點關係。

我從不曾喜歡過《魔女嘉莉》，故事不過是艾瑞克・哈瑞司和迪倫・卡利柏德（Eric Harris 和 Dylan Klebold，譯按：一九九九年美國著名的哥倫拜高中校園槍擊案主角，射殺校內多名師生）的女性版本。不過透過桑卓和多蒂，我卻至少更多了解她一點。我不但同情她，也同情她的同學們，因為很久很久以前我也曾是那群人之一。

30

《魔女嘉莉》的手稿後來寄給了我朋友威廉．湯普森工作的雙日出版社。寄出去後，我可以算是就完全忘記了這檔事，繼續過我的生活，那時我整日忙著在學校教書、養小孩、疼愛老婆、星期五下午喝得爛醉，以及寫作。

那學期裡我休息的空檔是午餐後的五分鐘，我通常會在教師休息室裡度過這一小段時間，改改作業或是希望能在沙發上伸伸懶腰、小憩一會兒——我在午後的精力就像是一條剛吞下一隻山羊的大蟒蛇一樣懶洋洋的，這時校內對講機響起，辦公室的考林．恩西帝問我在不在休息室裡，我回答說我在，然後她要我到辦公室去，有一通找我的電話，是我太太打來的。

即使是上課時間走廊上幾乎空無一人，從樓下的教師休息室走到學校主要辦公室那段路感覺上還是很漫長。我快步走著，還不能算跑，心裡一直怦怦跳，塔比一定是先幫小孩穿上了靴子和夾克，再到隔壁借用鄰居的電話打來的，而我只能想到她會為了兩件事而這樣做。要不就是喬或娜歐蜜從階梯上摔下來弄斷了腿，或是我的《魔女嘉莉》順利賣掉了。

我太太聲音有點上氣不接下氣，但非常興奮地對我念了一封電報內容，那是比爾・湯姆森（他稍後也發掘了一位來自密西西比州的作者，名叫約翰・葛里遜）在試著打電話給我時，才發現我們家不再裝電話了之後拍來的電報。內容是「恭喜你！《魔女嘉莉》正式成為雙日出版社的書。不知道先付你二千五百元預付款可以嗎？未來發展就在眼前了。祝福你！比爾敬上」。

即使在七〇年代初，二千五百元也只是一筆小數目的預付款，但是我當時並不知道這事，而且也沒有經紀人可以幫我注意到這點。在我想起來我實際上需要找一位經紀人之前，我大概已經有價值超過三百萬美金的收入，其中一大部分都給了出版商（在那個年代，雙日出版社簽的合約條件比合法的奴役好一些，不過也沒好多少）。而我這本有關高中生活的恐怖小說卻遲遲未出版。雖然出版商在一九七三年三月底四月初就買下該書，但書卻拖到一九七四年春季才正式發行。這情形並不罕見，因為當時的雙日出版社有如出版虛構小說的巨大紡織廠，不斷編織出包含了神祕、羅曼史和科幻小說的紗線，加上雙日的西部小說，一個月至少有五十本甚至更多的小說出版，而這還不包括由暢銷作家如里昂・尤里斯和艾倫・杜魯瑞寫的一連串排行榜叢書。說起來，我只不過是繁忙大河中的一隻小魚罷了。

塔比問我是否可以辭去教職，我告訴她不行，我不能把一切建立在區區二千五百元的稿酬，以及「有可能」拿到更多這種不明確的希望上；如果我還單身的話，也許（管他的，是很可能），可是帶著老婆和兩個小孩？這是不可能的。我記得那晚我們兩個躺在床上，啃著吐司聊天直到天快亮。塔比問我如果雙日出版社順利賣出《魔女嘉莉》平裝書的再版版權的話，我們可以賺多少錢？我說我不知道。不過我在報上看到，馬利歐・普蘇才靠他的《教父》（*The Godfather*）的平裝版版權賺了一大筆預付金——四十萬美金哪——可是我不認為《魔女嘉莉》會像那樣搶手，就算它真的可以賣出平裝版版權的話。

塔比吞吞吐吐一反她平常直言不諱的態度問，我覺得這本書有沒有可能找到平裝書出版商，我回答她我覺得這機會應該滿大的，大概有七、八成的把握吧！她問這樣可能有多少稿酬，我說我預估大約會在一萬到六萬之間。

「六萬塊錢？」她聽起來像是被嚇到了，「有可能那麼多錢嗎？」

我說那有可能——也許不是很有可能，但有這機會，我也提醒她我的合約上註明平裝版版權費是五五分帳，所以說要是巴倫汀或是戴爾出版社付六萬買了版權的話，我們也只能拿到三萬元。塔比並沒有對此多加表示——她也不需要這樣做，三萬元是我教書四年的薪資總和，甚至還可以加上每年加薪的收入，對當時的我們而言，這可是一筆大數目，這雖然可能只是一場白日夢，但卻絕對是一場好夢。

31

《魔女嘉莉》寸步往正式出版的方向前進，我們用預付款買了輛新車（塔比痛恨的標準排檔，她用磨坊工人階級的辭彙生動地表達出了她的不滿），而我也和學校簽了一九七三到一九七四年的教職合約。我開始寫一部結合《小城風雨》（*Peyton*

Place）和《吸血鬼》的新小說，名為《再度來訪》（*Second Coming*）。我們搬回邦加鎮上的一間一樓公寓，房子非常狹小，不過總算是又住回了鎮上來。我們有一輛真的加有保固的車，家裡還裝了支電話。

老實說，《魔女嘉莉》根本從我的生活雷達上完全消失。小孩子就讓我忙得團團轉，不管是上學校的那個，還是留在家裡的那個；而且我開始擔心我媽的健康，她已經六十一歲，還在松樹林訓練中心工作，人也像之前一樣風趣。可是我哥大衛說她常常感到身體不適，她床邊的小桌上放滿了各種處方的止痛藥，而他擔心她身體可能有什麼大問題。「你知道，她總是菸不離手，像個冒煙的煙囪。」大衛說。他是有資格這樣說，因為他自己就抽菸抽得像個煙囪（我也是，我太太痛恨我用在買菸的花費和彈得四處都是的菸灰），但我知道大衛的意思。雖然我並不像大衛一樣住在我媽附近也不常見到她，但我上一次看到她時，我可以看出來她瘦了許多。

「我們能為她做什麼呢？」但這問題的背後是我們都知道的答案，我媽一向是「她自己的事只有她自己知道」，就像她老是說的那樣。而這個人生哲學的結果卻讓我們在別的家庭共享家族歷史的地方產生了一大塊灰色地帶；我和我哥幾乎對我們的父親和他的家族一無所知，對我媽的過去也所知甚少，這其中包括了她令人訝異的（至少對我而言）八個已逝兄弟姊妹，以及她自己成為鋼琴演奏家的未完成夢想（她宣稱她曾在戰爭期間在國家廣播公司的廣播劇和教堂週日表演時演奏管風琴）。

「我們什麼也做不了，」大衛回答我，「除非她開口要求。」

在接到那通電話後不久的一個星期天，我接到另一通在雙日出版社的比爾．湯普森打來的電話。我當時獨自一人在公寓裡；塔比帶著孩子回她母親家去探訪，而我正在寫一本想要命名為《鎮上的吸血鬼》的新書。

「你是坐著的嗎？」比爾問我。

「不是，我家的電話是裝在廚房的牆上，而我正站在廚房和客廳之間的門廊上，我需要坐下嗎？」

「你可能要哦！」他說，「你那本《魔女嘉莉》的平裝版版權以四十萬元的價錢賣給了錫奈書店。」

記得當我還是小孩時，綽號平頭老爹的蓋伊叔父有一次對我媽說：「為什麼妳不叫那個小孩閉嘴，每當史蒂芬一開口，他總是用盡吃奶的力氣說個不停。」那一直都是事實，我一輩子就是那樣，但在一九七三年五月母親節那天，我竟然說不出話來，我站在門廊上，一樣的衝動湧上心頭，可是我一句話也說不出來。比爾問我還在不在電話旁，他說這話像是在笑似的，他知道我是在那的。

我沒有聽懂他說的話，這不可能是真的，這個想法至少讓我把我的聲音給找了回來，「你是說它賣了四十萬？」

「四十萬依照行規——意指我簽的合約——其中二十萬是你的。恭喜了！史蒂芬。」

我還是站在原地，越過客廳望向我們的臥房還有兒子喬睡覺的嬰兒床，我們在聖福街的公寓每個月房租九十元，而這個我只面對面見過一次的男人告訴我我剛中了樂透彩。我的腳發軟，我沒有真的摔倒，但我卻在門廊上慢慢地向下滑坐了下去。

「你確定嗎？」我問比爾。

他說他非常確定，我要他再一次重複數字，而且要又慢又清楚，我才能確定我沒有聽錯。他說數字是一個四後面加上五個零。「在那之後是一個小數點，然後再是兩個零，」他補充說道。

我們又聊了半個小時，但是我一個字都不記得我們說了什麼。當我們結束對話後，我試著打電話到塔比的母親家，她最小的妹妹瑪西拉說塔比已經離開。我穿著長襪在公寓裡走來走去，懷抱著一個天大的好消息卻苦於無人可以分享，我全身顫抖個不停，最後決定套上鞋子走到鎮上去。邦加鎮主街上唯一開著的商店是拉佛德爾藥房，我突然覺得應該買個母親節禮物給塔比，一個狂野又放肆的禮物。我真的盡力了，但這是人生中總會碰到的現實之一：因為拉佛德爾藥房裡沒有半樣東西是狂野又放肆的，我盡量做到最好，我買了個吹風機給她。

回到家時，塔比已經在廚房裡整理嬰兒的行李，口裡還隨著收音機哼著歌。我把吹風機送給她，她像是從來沒有見過吹風機一樣地盯著它看，「這是幹什麼啊？」她問。

我握著她的肩膀，告訴她我的平裝書版權賣出去的價錢，她看起來好像沒搞懂我在說什麼，於是我又說了一遍，塔比越過我的肩膀看了看我們那間只有四個房間的破爛小公寓，就像我之前做的一樣，然後哭了起來。

32

我生平第一次喝醉酒是在一九六六年，在我們去華盛頓特區做高年級旅行的時候發生的。我們搭乘巴士，五十個小鬼頭外加上三名隨護老師（事實上，其中一個還是我們的校長老毛球先生），第一晚夜宿紐約，當時紐約飲酒的法定年齡是十八歲。感謝我的爛耳朵和該死的扁桃腺，我看起來幾乎像十九歲，要喝酒是綽綽有餘。

我們一票比較大膽的男孩在旅館旁的街角發現了一家酒類零售店，我瞄了一眼架上的商品，知道我有的那點小錢在那絕對買不了太多東西。店裡有太多——太多種瓶子、太多種牌子、太多種標價是在十塊錢以上的。結果我放棄了，開口直接問站在櫃檯後面那個傢伙（一樣禿頭、乏味的長相、穿灰外套的男子，我確信他和那些販酒業剛開始時，賣第一瓶酒給那些從沒喝過酒的人長得一樣）哪種酒便宜？他一言不發，拿了一瓶老木屋威士忌放在收銀機旁的溫斯頓墊子上．酒瓶上的標價為一塊九五，這價錢剛好。

我有印象那晚被扶上電梯——也可能是隔天清晨——一夥人中有彼得・希金司

（老毛球校長的兒子）、柏許·米喬、藍尼·柏特瑞奇，以及約翰·屈茲馬，這些記憶就像電視情節，我像是靈魂出竅一樣，像個旁觀者看著這整件事，不過身體裡還留了點知覺，知道我自己全面性地，也許是更宇宙性地，把事情搞砸了。

記憶的鏡頭看著我們爬到女生住的樓層，鏡頭看著我在走廊上被推上推下，像是一具滾動的展示品——看起來應該很好笑的那種，女孩子們穿著睡衣、睡袍、頭上捲著髮捲、臉上塗著面霜，她們全都在笑我，可是她們的笑聲看起來卻沒有惡意。聲音是靜止無聲的，就像我是透過棉花一樣在聽它們。我試著告訴卡洛·萊奇我很喜歡她的髮型，而且她擁有全世界最美的藍眼睛，但是聽起來卻像是：「尤金——巫金——藍眼睛，尤金——巫金——全世界。」卡洛邊笑邊點頭像是她完全明白我在說什麼，我開心極了！這世界看起來像個屁，這點毫無疑問，不過卻是一個快樂的屁，而且每個人都愛這個世界。我又花了幾分鐘試著告訴葛羅莉亞·摩爾我發現了迪恩·馬汀的祕密生活。

在那過了不久後，我躺在自己的床上，床雖然固定不動，但是房間卻開始繞著它轉個不停，而且愈來愈快，我感覺房間轉得像是我那台維布考留聲機上的唱盤一樣，我以前常用它來播放費茲．多明諾，而現在則放迪倫和大衛．克拉克五人樂團。這整個房間就是唱盤，而我則是盤上的唱針，而不久之後，這唱針就要開始抬起它的唱片了。

我失去知覺了好一會兒，當我醒來時，我發現自己跪在我和同學路易斯．普瑞登合住的雙人房浴室裡。我完全不知道我怎麼到這來的，可是還好我來了，因為馬桶裡浮滿了黃色的嘔吐物，看起來像一塊塊游泳的金幣。這個想法又讓我想吐了起來，但除了充滿威士忌味道的口水外什麼也沒吐出來，可是我的頭好像要爆炸一樣。我沒辦法走路，只好一路爬回床上，濕淋淋的頭髮搭在眼睛上。「明天會感覺好一點的。」然後我又失去了意識。

隔日清晨，我的胃稍微穩定了一點，但我的橫膈膜卻因反覆嘔吐而隱隱作痛，而且我的頭像是咬了滿嘴的壞牙一樣一下一下的抽痛，我的眼睛像是變成了放大鏡；從旅館窗戶灑進房間的討厭明亮日光被目光集中濃縮後，一下子就在我腦子裡放火燒了起來。

參與那天的活動行程——散步去時代廣場、搭船去看自由女神像、徒步登上帝國大廈——全都別想了，走路？噁；坐船？兩倍噁心；電梯？噁心到加速四檔。老天，我連動一下都很難了。於是我找了個無力的藉口在床上躺了大半天。那天下午稍晚，我覺得舒服了一些，我穿上衣服，悄悄從走廊溜進電梯，並且跑到一樓去。吃東西還是不太可能，可是我覺得我可以喝點薑汁汽水、來根菸、看本雜誌。這時我卻看到坐在大廳的椅子上看著報紙的人，不偏不倚的正好是艾爾・希金司先生，又稱老毛球，我盡量不發出一點聲音地從他身旁走過，但是卻沒有成功。當我從禮品店回來時，他坐在那報紙放在膝上地盯著我看。我的胃像是往下沉了下去，這下子和校長之間一定有大麻煩了，也許比我上次因為《村嘔》而惹上的麻煩更嚴重，他叫我過去的時候我發現了一件有趣的事情：希金司先生其實是個還不錯的傢伙，他對我那份開玩笑的報紙反應很大，不過有可能是瑪姬婷小姐堅持要他那樣做的，那年我也才十六歲而已，而我發生生平第一次的宿醉時我已經快十九歲了，我申請進了州立大學，還有份工廠的工作在我結束這趟旅行後等著我。

「我知道你病得很厲害所以沒辦法和其他人一起去紐約參觀。」老毛球說。他的眼睛在我身上上下打量。

我說沒錯，我是覺得不舒服。

「真可惜你錯過許多好玩的地方，」老毛球說，「覺得好點了嗎？」

是的，我覺得好多了，也許只是腸胃病，那種二十四小時的痛毒在作怪吧！

「我希望你不會再感染這種病毒了，」他說，「至少在這趟旅行中。」他又看了我一眼，眼神像在確認我是否了解他話裡的含意。

「我肯定不會了。」我回答，而且是出自真心的，我知道醉酒的滋味了，終於——一種喧騰卻又模糊的情緒，清楚的感覺到自己的意識已經脫離了軀體，飄飄然的像部科幻電影中浮在半空中的攝影機，把周圍一切都照了下來，然後就是噁心、嘔吐、頭痛接踵而來。不，我可不會再染上這種病毒了，我這麼告訴自己，在這次旅程中不會，在其他地方也永遠不會。只有白痴才會犯第二次錯誤，也只有瘋子——一個有被虐待狂的瘋子——才會把痛飲烈酒這件事當作人生的一部分。

次日我們前往華盛頓特區，途中在亞美許城鎮（Amish，譯按：大都住著再洗禮派教徒，群居在美國中西部各州）裡稍事休息，那裡有家酒鋪就在巴士停靠處不遠的地方，我走進去張望了一下。雖然在賓州合法飲酒的年齡是二十一歲，但我穿上我那件唯一的好西裝和法撒牌的舊黑大衣，看起來應該很容易就超過那個年齡——事實上，我可能看起來像一個剛假釋出獄的年輕犯人，又高又飢餓，一副全身沒有組合好的樣子。店員賣給我一瓶五分之四的玫瑰酒卻沒要求我出示身分證明，等我們到了當晚過夜的地點時，我又喝醉了。

十多年後，我和比爾・湯普森在一家愛爾蘭酒吧裡，我們有許多事情值得慶祝，但主要是祝賀我第三本書《鬼店》的完成。那本書剛好是講一個酗酒的作家，也是一位前任的學校教師。那時是七月，全明星籃球賽的晚上，我們的計畫是先去吃一頓剛從烤箱拿出來熱騰騰的懷舊料理，然後再喝個爛醉。我們先在酒吧那喝了一些，然後我開始讀牆上掛著的標語，其中之一是「在曼哈頓島來杯曼哈頓調酒」；另一篇則是「星期二應該喝個兩杯」；第三塊標語是「工作是給飲酒族們的詛咒」，而我正前方的一塊標語是「早場時段優惠！螺絲起子調酒一塊錢，星期一至五，早上八點到十點。」

我向酒保示意，他走了過來，他是個禿頭，穿著灰色夾克，我心想他有可能是一九六六年賣我第一瓶酒的那個人，也許他真的是也不一定。我指著那塊標語問他：「有誰會早上八點十五分跑來點螺絲起子啊？」

我對他微笑但他面無表情，「大學男生，」酒保回答我，「就和你一樣。」

33

一九七一或一九七二年，我媽的姊妹卡洛琳．威瑪因乳癌去世。我媽和艾瑟琳阿姨（卡洛琳的孿生姊妹）飛到明尼蘇達州參加葬禮。那是我媽二十年來第一次坐飛機。在回程的機上，我媽從她稱為「私密處」的地方開始大量出血，雖然那時她早已過了更年期，但她告訴自己這可能只是最後一次月經。她先把自己關在飛機上那窄小的洗手間裡，以衛生棉條止血（塞進去、塞進去，就像蘇．思耐爾和她的朋友那樣叫的），然後回到座位上，她什麼也沒有對艾瑟琳阿姨、我哥或我提起，她也沒有到里斯本福斯的喬．曼德斯醫生那就診，他從好久以前就幫我媽看病。與其做上述任何一件事，我媽只照她每次遇到麻煩就總是會做的事：她自己的事自己解決。過了好一陣子，事情看起來似乎都還好。她享受著她的工作、享受和朋友一起、享受四個孫子承歡膝下——兩個孩子來自大衛家，兩個來自我家，然而事情卻不再那麼順利了。一九七三年八月，在一次身體檢查之後她動了手術，因為她被診斷出有子宮頸癌。我想尼莉・露絲・皮爾斯貝瑞・金，一個曾經倒了一大桶果凍在地板上，卻還在上面跳舞，讓她兩個兒子笑倒在角落的女人，而今真的是要因為這個病症覺得丟臉死了。

一切結束在一九七四年二月・那時我已經開始從《魔女嘉莉》賺了一點錢，因此可以幫我媽支付一些醫療費用——很高興我還能付得起那些錢。而且我也在那裡留到最後一刻，我待在我哥大衛和大嫂琳達家的客房裡，還好我雖然前一晚喝醉了，但只有輕微的宿醉，我想沒有人會希望在母親過世的病榻邊醉得不省人事。

清晨六點十五分大衛把我叫醒，他隔著門輕輕地告訴我說媽快走了。當我走進主臥房時，大衛就坐在媽身邊，拿了支菸準備給她，而她則一邊大聲喘氣一邊抽菸。我媽只剩一半的意識，眼睛不停地在大衛和我身上游移。我在大衛身旁坐下拿著菸，然後湊到她嘴邊，她動著嘴唇去含住香菸的濾嘴。在她的床邊，一副眼鏡反覆映照著一本較早版本的《魔女嘉莉》，艾瑟琳阿姨在我媽臨終前一個月左右的時間裡，曾把它大聲念給她聽。

我媽的眼睛來回看著大衛和我、大衛和我、大衛和我，那時的她已經從一百六十磅瘦到剩下九十磅左右，泛黃而緊繃的皮膚讓她看起來就像一具墨西哥死亡節遊行時用的木乃伊。我們輪流替她拿著菸，直到菸快燒到濾嘴時，我才把它捻熄了。

「我的兒子們。」她就說了這麼一句話，然後陷入了可能是睡著或是無意識的狀態。我的頭很痛，於是從我媽桌上眾多藥罐中取出幾顆阿斯匹靈服下。我哥和我分別牽著我媽的兩隻手，躺在床單下的身軀已非我媽的身體，而像一個飢餓變形的小孩子。大衛和我吸著菸交談了一會兒，我不記得我們談了什麼內容，前晚下了一陣雨而氣溫陡降，天亮時街道上已鋪滿了冰。我們可以聽到我媽每次呼吸的間隔愈來愈長，最後終於沒有任何呼吸聲，只剩下永遠安靜的間隔。

34

我母親葬在西南灣的公理教會教堂；我媽生前做禮拜，和我們兄弟成長的那個教堂由於天冷而關閉。在葬禮上我念了頌詞，我想我表現得相當不錯，要是你考慮到我當時喝得有多醉的話。

35

酒鬼建立的自我防禦就好像荷蘭人築堤一樣，我把婚姻生活的前十二年左右都花在自我安慰我只是「喜歡喝兩杯」而已。我還用上了聞名於世的「海明威理論」。雖然從來沒有被明確地界定（這樣做的話好像不夠有魄力），「海明威理論」大概是這樣的：做為一位作家，我是十分易感的人，但我同時也是個男人，而真正的男人是不會屈服於他們多愁善感的那一面，只有娘娘腔的男人才會那樣做，所以我喝酒，不然我還能做什麼來面對工作上既存的恐懼並繼續工作下去？況且，拜託，我可以應付得來，一個貨真價實的男人總是可以的。

然後，在八〇年代初期，緬因州制訂一條有關回收塑膠瓶和鐵罐的法律。於是我那些十六盎司的美樂淡啤酒罐不再丟進垃圾桶，而必須開始放在車庫裡的一個塑膠箱內。一個星期四晚上，我走到那兒去丟幾罐空瓶子，卻發現星期一時裡面還是空空如也的塑膠箱裡，現在卻幾乎快滿得裝不下了，而且這屋子裡我是唯一一個喝美樂啤酒的人……。

「老天爺啊，我真是個酒鬼。」我心裡不僅這樣覺得，同時腦子裡也想不出個不同意的聲音——總而言之，我就是那個寫了《鬼店》，卻完全沒有自覺到（至少到那個晚上為止）我寫的就是自己的故事的傢伙。我對這個想法的反應並不是想否認或爭辯；而是一種我稱為被嚇到的決心（frightened determination）。「你接下來可要小心一點了，」我清楚地記得我這樣想，「因為如果你把這一切搞砸了的話——」

如果我搞砸了，像是哪天晚上在某條小路上翻了車，或是毀了某個現場直播節目的訪問，一定會有人提醒我喝酒要節制，而要一個酒鬼節制喝酒，就像是要一個有著全世界最嚴重腹瀉問題的人上廁所要節制一樣。我有個有著同樣遭遇的朋友說了一個有關他第一次試圖挽救他每下愈況的生活的好笑故事，他跑去看一個諮詢師，說他老婆擔心他喝酒喝得太多。

「那你喝了多少酒呢？」諮詢師問他。

我那朋友不可置信地看著諮詢師說：「全部啊。」就像這答案是不證自明一樣。我了解他的感受，從我開始喝酒已經十二年了，而我每每在酒吧或餐廳看到有些人手邊有半杯未喝完的酒時，還是會覺得這是件不可置信的事，我想要站起來，走過去對著那人的臉大吼：「喝完它！你為什麼不喝完它？」我覺得為了社交淺嘗即可這個主意十分可笑——如果你不想喝醉的話，那幹麼不喝杯可樂就好了？

在過去五年內，我喝酒的晚上總會在同樣的慣例下結束：我會把冰箱剩下的啤酒都倒進洗手槽裡。如果我不這樣做，這些酒就會在我躺在床上的時候，不停地對我呼喚直到我起身再喝一瓶、一瓶，又一瓶。

36

到了一九八五年時，我除了酗酒問題，還加上了藥癮，但我仍繼續日常生活，和其他許多有癮頭的人一樣，在自己尚能勝任的邊緣遊走。我十分害怕，不得不這樣做；那個時候的我完全不知道要如何去過另一種生活。我把藥盡可能地藏好，一方面出於恐懼——如果沒有毒品的話我會變成怎樣？我早已忘記了上癮之前的感覺——另一方面則是出於羞愧，我像是又在用毒常春藤擦自己的屁股，只不過這次是每天都這麼做，而我卻不能尋求別人的幫忙，因為這不是我家處理事情的方式。在我家，你會做的是抽你自己的菸，在果凍裡跳舞，然後自己處理自己的事。

雖然心底深處早在一九七五年寫《鬼店》的時候就知道自己酗酒，然而寫下這故事的那個我卻還不能接受這項事實。但那部分的我不是可以保持沉默的，所以它開始用它唯一知道的方式向外大聲求援，也就是透過我小說以及書中的怪物們。一九八五年底一九八六年初我寫了《戰慄遊戲》（*Misery*）（這標題很符合我當時的心境，譯按：Misery 原意悲慘的境遇），故事是說一位作家被一個精神瘋狂的護士監禁並虐待。而在一九八六年的春夏兩季，我寫了《綠魔》（*The Tommyknockers*），那段時間常工作到半夜，心跳高達每分鐘一百三十下，鼻子裡還塞著棉花球以阻止因吸用古柯鹼而引起的流鼻血。

《綠魔》是本四〇年代風格的科幻小說，故事中的作家英雄發現了一艘被埋在地底的外星人太空船，所有的船員都還在太空船裡，只是呈現冬眠狀態並沒有死；當這些外星人跑進你的頭裡就會開始……，你知道的，在腦袋裡胡搞一陣。你會變得很有活力，而且具有一種超自然的才智（故事中的作家，鮑比・安德森發明了一種超能力打字機，和一具原子能熱水器，這還只是眾多發明中的舉例）。但交換條件是必須要放棄你的靈魂，這是我那在毒品和酒精耗損下的腦袋所能想出來最好的隱喻了。

不久之後，我太太終於意識到我沒有辦法靠我自己從這墮落的深淵爬出來，所以她插手了。這並非易事——我那個時候頭腦已經非常不清楚——但她還是做到了，她把家人和朋友們組成了一個支援團，而我則像是過著《你的人生》（*This Is Your Life*，譯按：美國電視節目）的地獄版。塔比一開始先從我的工作室裡整理了滿滿一袋的垃圾出來丟在地毯上：啤酒罐、菸頭、裝在公克罐裡的古柯鹼、裝在袋子裡的古柯鹼、黏有鼻涕和血水結塊的湯匙、抗憂鬱劑、抗焦慮劑、諾比舒咳牌的咳嗽糖漿、奈奎爾牌的感冒藥，甚至還有漱口水的瓶子。大概在一年多前，塔比發現浴室裡一大瓶李施德林漱口水很快就用完了，她問我是不是把它給喝了下去，我以自以為是的傲慢態度極力否認。而我也真的沒有喝，因為我喝的是司庫柏牌的漱口水，它口感比較好，還有淡淡的薄荷味。

而這支援團組成的原因當然令我的妻子、小孩及朋友們感到不愉快，就如同它對我一樣，因為我就要在他們面前逐漸死去。塔比說我有兩條路可選：去勒戒中心尋求協助，不然就滾出這個家。她說她和孩子都愛我，也因為如此，他們不想看著我自取滅亡。

我試著討價還價，因為這是所有有癮頭的人一貫的作風。我也很迷人，這也是有癮頭的人一貫的樣子，最後，我爭取到兩個星期來好好思考這個問題。回溯憶往，這行為似乎總結了那段日子裡所有的荒唐行徑，一個人站在失火建築的屋頂，救援直升機飛來了，在上空盤旋後丟下繩梯，「快爬上來！」直升機上的人倚在門邊大叫，而站在失火屋頂上的那個人卻回說：「給我兩個星期來考慮一下吧！」

而我確實好好考慮了一下這件事——在我敗壞狀態下盡了力地想了想——最後讓我做決定的是安妮・威克斯，那個在《戰慄遊戲》故事裡的瘋狂護士。安妮是古柯鹼，安妮也是酒精，而我決定不要再當被安妮視為寵物控制的作家。雖然我很擔心沒有古柯鹼和酒精我將無法繼續工作，但我下定決心（再一次在我那發狂又沮喪的心境狀態下所能負荷的程度，使盡全力下的決定），我願意犧牲寫作來換取婚姻的維繫和陪伴孩子的成長，如果事情真的走到那一步的話。

結果當然是沒有那樣，這種相信創意的提升和提神物質間是焦孟不離的想法，是我們那年代裡有名的大眾迷思之一。而四個最該為這種想法負責的二十世紀代表性作家大概是海明威、費茲傑羅、薛伍德・安德生，和詩人狄倫・湯瑪斯。他們的作品奠定了我們對於一個存在著的英語蠻荒地帶的大部分想像，而那裡的人與世隔絕，並生活在一種情緒上壓抑和失落的氛圍裡。對大部分酗酒的人而言，這是種非常熟悉的感覺；一般的反應對他們而言反而是好笑的。濫用藥物酒精的作家也就只是個濫用藥物酒精的人——換句話說，他們就像平常那種酒鬼和毒蟲，任何宣稱藥物和酒精是用來捕捉純粹感性的必需品這種說法，都不過是自圓其說的藉口而已。我也曾聽到一個開劏雪車的酒鬼做過一樣的宣言，說他們靠喝酒來凝固妖魔鬼怪。不管你是詹姆士·瓊斯（James Jones，編按：美國小說家，寫有《亂世忠魂》和《紅色警戒》等書）、約翰·齊福（John Cheever，編按：美國小說家，著有《豐普肖特紀事》）或是賓州車站裡的一個醉鬼；對一個有酒癮和毒癮的人而言，喝酒的權利和吸毒的機會都是值得不惜一切代價去維護的。海明威和費茲傑羅喝酒並不是因為他們富創意、和人疏離，或是道德感薄弱，他們喝酒就只是因為那就是酒鬼會做的事。靠創意工作的人也許會比其他工作的人有較大的風險成為一名酒鬼或吸毒者，但那又怎樣呢？當我們在水槽旁吐個不停的時候，我們其實看起來都差不多。

37

在我冒險故事的尾聲，我每晚可以喝一箱十六盎司的酒，而我那時還有一本小說《狂犬驚魂》（*Cujo*），我幾乎想不起來我曾經寫過它。我這麼說並沒有任何驕傲或慚愧的意思，只有一種模糊的感傷和失落。我很喜歡那本書，所以希望我也能夠記得當我把一些美好的東西寫在紙上時那種愉快的過程。

在最糟的時候，我既不想喝酒也不想從宿醉中醒來，我覺得我被生命排除在外，恢復療程一開始時，我試著相信別人告訴我說只要我給一切一些時間，事情一定會愈來愈好。我也不曾停止寫作，雖然有時寫出來的東西既不雋永又十分平淡，但至少我沒有停止。我把這些不愉快、缺少火花的文稿埋在書桌最下層的抽屜裡，然後繼續下一個故事，一點一點地找回自己的節奏，也重新找回了工作的喜悅。我滿懷感激地回到我的家庭，安心地回到工作崗位上——我就像別人在長長的冬天之後回到夏日度假小屋一般地回來了，一開始先確定在寒冬裡沒有東西被偷或是遭到破損，看來是沒有，東西都還在，一切完好。等到管線都解凍了電力也重新開啟後，一切就運作正常了。

38

最後一件我想要在書的這部分告訴你的事是關於我的書桌，多年以來我一直夢想有張那種幾乎可以占據整個房間的巨大橡木書桌——再也不是那種放在拖車洗衣房衣櫥裡的小孩子桌子，也不是在租來的房子裡放著的缺腳書桌。我終於在一九八一年有了一張我想要的書桌，並把它放置在空間寬敞、自然採光的讀書室中間（這是用屋後一間馬廄改裝而成）。有六年的時間，我就坐在那張桌子後面不是喝個爛醉，就是胡亂搞得神志不清，像是一個負責一趟沒有終點的航程的船長。

當我在一、二年後清醒過來之後，我把那張巨大的桌子搬走，然後在它原來的位置上放了一套客廳用沙發，在我妻子的幫忙下挑選了家具及一張土耳其地毯。在九〇年代初期，在他們開始過他們自己的生活之前，孩子們有時會在傍晚回家看看籃球賽、電影，或吃吃披薩。他們走後總會留下一整盒披薩皮之類的垃圾，但我一點都不在意，因為他們回家來，似乎很享受和我一起共度的時光，而我也知道我很喜歡他們的陪伴。我有了另一張書桌——手工製、美麗，而且只有原來那個暴龍級書桌的一半大小。我把它放在工作室西側尾端，一個屋簷下的角落。這屋簷很像我在德漢鎮房子裡在下面睡覺的那個屋簷，只是這裡少了牆裡的老鼠，也沒有老祖母從樓下高喊著誰去餵那匹叫狄克的馬。我現在就坐在那下面，一個五十三歲的老男人，視茫茫、走路蹣跚但沒有宿醉。我在做著我知道該怎麼做的事，而我也知道要如何把這事做得好。我經歷了那些我之前告訴你的所有事情（還有很多我沒告訴你的部分），而我現在要告訴你的是，我知道所有關於這工作的事情。如同我先前承諾過的，這將會簡短扼要。

首先從這開始：把你的書桌置於角落，當你每次坐在那兒開始寫作時，提醒你自己為什麼這桌子不放在房間的中央。生活並不是用來支援藝術的；相反的，藝術只是生活上的點綴。

Chapter 2

寫作是什麼

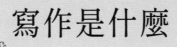

當然是心電感應。要是你停下來想想就會覺得這很有趣——多少年來人們都在爭論著到底這種現象存不存在，像萊因（J.B. Rhine，譯按：美國著名心靈學大師）這樣的人絞盡腦汁想要發明一種可靠的驗證過程來分離出這種現象，其實這些年來，它都一直在那兒，像愛倫坡先生的《失竊的信》（*Purloined Letter*）一樣，公開的展示在我們眼前。所有的藝術在某種程度上都依賴心電感應，但我相信只有寫作才能展現其最純淨的精華。這或許是我個人的偏見，但就算我是，我們還是別偏離寫作，因為那才是我們到這裡來思考和討論的原因。

我的名字是史蒂芬・金，一九九七年十二月份一個大雪紛飛的早晨，我坐在我的書桌（屋簷下的那張）寫這部分的初稿，我腦袋裡充滿各種事，有些是擔心（視力模糊、還沒採購耶誕禮物、妻子因病毒感染身體不舒服），還有些是開心的好事（我們的小兒子意外地從大學回家探訪、我有機會和壁花樂團在一場音樂會中演奏衝擊合唱團（The Clash）的〈嶄新凱迪拉克〉），現在那些事情掩沒了我，而我的思緒在另一個地方，一個有著許多明亮光線和鮮明影像的地下室空間，這是我多年來為自己建立的地方，是個可以眺望遠方的所在。我知道這有點奇怪，也有點矛盾，一個可以眺望遠方的地方怎麼會是個地下室空間，但對我而言事情就是這樣。如果你要建立你自己眺望遠方的所在，你可以將它置於樹頂、世貿大樓的屋頂，或大峽谷的崖邊。那是你的紅色小馬車，就像羅柏特・麥卡莫〔Robert McCammon，編按：美國奇幻恐怖小說家，曾以《男孩的生活》（*Boy's Life*）獲得世界奇幻文學獎（World Fantasy Award）〕在他其中一本小說中說的一樣。

這本書預計在二〇〇〇年夏末或早秋出版，如果事情是這樣發展的話，你應該是在時刻表下游的某處……，不過你也很有可能是在你自己可以眺望遠方的所在，那個你接收心電感應訊息的地方。我並不是說你一定得在那裡；書本是一種獨一無二可以攜帶著走的魔法。我經常在車裡聽一套有聲書（一定是完整版的；我覺得節錄版本根本就是個陷阱），然後走到哪裡還隨身再帶著另一本書。你就是永遠不知道你何時會需要一扇可以逃離現實的逃生門：收費停車場前的大排長龍、在無聊的學校大廳等待指導教授出現（而教授正在房裡和某些因為快被當掉庫爾佛林風俗一〇一課，而揚言要自殺的學生談話），好讓他在退選單上簽名的十五分鐘、機場的候機室、雨天午後的自助洗衣店，以及毫無疑問最糟的狀況——在醫生辦公室裡等遲到的醫生等了半個小時，只為了能讓你身上某個敏感的部位被他蹂躪。在這種時候我覺得書本是絕對必要的。如果我在到哪些地方之前必須先花點時間受罪，我想只要那裡有可以借書的圖書館，我就能甘之如飴〔如果那裡真有這種地方的話，除了堆積如山的丹尼爾・史提（Danielle Steel，暢銷羅曼史作家）的小說和《心靈雞湯》系列叢書外，也許什麼都沒有，哈哈，這是開玩笑的〕。

所以我到哪兒都盡量閱讀，但我當然有特別喜歡的地方，你們應該也是一樣——一個光線充足而且感覺強烈的地方。對我而言，是我書房那把藍色椅子；對你們而言，則可能是陽台上的躺椅、廚房裡的搖椅，或者這地方也可能是在床上——在床上閱讀可以像在天堂一樣，前提是要有充足的光線來閱讀書頁，而你又不會有把咖啡或干邑白蘭地弄灑在床單上的傾向。

所以讓我們假設你正在你最喜歡的接收訊息的地方，如同我正身處在我最能傳達訊息的地方，我們不但要穿越空間，還要穿越時間來進行心靈溝通的程序，然而這都應該不會構成什麼真正的問題；如果我們還能夠閱讀狄更斯、莎士比亞（加上一兩條註解的幫忙）和希羅多德（Herodotus，譯按：希臘史學家，在西元前五世紀寫下世界第一部歷史記載），我想我們就能夠輕易地跨越一九九七年到二〇〇〇年之間的鴻溝。我們就要開始了——實際進行心電感應。你會注意到我袖子裡沒藏東西，嘴巴也沒有移動；而很可能，你們也一樣。

看——這裡有張鋪著紅桌布的桌子，上頭有個小金魚缸大小的籠子。籠子裡有隻有著粉紅鼻子和粉紅眼睛的白兔，牠的前腳掌裡抱著根正滿足地咀嚼著的紅蘿蔔，而牠的背後則有個清楚的藍墨水印，寫著數字8。

我們看到同樣的東西了嗎？我們應該碰個面，比較一下我們所做的筆記才能確定，但我想我們是有相同感應的。其中當然會有些許不同：有些接收訊息的人看到的是一條土耳其紅的桌布、有些人則是看到深紅色的，而其他人是看到各種其他的紅色（對有色盲的接收者來說，紅色桌布看來是雪茄灰燼的黑灰色）有些人可能會看到桌布淺渦形的邊緣，有人則覺得它看來平直無痕。有裝飾性想像力的靈魂也許還會為它加上蕾絲，但歡迎這麼做——我的桌布就是你的桌布，不用客氣了。

同樣的，對於籠子的描述也留有極大的個人想像空間。就某一點來說，籠子是以「粗略的比較」加以描述的，而這樣的方式只有在你和我是用相同的視野，去看這世界和評估事物時才會有用。在做「粗略的比較」時很容易會流於草率，不過另一種小心翼翼著重於細節的做法又會使寫作失去所有的樂趣。我難道要說：「桌子上有個籠子是三呎六吋長、二呎寬、十四吋高」？那不是散文而是指導手冊吧！段落中也沒告訴我們籠子是用何種材質做成的——鐵絲網？鋼條？玻璃？——但這真的重要嗎？我們都知道籠子是種可以看穿過去的物體；超過這點以外的訊息，我們就不在乎了。而這裡最有趣的事情甚至不是那隻在籠子裡啃著紅蘿蔔的兔子，而是牠背後的數字；不是6、4，或19.5。而是一個8．這才是我們在看的東西，我們也都看到了，我沒有告訴你，你也沒有問我；我從來沒開口，你也沒開口；我們甚至不身處在同一年，更不用說同一個房間裡……，但我們卻在一起．十分相近。

我們有著一場心靈的交會。

我傳送給你們一張上面鋪有紅桌布的桌子、一個籠子、一隻兔子和一個用藍墨水寫的數字8，你們全都收到了，特別是那藍色的8，我們透過心電感應彼此交會。這可不是怪力亂神的鬼扯；而是真正的心電感應。我並沒有要一再強調這個論點，但在我們更進一步討論之前，你們必須明白我並不是在裝可愛；這裡確有一個論點被指出來。

你可以用緊張、興奮、滿懷希望，甚至沮喪的心情來寫作——那種你永遠都無法完全表達在紙上的心裡和腦裡的感覺。你可以緊握著拳頭，瞇起眼睛，以準備要去大幹一架的態度來寫作。你也可以為了向某個女孩求婚，或者因為想要改變這個世界而來寫作。用各種方式來寫作但從少量開始，讓我再好好說一次：你也千萬不要寫得太少，少到滿篇白紙。

我並不是要求各位要一心虔誠或是毫無疑問地來寫作；也不是要求你們要政治立場正確，或是拋開你們的幽默感（祈求老天讓你們有一點幽默感），這並不是一場人氣大賽，不是道德上的奧林匹克，也不是教堂。但這是寫作，搞清楚喔！不是在洗車或塗眼線，如果你能認真地對待它，我們就有話可說；但如果你不能或不想這樣做的話，這是你該闔上這本書去做別的事的時候了。

也許去洗洗車吧！

Chapter 3

工具箱

1

祖父是個木匠，
他建造了房子、商店，和銀行，
他不停地抽著駱駝牌香菸，
並將長釘搥打進木板裡，
他一層又一層地，
刨平了每一扇門，
總統投了艾森豪，
只因林肯贏了南北戰爭。

這是我鍾愛的約翰・普尼（John Prine）的歌詞之一，可能因為我的祖父也是個木匠的關係。我不曉得有沒有商店和銀行，但祖父蓋・皮爾斯貝瑞不但參與了不少房子的建造，還花了多年時間確認大西洋和嚴冷的海岸冬天，不會沖蝕掉溫斯樂・荷馬（Winslow Homer, 1836-1910，編按：美國著名海洋畫家、自然主義畫家）位在普特司地峽的莊園。可是祖父抽的是雪茄，不是駱駝牌香菸。而當祖父退休的時候，歐瑞姨丈繼承了老先生的工具箱。我不記得我拿空心磚砸到自己腳的那天，工具箱是否在車庫裡，但它也許就在它慣常被放置的地方，也是我表哥唐諾放他的曲棍球棒、溜冰鞋和棒球手套的那個角落旁邊。

祖父的工具箱是我們稱為大個兒的那種，共有三層，最上面二層是活動式的，而每一層都有著小抽屜，像個精巧的中國盒子。它當然是手工製造的，深色的木條用細小的釘子和黃銅線固定在一起，蓋子則用閂鎖拴住；在我童稚的眼裡，它們看起來就像是巨人的午餐盒上的閂子似的。工具箱內側頂部是絲質的襯墊，這種材質放在工具箱內感覺有些奇怪，而襯墊上被逐漸隱沒成油漬與灰塵的粉紅色薔薇花，也讓一切看來更加不協調。箱子兩旁各有個巨大的把手。相信我，你絕對不會在沃爾瑪百貨（Wal-Mart，編按：美國第一大連鎖零售百貨店）或汽車用品店看到這樣的工具箱。當歐瑞姨丈剛拿到它時，發現有幅刻有荷馬名畫的銅版——我想是〈退潮〉（The Undertow）——躺在箱子的底部。幾年後歐瑞姨丈把它拿給一位紐約的荷馬專家做鑑定，而在那幾年後，我想他就把它賣了個好價錢。究竟祖父是如何又為什麼擁有這銅版畫仍然是個謎團，但工具箱的身世可不是謎——它是祖父親手打造的。

某個夏日我幫歐瑞姨丈修理房子邊間壞掉的紗窗，我那時大概八、九歲吧，我記得我頭頂著要置換的窗屏跟在姨丈後頭，就像泰山電影裡的一個土著搬運工一樣。他雙手抓著箱子上的把手，把工具箱拉在大腿高度提著，一如往常，歐瑞姨丈穿著卡其褲和一件乾淨的白T恤，灰色的軍人平頭上隱約閃著汗水的亮光，下唇上叼著根駱駝牌香菸。（當我幾年後放了包卻斯特菲爾司香菸在我上衣口袋裡，歐瑞姨丈嘲笑它們為「監獄牌香菸」。）

我們終於來到那扇紗窗壞掉的窗子旁，姨父將工具箱放下，並明顯地大大舒了口氣。當我和大衛試著從車庫地板上把工具箱抬起來時，雖然一人抓著一邊的把手，也僅能稍稍地移動一下而已？當然我們那時也不過是小孩子，但就算如此，我猜想祖父的工具箱裝滿東西時，重量有八十到一百二十磅之間。

歐瑞姨丈讓我打開箱上的大門鎖，一般的工具都放在箱子頂層，那裡有一枝槌子、一把鋸子、鉗子、幾枝不同尺寸的鉗扳和一把可調式的鉗扳；其中還有一把中間有著神祕黃色小窗子的水平儀，一具鑽孔機（不同大小的鑽頭則整齊地收藏在箱子低層深處），和兩把螺絲起子。姨丈要我拿把螺絲起子給他。

「哪一個？」我問。

「隨便。」他回答。

壞掉的紗窗是以小螺絲釘固定住的，所以真的不管姨父用一般的螺絲起子或是菲利浦式螺絲起子都無所謂；只要把鏍絲起子固定在鏍絲釘頂端的洞裡，然後等把螺帽轉鬆後，就可以像旋轉輪胎扳手一樣地把鏍絲卸下。

歐瑞姨丈把鏍絲釘卸了下來——共有八個，他把它們交給我保管——然後把舊的紗窗拆下來。他把它靠著房子放著並舉起新的紗窗。紗窗上的螺絲孔和窗框上的螺絲孔剛好吻合，歐瑞姨丈看到時不禁發出了一聲歡呼。他從我這接回螺旋釘，一個又一個的，一開始先用手指固定，然後就像他之前把它們卸下來一樣地，用螺絲起子插在螺絲釘上的凹槽旋轉著把它們再拴緊回去。

當窗屏裝好以後，歐瑞姨丈把鏍絲起子遞給我，要我把它放回工具箱裡並把箱子「給鎖好」。我照做了，但卻有點困惑。我問他只是修理個紗窗，為什麼要帶著祖父的工具箱繞過整個屋子，如果他需要用到的只是那把螺絲起子的話，他可以把螺絲起子放在他卡其褲的後口袋裡就好了啊！

「是沒錯，但是史蒂芬，」歐瑞姨丈彎著腰抓著箱子的手把對我說，「我不知道一旦我到了這兒，會不會又發現什麼其他要修理的地方。最好是把所有的工具都帶著。如果不這樣的話，你就可能會發現一些預期之外的東西而感到氣餒。」

我想建議你們竭盡所能地來寫作，你們必須要建造屬於自己的工具箱，然後鍛鍊自己有足夠的力氣可以四處帶著它在身邊。接下來，與其找個棘手的工作讓自己感到氣餒，你也許要先抓住正確的工具而且馬上投入工作。

祖父的工具箱有三層，我覺得你們的應該至少要有四層，有個五、六層也是可以，但工具箱就會變得太大而無法隨身攜帶，失去了它最主要的價值。你也許會想要那些小抽屜們來放置一些螺絲、螺帽、螺釘之類的小東西，但要把那些抽屜擺在哪裡，或是放什麼在抽屜裡……嘿！這是你自己的紅色小馬車，不是嗎？你會發現你已經有了大部分需要的工具，但我還是要建議你們在把每件物品放入工具箱中時再檢視一遍；試著把每件物品看成是新的，提醒你自己它們的功能，而如果有些工具生鏽了（要是你隔了好一陣子沒有仔細這樣做的話就有可能會這樣），就把它們清乾淨。

最常用的工具放在最上層，其中最普遍的，就是被視為「寫作的麵包」的字彙。這個情況下，你可以快樂地打包起你所有的字彙，不用感到一丁點兒的罪惡感和自卑，如同一個妓女對害羞的水手說：「重點不是你有多少，寶貝，而是你如何用它。」

有些作家有著龐大的字彙；這種人知道世界上是否真的有不健康的讚美詩，或是滿口胡言的說書人這樣的東西，他們也是，三十多年來，從來沒有在威爾弗德・方克（Wilfred Funk）的《增加你的字彙能力》中，答錯過任何一題多重選擇題的人。比如說：

> 皮革似的、不會變質腐敗、幾乎不會損壞的品質，是基於物質組成結構的一項與生俱來的特性，並且屬於一些遠超過我們所能臆測的無脊椎動物演化的週期。
>
> ——洛夫克拉夫特，《在瘋狂之山》（*At the Mountains of Madness*）

喜歡嗎？這裡有另一個例子：

有些「杯子」裡沒有證據顯示有任何東西曾經被種在這裡；其他的杯子裡面，枯萎的棕色莖蔓則證明了某些不可明瞭的毀滅痕跡。

——克雷海森．包爾（T. Coraghessan Boyle），《新預言》（*Budding Prospects*）

還有第三個——這個很有趣，你會喜歡的：

有人從老太太那兒搶走了她的眼罩，而她和騙子同時被敲昏，當這幾人不醒人事之際，火在強風吹襲下宛如一隻生物般的咆哮。四個人仍然蜷伏在火光邊緣的家具雜物之中，看著參差不齊的火焰順著風勢而下，就像被一些不存在的大漩渦吸入似的，有些渦流阻擋了適合人通行的方向，消滅了他們任何的期望。

——戈馬克．麥卡錫（Cormac McCarthy），《血紅天頂》（*Blood Meridian*）

其他作家會用比較常見、簡單的字彙，這樣的例子似乎沒什麼必要，但是我還是在這提供幾個我個人的最愛，以示公平：

他來到河邊。河就在那兒。

——海明威（Ernest Hemingway），《有二心的大河》（*Big Two-Hearted River*）

他們在露天看台下捉到正在做壞事的小孩。

——西奧多．史特金（Theodore Sturgeon），《一些你的血》（*Some of Your Blood*）

這就是發生的事。

——道格拉斯．菲爾拜恩（Douglas Fairbairn），《射擊》（*Shoot*）

有些物主非常友善，因為他們厭惡他們所必須做的事，有些非常氣憤，因為他們厭惡變得殘酷，有些則非常冷淡，因為他們很久以前就發現一個人不能當物主，除非他很冷淡。

——約翰・史坦貝克（John Steinbeck），《憤怒的葡萄》（*The Grapes of Wrath*）

史坦貝克的句子特別有趣，句長五十個字，而這五十個字裡，三十九個是過去分詞，但只有一個音節；剩下十一個字，但就算這樣還是令人迷惑；史坦貝克重複用了「因為」三次，「物主」二次，和「厭惡」二次，整句話裡面沒有一個字超過兩個音節。結構複雜；但使用的字彙卻不脫小學生造詞造句（**Dick and Jane** 編按：老狄克和珍入門書）的範疇。《憤怒的葡萄》當然是本好書，我相信《血紅天頂》也是，雖然書中一大部分內容我都不甚了解。那又怎樣呢？我也無法理解許多我喜歡的流行歌曲歌詞啊！

還有一些你在字典裡永遠也找不到的東西，但它們還是字彙，請看下面的例子：

「ㄟ，安怎？你要我安怎？」（Egggh, whaddaya? Whaddaya wnat from me?）

「來了！老兄！」（Here come Hymie!）

「嗯！嗯嗯！嗯嗯嗯！」（Unnh! Unnnh! Unnnhh!）

「老大，你嚇到偶了。」（Chew my willie, Yo' Honor.）

「喔唷！我去你的，老兄！」（Yeggghh, fuck you, too, man!）

湯姆・伍夫（Tom Wolfe），《虛榮的篝火》（*Bonfire of the Vanities*）

最後這段是發音學上典型的街頭字彙，少數作家能像伍夫一樣有能力把這樣的東西翻到紙上去（艾爾莫・雷納德（Elmore Leonard）是另一個有此功力的作家）。有些街頭用語最後會被收入字典裡，但通常都在那用語完全過時了之後，況且我想「喔唷」這種字你大概也永遠不會在《韋氏大字典》裡找到。

把字彙放在你的工具箱頂層，而且不要試圖刻意地去改進它，（當然，你在閱讀的時候自然就會這樣做……但那是稍後的事。）你在寫作上可以做到最糟糕的事之一就是去過於修飾你的辭藻，因為你也許覺得不好意思用簡單的字，所以想找一些較長的字彙。這就像是讓家中的寵物穿上晚禮服一樣，寵物會覺得丟臉，而犯下這種裝可愛行為的人更應該要感到慚愧。現在就對自我發誓，你絕不會在意指「小費」時用「酬金」這個字，你也絕對不會在意指「約翰停下來的時間長到可以拉屎了」的時候說「約翰停下來的時間長到可以進行排泄了」。如果你認為「拉屎」一詞會冒犯到你的讀者或是令他們不自在的話，你可以說「約翰停下來的時間長到可以上大號了」（或是「約翰停下來的時間長到可以『嗯嗯』了」。我並不是要你講些噁心的話，只是要樸實和直接。要記住字彙基本的規則是「用你腦裡第一時間想到的字，如果它剛好合適而且生動的話」。你要是稍加猶豫或是考慮，你就會想到另一個字——你當然會，總是會有其他字彙的嘛——但是這個字也許沒有你第一個想到的那個好，或者比那個更接近你真正想表達的意思。

表達出你的意思是一件非常重要的事，如果你有所懷疑，想想你老是聽到別人說「我就是沒辦法形容它」或是「那不是我的意思」的時候，再想想那些你自己說這話的時候，語調通常是充滿輕微或是嚴重挫折。字彙只是你想法的表達；就算在最好的狀態下，寫作也幾乎總是無法全盤道盡你的意念。所以，你為什麼要選一個比你原來真正想用的字更不中肯的字來讓情況更糟呢？

而且儘量把字彙的適用性這件事列入考量吧；誠如喬治·卡琳（**George Carlin**）曾經觀察的，有些人認為扎到手指不是什麼大事，但是去指出你的小刺卻不是好事。

2

你也要把文法放在你工具箱中的頂層，而且不要用你那憤怒的呻吟或是說你「不了解」文法、你「從來沒了解過文法」，或是用你當掉了「一整個學期」進階英文課這種事來煩我，寫作是很有趣的事，但是文法卻無聊透頂。

放輕鬆、冷靜一點，我們不會在這部分花太多時間，因為沒這個必要。一個人要嘛就從母語的對話和閱讀中吸取文法的概念，要嘛就什麼也沒有。進階英文課其實只是（或是試圖去）幫一些文法結構部分命名罷了。

而且這裡不是高中，你現在不用擔心（1）其他人會取笑妳的裙子太長或太短；（2）你選不上大學游泳隊；（3）你到畢業（也許到你死了也還是）都還會是個長滿青春痘的處子；（4）物理老師的評分沒有轉圜餘地；（5）沒有人真心喜歡你，從來沒有過……。這些無關緊要的鳥事都排除在外，你可以用你在上那些課本瘋人院時從未有機會用過的專注力來學習這門學科。一旦你開始，你會發現其實你已懂得大部分的東西——就像我說的一樣，這和清除鑽頭上的鐵鏽和磨利鋸子上鋒口是差不多的事。

哦，還有……，管它的，如果你能記住用來搭配你最好的衣服的那些配件、皮包裡裝著的東西、紐約洋基隊和休士頓油人隊的先發陣容，或是麥考依樂團（The McCoys）的〈蘇露比忍耐點〉（Hang on Sloopy）是收在哪張唱片裡，那你就有能力去記得動名詞（動詞當名詞用）和分詞（動詞做形容詞用）之間的差別。

我努力想了很久究竟要不要在這本書中包含一個詳細討論文法的單元，一部分的我很願意這麼做；畢竟我在中學教書時它曾是我的拿手項目（雖然它隱藏在商用英文課裡），而且當學生時我對文法也很有興趣。雖然美式文法並不像英式文法那樣嚴謹（一位受過教育的英國廣告界人士，就可以把條紋保險套的雜誌企畫弄得聽起來像英國大憲章那本鬼玩意兒），但卻有它獨特的魅力。

最後我還是決定推翻這個想法，或許和威廉·史川克在寫《風格元素》初版時決定不去翻新那些基本原則的道理一樣：如果你到現在還不知道，那實在太遲了。而那些真的有能力掌握文法的人——就像我可以彈奏一些特定的吉他反覆樂節和進階一樣——這本書對他們而言也根本沒什麼用處。因此，我要從反方向來講，但容許我在這往前講更多一點——你可以縱容我一下嗎？

用在會話、寫作的字彙有七個組成文句的部分（或是八個，如果你把像是「哦！」「天啊！」「去你的！」之類的感嘆詞也算進去的話）。由這些對話形成的溝通必須根據我們所知的文法規則來組織；當這些規則被破壞時，就會導致困擾和誤會，不良的文法會構成不好的文句。在史川克與懷特的書中我最喜歡的例子是：「身為已有五個、肚子裡還懷著一個孩子的母親，我的燙衣板永遠豎立著。」

名詞和動詞是寫作中兩個不可缺少的部分，少了其中任何一個，一群字彙無法組成一個句子，因為根據定義，所謂的一個句子是包含一個主詞（名詞）和一個述詞（動詞）的一串文字；而這一連串的文字由一個大寫字母開始，末尾以一個句號結束，全部組合起來完整地呈現由作家腦袋裡開始，然後躍至讀者腦海裡的一個想法。

你每次都「一定」得寫出完整的句子，是每次嗎？消滅這個想法吧！如果你的作品只包含了片段和漂浮的短句，那麼文法警察也不會把你押走。即便是威廉・史川克這個修辭學上的莫索里尼，也分辨得出語言裡柔軟的美好。「這是一項長久的觀測，」他寫道，「就算是最好的修辭學家有時也會忽略修辭上的規則。」然而他繼續補充了另一個想法，我希望你們也能對此多加思量：「除非他確定他做得很好，不然作家還是照著規則來走比較好。」

這個短句說的是「除非他確定他做得很好」，如果你對如何將對話翻轉成完整的文句沒有一點根本的領會，那你如何能肯定你做得很好？同樣的，又如何知道你是否做得不好？而這答案當然是你無法確定，也不會知道。一個能對文法有基本領會的人會在心中找到一種讓人安心的單純，那就是句子中只需要名詞，代表東西的字，加上動詞，代表行動的字就行了。

拿任何一個名詞，和任何動詞放在一起，你就能得到一個完整的句子。這公式屢試不爽。「岩石爆炸」、「珍表達」、「群山浮現」，這些都是結構完美的句子。雖然許多像這樣的想法聽起來不太合理，但即使是怪異的組合（如「梅子敬神」！）也有一種詩般的美好意境。這種名詞和動詞的簡單結構是很有用的，至少它能為你的寫作提供一張安全網。史川克和懷特警告大家不要把太多簡單的句子連續地放在一起，但是當你害怕迷失在修辭學三角洲中的話，那些限制性和非限制性的規定、修正片語、同位格字和混合句，簡單的句子能提供你一個可以安心跟隨的路徑。如果你光是看到這片毫無標記的領域就開始感到驚慌的話，只要提醒自己「岩石爆炸」、「珍表達」、「群山浮現」與「梅子敬神」這些例子。文法不只是讓你如坐針氈；也是讓你用來撐起你的想法並往前走的工具；再說，海明威的那些簡單句不也用得很好，不是嗎？他就算醉得一塌糊塗，還是一個好樣的天才。

如果你想要復習你的文法，就去二手書店找一本《沃瑞尼爾的英文文法與作文》（*Warriner,s English Grammar and Composition*）——也是我們大部分人高二、高三時帶回家，乖乖地用咖啡店購物紙袋包起來做書套的那本書，我想你會很輕鬆愉快地發現，幾乎你需要知道的所有東西都被簡要地整理在書的前頁和後頁上。

3

儘管他的風格指南十分簡短，但威廉·史川克仍找到空間來討論在文法和運用中他自己討厭的東西。比如說，他痛恨「學生族群」（student body）這個片語，堅持用「學生們」，不但又清楚，又不會有他在前者看到的那種突兀的含意。史川克認為「個人化」是一個自負誇耀的字（他建議用「取得一個印有頭銜的信箋」來代替「把你的信箋個人化」），他也不喜歡像「事實是」和「在這些句子裡」等用法。

我也有我不喜歡的東西——我認為任何用「那真的很酷」這個句子的人應該去角落面壁思過，而那些用像「在這個時間點」與「在一天的尾聲」這樣更討厭的句子的人，則應該直接被關回房間裡不准吃晚飯（或在這情況下，罰寫文章）。我另外兩種最討厭的東西和寫作的最基本層級有關，所以我想在我們往前更進一步前把它們一吐為快。

動詞有兩種型式，主動詞和被動詞。所謂主動詞意味著句子中的主詞正在做某件事；而用被動詞則指某件事已經被句子中的主詞完成了，主詞只是讓事情發生的東西。「你們應該避免使用被動式時態」，我並不是唯一這樣說的人；你也能在《風格元素》中找到相同的建議。

各位，史川克和懷特並沒有去推測為什麼有那麼多作家喜歡用被動式動詞，但我想這樣說；我覺得膽小的作家喜歡用被動式動詞，就像膽小的人喜歡被動的愛人是一樣的道理。被動的發言比較安全，不會牽扯到什麼麻煩的行動；主詞只要閉上眼睛想著英國，解述維多利亞女王即可。我想缺乏自信的作家也會認為被動式句子多少可以增加他們作品的權威性，甚至是一種品質上的權威。如果你覺得指導手冊和律師的侵權書籍很有威嚴的話，我想被動式也是吧！

膽小的同業作家寫「會議將在七點舉行」，因為這句子不知怎麼搞的，對他而言代表著「這樣寫的話人們就會相信『你是真的知道什麼』。」洗淨這個叛國賊似的想法吧！別頭腦不清不楚了！挺直你的肩膀、抬起你的下顎，把那會議搞好吧！就寫「七點開會」，老天，就這樣而已！你不覺得有比較好一點嗎？

我不是說沒有使用被動式時態的空間，例如說，假設一位老兄死在廚房但在別處被發現，「屍體從廚房被移動放置到客廳沙發上」這樣的用法就相當平順，雖然「被移動」和「被放置」在我聽來還是厭倦得想吐。我可以接受這樣的用法但不想欣然接納它們，我會接納的是「弗萊德和瑪俐安把屍體從廚房移出來，並把它放在客廳沙發上。」不管怎麼說，幹麼非得用屍體當句子的主詞不可？它都已經死了耶，老天爺！別鬧了吧！

整整談了兩頁的被動式語法——就像任何的商業文件，或換句話說，更別提那些劣質小說了——直讓我想尖叫。被動式結構薄弱、迂迴不定，還常常是拐彎抹角的。像這個句子：「我的初吻總是被我回想起是我和莎娜愛情故事的開始。」哦，天啊——誰在放屁呀！是不是？傳達這個想法更加簡單——更甜蜜而且更強烈——的方法可以是：「我和莎娜的愛情故事開始於我和她的初吻，我永生難忘。」我並不是很喜歡這個句子，因為它在四個字之內用了兩次「和」，但至少我們已跳脫了那個可怕的被動式語法。

你可能也會注意到，當你把一個想法一分為二時，它會變得比較容易令人了解。對讀者而言，讀起來也比較不費力，而讀者絕對是你的主要考慮因素；如果沒有忠實讀者，你不過是個呱呱叫的無名小卒。而做為那些接收作者訊息的人也不輕鬆，「威廉·史川克認為讀者經常碰到大麻煩，」而懷特在《風格元素》的簡介寫到：「一個人掉進了沼澤，而這時任何一個英文作家的職責就是儘快把沼澤裡的水弄乾，把這個人拉回乾燥的地面，不然至少也要丟個繩索給他。」而且要記住，寫的時候是「作者丟繩索給讀者」，而不是「繩索被作家給丟了出去」。

拜託！拜託！

在我們進行這本工具書的下個部分之前，我有另一個建議要告訴大家：副詞不是你的朋友。

關於副詞，你會記得你商用英文課所學，是拿來修飾動詞、形容詞，或是其他副詞的字・它們通常以「-ly」結尾。如同被動式，副詞似乎是為膽小作家所創造的。透過被動式，作者通常傳達出他們害怕不被重視的恐懼；這是那種把鞋油畫在臉上假裝小鬍子的小男生，和穿著母親的高跟鞋走來走去的小女生會用的語態。而透過副詞，作家通常是告訴我們他（她）害怕無法很清楚地表達自己，沒有指出重點或是意境。

想想這個例句：「他堅定地關上門。」毫無疑問這不是個多可怕的句子（至少它使用的是主動詞），但你們捫心自問：「堅定地」是否真的有必要放在這裡，你可以爭辯說它表達了「他關上門」和「他摔上門」這兩個句子間程度上的不同，這點我不會和你爭辯……，可是上下文之間的關聯呢？還有那些在「他堅定地關上門」這句子「之前」的所有起始句呢？難道那些句子不能告訴我們他是怎麼關上門的嗎？如果前文已經告訴我們了，那「堅定地」這個字在這裡不就是多餘的？不就顯得有點重複嗎？

現在有人可能會責怪我令人厭倦和龜毛，但我否認，我相信到地獄去的路是用副詞鋪成的，而我會從屋頂上大聲怒叱它。換一種說法的話是副詞就像蒲公英，如果你的院子有一株蒲公英，它看起來不但美而且很獨特；但你若沒有把它連根拔除，隔天就會變成五株……，再一天變成五十株……，然後，我親愛的兄弟姊妹們，你家的院子裡就會全然地、完全地、放任地被蒲公英所覆蓋。到那時候，你就會看清它們野草的本質，可是那時——喔喔！一切都後悔莫及了。

我也可以參與副詞的使用，真的，我可以。但有一種情況例外：對話屬性。我堅持你只能在最稀有和特別的情況下在對話中使用副詞……，但就算在那種時候，如果可以避免的話也儘量不要用。為了確定我們雙方都明白現在在說的東西，請檢視以下三個句子：

「放下它！」她大喊。

「交還它，」他懇求，「它是我的。」

「別傻了，吉柯。」奧圖生說。

在這些句子中，「大喊」、「懇求」和「說」是對話中的動詞，現在看看我們下面三個顯得不確定的改寫例子：

「放下它！」她威脅地喊著。

「交還它，」他可憐地懇求，「它是我的。」

「別傻了，吉柯。」奧圖生輕蔑地說。

這三個句子要比先前的三個句子薄弱許多，而大部分的讀者會馬上看出來原因所在。「『別傻了，吉柯。』奧圖生輕蔑地說。」是其中較佳的句子；但也只是陳腔濫調，而其餘的兩個句子則非常可笑。這類型的對話有時也因為維特・艾普敦二世（Victor Appleton II）的少年冒險小說中那個英勇的發明家英雄人物湯姆・史威佛特，而被稱為「史威佛特式」。艾普敦很愛用這種句子，像是「『看你能多壞啊！』湯姆勇敢地大喊。」以及「『我父親有幫我化學方程式。』湯姆謙虛地說。」當我青少年時期，有一個舞會遊戲就是以個人創造詼諧的（或半詼諧的）「史威佛特式」句子能力為基礎。「『妳的屁股很美哦，小姐。』他厚臉皮地說。」是我記得的一個例子；還有一個是「『我是個水管工人。』他說，臉上一陣泛紅。」（這個例子的改寫句會是個副詞子句。）在辯論是否要在你的對話屬性中加入一些有害的蒲公英副詞之前，我建議你先問問自己是不是真的要寫這種很可能會變成派對遊戲題材的文章。

有些作家為了避免使用副詞會把屬性動詞加油添醋。結果就會變成三流小說或是平裝書原稿讀者所熟悉的樣子：

「放下槍吧，奧圖生！」吉柯咬牙切齒地說。

「永遠不要停止吻我！」莎亞娜喘著氣。

「你這該死的揶揄者！」比利抽搐著。

千萬別做這種事，拜託拜託！

最好的對話屬性型式是「說」，就像「他說」、「她說」、「比爾說」、「莫妮卡說」一樣。如果你想看這種方式在實際上的運用，那我鼓勵你去閱讀或是重讀一次賴瑞・麥克莫特瑞（Larry McMurtry，編按：著名小說家、編劇家，曾獲得普立茲獎，著有《寂寞之鴿》等，改編過電影《斷背山》、《親密關係》）的小說，是對話屬性中的神槍手。雖然那寫在紙上看來有點假，但我可是一本正經地建議的。麥克莫特瑞仍允許少數的副詞蒲公英生長在他的草地上，但他相信即使在情緒緊要關頭時還是可以使用他說（她說）的這種用法（而賴瑞・麥克莫特瑞的小說中有很多這種情形）。去吧，一樣照著做。

這是一個「照我說的做，不要照我所做的做」的例子嗎？讀者有權問這個問題，而我有義務提供誠實的答案。是的，就是這樣。你只需要回頭看一下我所寫的一些小說就會發現我不過是另一個平凡的罪人。我在避免使用被動式這件事上做得還不錯，但是我卻濫用了不少副詞，其中一些（我實在不好意思這麼說）還是在對話中（不過我還不至於低級到用「他咬牙切齒地說」或「比爾抽搐地說」這樣的句子）。我這樣做的時候通常是和其他作家一樣有相同的原因：因為我擔心如果不這樣寫，讀者會不知道我在寫什麼。

我深信恐懼是大部分劣質作品的根源。如果一個人是出於自身喜好來寫作，那恐懼感就比較輕微——「羞怯」是我會用在這裡的字。然而，如果你是在時間緊迫下寫作——一份學校報告、一篇報紙的文稿、大學入學測驗的寫作項目——那恐懼感就會比較激烈。童話中小象湯寶是因為有了魔法羽毛的幫助才得以在空中翱翔；你可能會基於同樣的原因而感到衝動去抓個被動式動詞，或是哪個令人討厭的副詞。只要在你那樣做之前記往，湯寶並不需要魔法羽毛；魔法是在牠自己身上。

你或許「真的」知道你在說什麼，而且能夠安全地使用主動詞增強你的文句，你或許也把故事描述得十分清楚，就算在使用「他說」這個字時，相信讀者也能知道他是怎麼說的——快的或慢的、高興的或悲傷的。你的主角可能正身陷泥淖中，如果真是這樣的話當然要扔給他繩索……，不過卻也絕對沒必要拿個九十呎長的鋼纜打昏他吧！

好的寫作通常是放掉恐懼和不自然的行為，從感覺有必要先定義出哪些寫作是「好的」、哪些又是「壞的」開始，做作本身就是一種恐懼的行為；好的寫作也在於當要挑選工作上的工具時，做了好的選擇。

沒有哪一個作家是完全沒有犯這些錯誤的，雖然懷特在還是個單純的康乃爾大學生時就深受威廉·史川克的影響（在他們年輕的時候把他們交給我，他們就會永遠臣服於我啦，嘿嘿嘿），而且雖然懷特不但了解，也贊同史川克反對鬆散的寫作，以及激起那些寫作的鬆散思考模式，他承認：「我猜想我曾經在寫作的熱頭上寫過一千次『事實上是』這片語，冷靜下來後又改寫了五百次，算季末打擊率的話，也只有五成，一半的時間都沒能掌握住好球區，真讓人難過……。」但懷特接下來好些年，還是依循史川克一九五七年出版的那本「小冊子」寫作。儘管寫了些像「『你不可能當真吧！』比爾不可置信地說。」的蠢句子，我還是會繼續寫作下去。我期盼你也能這樣做。不管是英式英文或它的美國式變種中，都只有一個簡單的核心，不過也是個滑不溜丟的核心。我要求的只是盡力而為並且記住，用副詞寫作的是凡人，而用「他說」或「她說」的人才是與眾不同。

4

把你工具箱的頂端拿起來——你的字彙和所有文法，位在下一層的是那些我之前稍稍談過的寫作風格元素。史川克和懷特提供了你所能希望的最佳工具（以及最好的規則），也把它們描寫的簡單明瞭。（他們從如何寫所有格開始，提供了令人耳目一新的嚴格規定：你總是在字尾加上個「S」，即使該字的字尾是 S 也是一樣——一定要寫 Thomas's bike 而不是 Thomas' bike——而結尾的規定是有關應該把句子中最重要的部分放在哪裡。他們說放在結尾，然後每個人給予各自的意見，但是我不相信「用把鋤頭他殺了法蘭克」這種寫法能夠取代「他用把鋤頭殺了法蘭克」。）

在離開基本形式及風格元素之前，我們應該花點時間想想段落，也就是句子之後緊隨著的組織格式。說到這，從你的書架上拿本小說下來——最好是你還沒讀過的（我要講的東西適用於大部分文體，不過因為我是個小說作家，所以我提到寫作時通常都是想到小說）。把書本從中打開看任二頁，觀察它的模式——印刷行列、邊界，尤其是段落起始和結束的留白處。

就算「沒有真的讀」這本書，你也可以分辨出這書是傾向於困難或簡單吧？簡單的書有許多短短的段落——包括可能只有一、二個字長的對話——以及許多留白處，它們輕快的就像乳品皇后（Dairy Queen，美國連鎖速食店）賣的冰淇淋一樣。而那種充滿了想法、闡述、說明的艱深的書，則有一種結實的外表，一副打包扎實的樣子。段落看起來的樣子幾乎就像它所表達的內容一樣重要；它們是書之意涵的地圖。

在講解式的散文裡，段落可以是（也應該是）簡潔且具有實用目的。理想的講解段落包含一個主題句，緊接之後是用來解釋或詳述第一個句子的句子。這裡從曾經非常受歡迎的「隨筆散文」裡舉兩個例子來解說這個簡單，但有力的寫作型式：

當我十歲時，我很怕我姊梅根，要她進來我房間而不弄壞至少一樣我最心愛的玩具是不可能的事，她的視線像是帶有某種破壞膠帶的魔力；任何一張她看到的海報，好像不消幾秒就會從牆上掉下來，珍愛的衣服常會從衣櫥裡憑空消失，她並沒有拿走它們（至少我不這麼認為），只是把它們弄不見了。我常常在幾個月後，會在床下的深處發現我珍愛的T恤或是最愛的耐吉球鞋，和滿是灰塵的卡德萊克小汽車擠在一起，看起來又悲慘又被遺棄。當梅根在我房裡時，音響的喇叭會爆掉，窗扇「轟」的一聲飛起來，而我桌上的檯燈也常常壞掉。

她也可以故意變得殘酷，有一回，梅根把橘子汁倒在我的玉米片裡，另一次則是趁我還在洗澡時，把牙膏擠進我的襪子裡。雖然她從來不承認，但我確定每次我在看電視轉播星期天下午職業足球賽的中場時間躺在沙發上小睡時，她會把鼻屎抹在我頭髮上。

一般來說，隨手寫的非正式散文是愚蠢而非真實的東西；除非你找到在當地報紙當專欄作家的工作，否則寫這種鬆軟小品的技巧是你在現實世界中絕對用不到的。老師在想不出任何其他方法去浪費你的時間的時候，就會要你寫這種東西；當然其中最惡名昭彰的題目是「我如何過暑假」。我曾在歐若諾的緬因州大學教一年寫作，有一個充滿運動選手和啦啦隊的班級，他們很喜歡這種隨筆散文，就像對待高中老友一般地歡迎它。我花了一整個學期控制自己想要叫他們去寫兩頁題目為

「如果耶穌是我的隊友」文章的衝動。讓我沒有這樣做的原因是我確定他們大部分人會欣然地接受這個題目，有些人可能還真的會含淚來寫這篇作文。

然而即使在非正式散文中，還是可能看出來基本的段落型式有多強烈。主題句後緊接著支持句和解說句的型式，堅持作者去組織他的想法，這也提供了良好的保證，使文章不致偏離主題。在小品短文中偏離主題不是一個大問題，這事實上還是時常發生的慣例——但是當你在比較正式的情況要寫較嚴肅的文章時，這就是個要不得的壞習慣。寫作是重新詮釋你的想法，如果你的碩士論文寫得不比題目為「為何仙妮亞・唐恩讓我產生興趣」的高中作文更有組織性，那你麻煩就大了。

在小說中，段落比較沒有組織——強調的是故事的節奏，而不是真正的旋律。你看了和寫了越多小說後，你越會發現你的段落是自成一格的，而那才是你需要的。創作時最好不要想太多段落該從哪裡開始或結束；訣竅在於順其自然。如果你後來不喜歡你作品中的段落，再加以修改就好。這就是重寫的意義。現在看看下面的例子：

大個兒湯米的房間並不如戴爾所想像的。燈光發出的詭異暈黃陰影讓他想起那

些他曾待過的廉價汽車旅館，他似乎總是住到面對停車場的房間。房裡唯一的照片是五月小姐，用圖釘歪斜地釘在牆上。一隻亮晶晶的黑皮鞋從床下露出來。

「我不明白你為什麼老不停地問我歐賴瑞的事，」大個兒湯米說，「你覺得我的故事會改變嗎？」

「會嗎？」戴爾問道。

「當你的故事是真的時就不會改變，事實總是一樣的無聊廢話，每天都一樣。」

大個兒湯米坐下來，點了支菸，用一隻手撥著他的頭髮。

「我從去年夏天就沒有看到那該死的愛爾蘭人。我讓他跟著我是因為他會逗我笑，有一次他拿了一篇他寫的『如果耶穌在我高中足球隊上』的文章，附上一張耶穌戴頭盔穿護膝的圖片，不過他後來真是變成個令人討厭的小混蛋啊！但願我從來沒見過他！」

光就這一小段文章我們就可以上個五十分鐘的寫作課。其中包含對話的屬性詞（如果我們知道是誰在說話的話就不需要；規則第十七條，省略不必要字的實際應用）、語音式的口語用法（「dunno」不知道，「gonna」準備要）、逗點的用法（在「當故事是真的就不會有所改變」這句話裡沒有半個逗點，因為我希望你能一口氣聽完它，不會有所停頓），還有不要在講話的人每說一個「g…」的地方加上省略符號，而這些重點都放在你工具箱的最上層。

然而讓我們維持在段落的部分吧！注意觀察段落如何輕易地隨著故事中起始及結束的轉折和節奏流暢地進行。開場白是經典的型式，以一句主題句開始並以緊接在後的句子來支持。可是其他的東西，只是為了用來區分戴爾和大個兒湯米而已。

最有趣的段落是第五段：「大個兒湯米坐下來，點了支菸，用一隻手撥著他的頭髮。」這只有單句長，而說明式的段落幾乎從來不會只有一個單獨的短句。技術上來說，這甚至稱不上是個佳句；若要讓它符合《渥瑞尼爾英文文法和寫作》的完美標準，這句子應該要有一個連接詞（和）；而且，這段話的主題又是什麼呢？

首先，句子有些技術上的瑕疵，但整體而言行文流暢。它簡短如電報式的風格改變了節奏，也保持了整體上的寫作新鮮感。懸疑小說家強納森・凱樂門非常成功地使用這種方法。在《適者生存》（*Survival of the Fittest*）中他寫道：「這艘船有著三十呎長的平滑玻璃纖維船身和灰色的邊飾。高聳的船桅，張緊的帆。船身上寫著黑底金邊的『沙托里號』。」

這段文字可能使用了過多的優美片段（凱樂門有時會如此），但片段有時也可以用來美化文章流暢感、創造清楚的意象、建立張力與變化文句進行的動線。一連串合乎文法的句子會使文章的進行變得呆板而不圓滑。純粹主義者討厭這種論調，而且還會否認到底，但這是事實。措辭是不需要總是打著領帶，或穿著綁著鞋帶的鞋子；小說的主題並不是在文法上吹毛求疵，而是受到讀者歡迎，然後說個故事……，不論任何可能的時間，讓他或她忘記他們正在讀著的是一個故事。單句的段落與其說是寫作卻更接近口語對話的表現，而這是很好的。寫作是一種誘惑，精彩的對談也是誘惑的一部分。如果不是的話，何以許多情侶約會總是從共進晚餐開始，卻結束在床上？

這種段落的其他用法包括舞台設置，雖然這只是輔助性質，但卻強化了人物的特性和故事的背景，同時也是故事銜接的關鍵部分。從抗辯他的故事是真的開始，大個兒湯米接著轉到他對歐賴瑞的記憶。由於對話的人不變，湯米坐下點菸這兩件事可以放在同一段落裡，而對話就放在後面稍後再繼續，可是作者卻選擇不這樣做。因為湯米將事情導入一個新方向，作者將對話分散在兩個段落裡。這是在寫作時當下做出的決定，完全根據作者在自己腦中聽到的節奏來定。而這種節奏是與生俱來的（凱樂門寫了很多片段式的句子，因為他「聽到」很多這種片段），但這同時也是作家花費上千小時在寫作，以及十倍時間在閱讀其他作品的成果。

我認為段落，而非句子，才是寫作的基本單位——也是文章開始產生一致性，而文字有機會變成單單文字之外東西的地方。如果加快節奏的時刻到了，它也是以段落的方式呈現出來。這是一種令人拍案叫絕且富有彈性的筆法，可以只有一個字或是好幾頁長（唐·羅伯森的歷史小說《天堂墜落》（*Paradise Falls*）中有一個段落長達十六頁；而在羅斯·雷可瑞吉的《雨樹郡》（*Raintree County*）也有一句長度相似的段落）。如果你想寫出佳作，就必須好好學習怎麼使用這種筆法，而這意味著多加練習；你要學著去掌握節奏。

5

再拿起那本你從書架上拿下來的書吧！書在手中的重量向你說明了其他不用讀半個字就能得到的訊息。想當然耳，書的長度，可是還有更多：作家在創造作品時所肩負的承諾，也是忠實讀者閱讀這本書所必須做的承諾。單是書的長度和重量不代表作品好壞；許多宏偉的史詩故事大部分是一些歷史廢話——只要問問我的書評家們，他們抱怨整個加拿大森林都被砍掉，用來印我滿紙的胡言亂語；相反的，短不一定總是代表著精美。一些例子顯示（比如《麥迪遜之橋》），內容簡短但卻甜美過了頭。可是這都關係到承諾的問題，不管一本書是好是壞、是失敗還是成功，文字是有重量的。你可以問任何一個在書店倉庫郵寄部門工作，或在大型書店書庫裡工作的人就知道了。

文字創造句子；句子創造段落；有的時候，段落會開始生長和呼吸。如果你喜歡的話，想像一下，在研究室裡的科學怪人，一陣閃電襲來，不是從天空，而是來自一段簡單的英文文字。或許這是你第一次寫出來的好段落，雖然如此脆弱卻又充滿了讓你覺得害怕的可能性。你的感覺一定跟維多・法蘭根斯坦（科學怪人之父）看到那隻縫補拼湊的怪物張開它那黃澄澄的大眼時一樣。你意識到：「喔，天啊！它在呼吸，也許它還能思考。我接下來要做什麼呢？」

接下來當然是前進到第三層，開始寫真正的小說。為什麼不應該這樣呢？為什麼你要感到害怕？畢竟木匠是不會創造怪物的；他們建造房子、商店和銀行。他們一次一塊木板地蓋木屋，一次一塊磚頭地蓋房子；而你們將一次一段文句，用你的字彙、你對文法和基礎風格的知識來寫文章。只要按部就班地來，削平每扇門，你們就可以建造任何你想要的世界——如果你有精力的話，甚至是一整棟豪宅。

用文字來建造一棟豪宅這件事是否有任何的理論可循？我想是有的，而瑪格莉特・米契爾（Margaret Mitchell）的《亂世佳人》，和查爾斯・狄更斯《蕭瑟之屋》的讀者都了解這道理：有的時候，就算是怪物也不猙獰恐怖，有些甚至很美麗，讓我們為整篇故事陶醉不已，這是任何電影或電視節目永遠無法提供的。甚至在讀了千頁之後，我們還捨不得離開作者為我們創造的那個世界，或是那世界裡的虛構人物；如果這書有兩千頁的話，你就算看了兩千頁也不會背離它。托爾金的《魔戒》

三部曲就是這樣的一個完美例子。一千頁的哈比人故事無法滿足二次大戰後，橫跨三代的奇幻小說書迷；即使你把那本粗糙、笨拙可操控的結尾故事《精靈寶地》（*The Simarillion*）也加進來，仍嫌不夠。所以自此以後有泰瑞·布魯克斯（**Terry Brooks**，編按：奇幻小說家，著有《沙拉娜之劍》等暢銷書）、皮爾斯·安東尼（**Piers Anthony**，編按：著名奇幻文學作家，著有《賓克的魔法》等上百部作品）、羅伯特·喬丹（**Robert Jordan**，編按：奇幻文學作家，著有《時光之輪》系列作品等）、寫了《向下漂流的船》的作家們，以及半百個其他人。這些書的作者繼續創造著他們熱愛和傾慕的哈比人；他們試圖把佛羅多和山姆從灰港帶回來，因為托爾金已不在人世，無法幫他們完成這些夢想。

我們只討論了大部分基本功的實用技巧，但我們不能不同意的是，有時候最基本的技巧卻能創造出遠超越我們期望的事物？我們談論了工具和木匠、文字和風格……，可是在我們繼續往下談之際，你最好記得我們還討論了神奇的魔法。

Chapter 4

論寫作

根據一本廣受歡迎的馴狗手冊標題，世界上沒有壞狗，但不要這麼告訴那些有小孩被鬥牛犬或是羅威那犬咬傷過的父母們；他們會有想要打爛你的鳥嘴的傾向。而且不論我有多想鼓勵男人或女人們去開始嘗試認真地寫作，我也不能撒謊說世界上沒有不好的作家。抱歉，不過這世上真有「不少」壞作家，有些是你當地報社的職員，通常是評論一些小劇場演出，或是裝模作樣地講評當地的運動隊伍；有些則是以雜亂的文筆一路寫出了他們位於加勒比海的房子，身後留下一長串規律性副詞、木頭人角色，以及簡陋的被動式結構；其他的人則是在公開發言的詩集裡高聲的大發議論，穿著黑色的高領衫和發皺的卡其褲；他們滔滔不絕講著有關「我那憤怒的女同志胸部」和「我高喊母親名字的傾斜小徑」的打油詩。

在我們所見人類才智和創造力的所有領域裡，作家將他們自己聚集成一座金字塔，位在基底的是寫得不好的。其上是一群人數較少，但數字還是很大又受歡迎的作家；這些是具有能力的作家，他們也許會被發現在你家當地報社裡、在你家當地書局的書架上，以及公開發言之夜的讀詩會上出現。這些傢伙們多多少少了解到，雖然一位女同志可能會因此感到憤怒，但她的胸部還是胸部。

再接下來的階層人數大為減少，這些是真正優秀的作家，而在他們之上——也在幾乎我們所有人之上的——是莎士比亞、福克納、葉慈、蕭伯納，以及優朵拉・維爾蒂（Eudora Welty，譯按：美國著名南方作家，作品內容含括小說、詩作、攝影等等，她被稱為美國南方歌德式或是怪誕小說的重要作家，有些批評家也把她與福克納齊名。她的主要作品為 The Optimist's Daughter，此小說在一九七三年獲普立茲獎），他們是天才，神般的意外產物，以一種超乎我們理解範圍的方式天賦異稟，更別說是加入他們的行列了。去他的，大部分天才都還不能了解他們自己呢！而且他們當中很多人都過著悲慘的生活，理解到（至少在某些層次上）他們除了是一群天賦異稟的怪物之外什麼都不是，是那些剛好生來具有長得好的臉骨，和一副有著符合時代潮流標準胸部走秀模特兒的有頭腦版。

我以兩個理論逐漸接近本書的核心，它們都很簡單。首先，好的寫作包含了對基本功夫的掌握（字彙、文法、風格元素），然後把你的工具箱第三層放滿正確的工具；其次，在一個不可能把壞作家弄成有能力的作家，以及同樣一個不可能把好作家變成偉大作家的情況下，加上大量的努力、投入，和適時的幫助，把一個還算可以的作家轉變成一個好作家，是有可能做到的事。

恐怕這樣的想法會被許多評論家以及寫作老師們否定，他們當中有許多人的政治理念自由，但在他們所選擇從事的專業領域裡卻像披了甲殼般的保守。那些會從當地鄉村俱樂部裡走上街頭，抗議對非裔美人和美國原住民（我可以想像史川克先生會對這些政治立場正確，但卻不甚優雅的稱呼說些什麼）不平等待遇的男人和女人們，通常也就是那些會告訴他們班上的學生，寫作能力是固定而不可改變的同一群人；一旦是個庸才，就永遠是個庸才。就算一個作家在一兩項具影響力的評論中得到較好的評價，他還是得永遠背負著他早期獲得的名聲，像是一個曾經在青少年時期瘋狂過的正直已婚婦人一樣。有些人是永遠不會忘記這種事的，如此而已，而大部分的文學評論也只是用來加強一種排他性的社會階級系統，而這種系統和培育出文學評論這東西本身的智能式俗氣勢利一樣古老。雷蒙．錢德勒（Raymond Chandler）也許在今日看來是個二十世紀美國文學中重要的人物，一個早期描繪二次大戰後混亂失常城市生活的聲音，可是還是有許多評論家會無法控制地否定這樣的評論。他是個庸才啊！他們憤怒地叫喊，一個自負的庸才！是最糟糕的那種！是那種自以為可以超過我們任何人的傢伙！

試圖從這種智能上動脈硬化惡境中突圍而出的評論通常獲得的成功有限，他們的同行也許可以接受錢德勒名列偉大作家的行列，不過卻傾向於把他放在名單的最下面，而且永遠都會有那種耳語：「從廉價科幻小說發跡的嘛，你知道的……，對那種人來說算是發展挺好的，不是嗎？……你知道他在三〇年代有幫《黑面具》寫稿……，對啊，真令人惋惜……。」

甚至查爾斯・狄更斯，小說界中的莎士比亞，都得面對持續不斷的評論攻擊，這肇因於他那通常太過聳人聽聞的才能，他那愉快的多產量（當他沒在創作小說時，他和他的妻子就在製造小孩），以及當然，他在他自己和我們的時代裡贏得廣大閱讀群眾的成功。評論家和學者總是對於廣受歡迎的成功抱存懷疑，而他們的猜疑時常是調整過後的。在一些其他例子裡，這些存疑被用來當作是不用思考的藉口，沒有一個人可以在才智上如此的懶惰卻又顯得如此的聰明；給聰明人一半的機會，他們就能駕著他們的小艇漂流……，你也許可以這麼說：一路打著盹就到了拜占庭。

所以是的——我預期我會被某些人指責我是在鼓吹一種不用大腦，快樂的霍雷肖・阿爾傑（Horatio Alger，美國作家，以他創造出那些充分體現美國夢的角色們受到推崇）式白手起家哲學、強為自我擁有的那點小得快看不到的名聲加以辯護，並且鼓勵那些「非我族類的老傢伙們」去申請鄉村俱樂部會員卡，我想我應該可以忍受這些指控。但是在我們繼續下去之前，讓我再重述一次我的基本論點：如果你是個壞作家，沒有人可以幫你變成一個好作家；如果你寫得不錯但想要成為偉大的作家……，還是算了吧！

接下來的部分是我所知道如何寫出好小說的所有東西。我會盡可能的簡單扼要，因為你的時間很寶貴，我的也是，而且我們都了解我們花在談寫作的時間，也就是我們沒有在實際寫作的時間。我也會盡量鼓勵你，因為那是我的本性，而我也喜歡這份工作，我希望你也能夠同樣的喜愛它。不過，如果你不想拚了老命地工作，你是不可能有機會寫得好的——就退回到尚能勝任的程度去，並心存感謝你還有那麼點東西讓你做靠山。靈感之神繆思是存在的，不過他不會降臨你的寫作室裡和你閒聊，並在你的打字機或電腦上撒滿創作的魔粉；他是住在地下的，是個地下室型的人，你必須下降到他的層級，而一旦你到了那下面，你就要幫他整理出個小公寓給他住。換句話說，當繆思坐在那抽著雪茄、讚嘆著他的保齡球獎座，以及故意裝作沒看到你的時候，你得要做所有的勞力工作。你覺得這事公平嗎？我認為很公平。那個傢伙可能不怎麼起眼，而且他也或許不是個容易交談的人（我從我的繆思那得來的東西大部分都是些垃圾，除非他有認真工作），不過他卻會為你帶來靈感。你理當做所有的工作而且熬夜奮戰，因為這個抽著雪茄，有對小翅膀的傢伙擁有一個神奇的盒子，那裡面有些東西是可以改變你的人生的。

相信我，我真的知道。

1

如果你想成為一個作家，在所有事情之上有兩件事你一定要做：多閱讀和多寫作。就我所知除此之外別無他法，沒有捷徑。

我的閱讀速度很慢，不過我通常每年會讀七、八十本書，大部分是小說。我並不是為了研究寫作技巧而閱讀；我讀書是因為我喜歡閱讀，這是我晚上做的事，坐在我那張藍椅子上讀書。同樣地，我並不是為了學習小說技巧而去讀小說，而是單純因為喜歡故事，然而這還是有一種學習過程在進行著。每一本你所選擇的書都有它值得學習的某個地方或某些地方，而且不好的書反而通常比好書有更多值得學習的東西。

當我八年級時，我碰巧讀到一本多產的科幻小說家莫瑞·藍斯特（Murray Leinster）的小說，他大部分作品都發表在四、五〇年代，那個時候，像《驚奇故事》（*Amazing Stories*）這種雜誌稿費才一個字一分錢。我之前也讀過藍斯特其他的作品，足以理解到他寫作的品質不怎麼平均。而這本有關在小行星帶上開礦的故事，就是他不太成功的作品之一。這樣說還太仁慈了，事實上這本書糟透了，故事裡的人物淡薄如紙，情節發展又古怪可笑。最糟糕的是（或是在我當時看來），藍斯特愛上了「熱情的」（zestful）這個字。書中主角以「熱情的笑容」注視著逐漸接近的帶有礦產的行星群；書中主角以「熱情的期待」在他們的採礦船上坐下來用晚餐；故事接近尾聲時，書中的英雄以「熱情的懷抱」擁住故事裡那個豐滿的金髮波霸女英雄。對我而言，這本書在文學價值上等同於一劑天花疫苗：就我目前所知，我從來沒有在任何一本小說或故事中用到「熱情的」這個字。若上帝同意的話，我以後也絕不會用。

以讀者的身份來看，《行星礦工》（*Asteroid Miners*）（雖然不是書的標題，但也很接近了）是我生平很重要的一本書。幾乎每個人都能夠記得自己失去童貞的第一次，而大部分作家也能夠記得第一本讓他（她）把書放下並思考著：「我能寫得比這本更好。見鬼了，我現在就寫得比這好！」的書。還有什麼比讓掙扎中的作家了解到他（她）的作品，毫無疑問地比某位實際上讓人為他作品付錢的作家還要好這件事，更能激勵人心？

從閱讀一本劣質作品中最能清楚學習到什麼東西是你不該做的——一本像《行星礦工》的小說〔或《娃娃谷》（*Valley of the Dolls, by Jacqueline Susann*）、《閣樓之花》（*Flowers in the Attic, by V.C. Andrews*），以及《麥迪遜之橋》（*The Bridges of Madison County, by Robert James Waller*）等這類的作品〕，就值得放在一間好的寫作學校中用上一學期來討論，甚至還可以邀請到超級明星級的客座主講人。

另一方面，優質作品教導學習中的作家有關作品風格、優美的敘事方式、情節發展、具可信度的角色人物塑造，以及事實陳述。像《憤怒的葡萄》，這種小說也許能夠讓一位新進作家充滿了絕望感覺和老式的妒嫉情懷——「就算我活了一千歲，我也不可能寫出這等佳作」——但這種感覺也可以是種刺激，驅使作家去努力工作和設定更高的目標。被一個優美的故事和傑出文筆的綜合體當面掃過——事實上是擊倒在地——是每個作家必經的過程。你不能期待有人會被你的作品的力量給掃倒，直到這樣的事發生在你身上為止。

所以我們用閱讀去體驗所謂普通和劣質的作品；這種經驗幫助我們在類似的情形悄悄出現在自己作品中的時候，能夠清楚地辨別出它們，並且斷然地掃除它們；我們也透過閱讀去檢測自己和佳作或經典作品之間的距離，藉此了解究竟有什麼是我們可以做的，而且我們透過閱讀去體驗不同的寫作風格。

你也許會發現自己採用某樣令你興奮的方式來寫作，而這沒有什麼不妥。當我小時候讀到布萊伯利（Ray Bradbury，編按：奇幻文學作家，著有《寂寞的七號星球》等書）的書時，我寫的方式就像布萊伯利——每件事都是綠色而不可思議的，像是透過一片有著懷舊之情的朦朧鏡片似的。當我讀詹姆士・肯恩（James M. Cain，編按：推理小說作家，著名作品有《郵差總按兩次鈴》）的時候，我所寫出來的東西都是短促、直接、冷漠的。而當我讀洛夫克拉夫特，我的散文就變得華麗而富有拜占庭風格。我在青少年時期寫故事，把這些風格都加以融合，創造出一種別有趣味的混合文體。這種寫作風格的混合是在創造自我風格的過程裡不可或缺的部分，但它不是憑空出現的，你必須廣泛地閱讀，同時不斷地琢磨（和再琢磨）自己的作品。我很難相信不常閱讀（有些甚至完全不閱讀）的人應該大膽地去寫作，並且期望人們會喜歡他們寫出來的東西，但我知道這是實際發生的事。如果我可以給每一個曾經告訴我他（她）想成為一位作家，但是又「沒有時間讀書」的人五毛錢的話，那些錢就夠我拿去好好吃一頓牛排大餐了。我可以就這主題率直一點地說吧？如果你沒有時間閱讀，你就不會有時間（或是工具）寫作。就這麼簡單。

閱讀是作家生命裡創作的源頭。我不論到哪裡都隨身帶本書，而且發現到處都有各種機會可以把它翻一翻。訣竅是培養自己一點一點地閱讀，並緩慢地把讀到的東西吞下肚去。等候室是為書而設的——這是當然的！可是表演開始前的劇院大廳、又長又無聊的結帳隊伍，以及每個人最喜歡的廁所，你甚至可以一邊開車一邊讀書，這得感謝有聲書的革命。我每年閱讀的書裡面，大概六本到十二本是聽有聲書的。至於那些你因此而錯過的精采廣播節目，算了吧——你有幾次能在廣播上聽到深紫合唱團的〈公路之星〉（Highway Star）？

在上流社會，用餐時看書被認為是沒有禮貌的，但是如果你想成為一位成功的作家，無禮這件事應該是你第二個不需要考慮的東西。你最不需要考慮的是上流社會和它們所賦予的期望。如果你志在盡你所能地忠實寫作，那麼你當上流社會一分子的日子應該屈指可數。

你還可以在哪裡閱讀呢？總是會有乏味的工作，或是到當地健康俱樂部用些什麼器材健身的時候。我試著每天都花一個鐘頭這樣做，但我想如果沒有一本好的小說陪伴我的話，我可能會瘋掉。大部分的運動器材（無論在家中或是外面）現在都備有電視，不過電視——當你在健身或是在別的地方——真的可以說是一位有抱負的作家最不需要的東西。如果你覺得你在運動時真的需要看新聞評論員在CNN上大放厥辭，或是MSNBC財經頻道上唬人的股票市場分析，或是ESPN體育頻道的誇大新聞，這就是你該要檢討一下自己對成為作家這件事到底有多認真的時候了。你必須準備好認真地朝著內部的想像世界生活做轉向，而這意味著，我很抱歉這麼說，傑洛德（Geraldo Rivera，譯按：美國著名前電視記者、現任電視脫口秀主持人）、凱斯・歐布門（Keith Obermann），和傑・雷諾（Jay Leno，譯按：美國國家廣播電台《今夜秀》主持人）都必須離開。閱讀需要時間，而玻璃指針上負載了太多東西。

一旦遠離看電視那股短暫的渴望，大多數人會發現他們很享受花在閱讀上的時間。我想建議你關掉那喋喋不休的電視盒子，不但能夠改善你生活的品質，也可以增進你寫作的品質。而我們在這裡講的必要犧牲有多少？《歡樂一家親》（Frasier）和《急診室的春天》（ER）要重播多少次才能夠讓一個美國人的生活變得完整？要多少理察・賽蒙（Richard Simmons，編按：健身教練主持人，在美國非常有名）的真人實證購物頻道節目？要多少華府的白仔或肥仔上CNN爆料（或提供內幕消息）呢？喔，老兄，別讓我開始算這些東西吧！傑瑞・史賓格（Jerry Springer，編按：美國脫口秀節目主持人）、德瑞博士（Dr. Dre，編按：著名嘻哈饒舌歌手、製作人）、茱蒂法官（Judge Judy，編按：紐約市的民事女法官，開設了「法官茱蒂」節目，在電視上處理民事訴訟，電視法庭所作出的裁決與常規法庭同樣有效，在電視上播出訴訟過程的前提是訴訟雙方必須先簽字同意。這節目每次歷時三十分鐘，通常審理兩個案件。茱蒂法官因而成為電視名人）、傑瑞．方威爾（Jerry Falwell，編按：美國著名的牧師、擅長操弄媒體的電視布道者）、唐尼和瑪麗〔Donny and Marie，編按：這對兄妹在七〇年代是深受青少年歡迎的歌手，後來在電視上開闢《奧斯蒙兄妹脫口秀》（*Donny & Marie Osmonds Show*）〕，我就算到這為止。

當我兒子歐文七歲左右時，他愛上了布魯斯．史普林斯汀（Bruce Springsteen）的E街樂團，尤其是樂團中粗壯的薩克斯風手克萊倫斯．克理蒙斯（Clarence Clemons）。歐文決定他想要像克理蒙斯那樣吹薩克斯風，我太太和我對他的雄心壯志都覺得有趣又高興。我們也對他寄予厚望，和全天下的父母一樣，希望我們的孩子富有天分，甚至也許是個奇才之類的。我們買了次中音的薩克斯風給歐文當耶誕禮物，還有當地音樂家之一的高登．鮑依的音樂課。然後我們合掌祈禱最好的結局。

七個月後我建議我太太，如果歐文也同意的話，該是停掉薩克斯風課的時候了。歐文同意了，而且明顯地鬆了一口氣——他自己不敢提出，尤其一開始是他自己提出要求的，不過七個月足夠讓他明白，他或許很欣賞克萊倫斯·克理蒙斯的音樂，但薩克斯風單純的不是他的才華所在——上帝並沒有給他這方面的天分。

我知道這件事，不是因為歐文停止了練習，而是因為他只在老師排定的時間裡練習：學校下課後半小時，每星期有四天，外加週末的一小時。歐文熟知音階和音符——他的記憶力、肺活量，或是手眼協調性都沒問題——可是我們從沒有聽他自己試著彈奏，用新的東西讓他自己感到驚奇、感到快樂。練習時間一結束，他就把樂器放進盒子裡直到下一堂課或練習時間。這件事告訴我的是，我兒子和薩克斯風之間，永遠都不會有真正的演奏；只有排練，這可不是一件好事。如果其中沒有任何樂趣的話，就不是好事，最好是移去別的領域，也許那裡你會有更多天賦才華，而樂趣的商數也會更高。

才華使得反覆練習這整件事顯得毫無意義；當你發現自己在某些事情上才華洋

溢，你就去做它（不管它是什麼事）直到你指頭流血或眼睛都要掉下來了；就算沒有人聆聽（或是閱讀、觀賞），每次出擊都是一場華美的演出，因為身為創造者的你很快樂，甚至是欣喜入迷。這說法適用於閱讀和寫作上，就像它也可以用在學樂器、打棒球、練短跑一樣。我在這提倡的這種發憤努力的閱讀和寫作——一天四到六個小時，每天都要——只要你真正享受這樣的事，而且對其有所才能，你就不會覺得辛苦；事實上，也許你已經開始這樣做了。然而，如果你覺得必須徵得別人同意才能開始做你心之渴望的閱讀和寫作，那就把我在此說的話當你應得的吧！

閱讀的重要性在於它隨著寫作的過程創造了一種安心而親密的感覺；就像是一個人帶著準備好的紙張和身分證明進入到作家的世界裡。持續的閱讀會引導你進入一個地方（一種情境，如果你喜歡這樣說的話）讓你能夠熱切地寫作，而且不感到忸怩。同時這也不斷增長你的見聞，幫助你了解什麼是已經存在的，而什麼是還沒有、什麼是腐朽的、什麼是新鮮的、什麼是可行的、什麼又是躺在紙頁上將要死去（或是已經死去）的東西。你閱讀的作品愈多，你就愈不會被你自己的筆和文字所愚弄。

2

如果說「多看、多寫」是成為作家重要的準則——而我向你保證它是——那要寫多少才算是多呢?這當然就不一定了,隨著各作家因人而異。也許傳言的成分勝過事實,對此我最喜歡的故事之一,和詹姆士·喬伊斯(James Joyce)有關[1]。根據這故事,有天一位朋友前去拜訪他,發現這位偉大的作家正以一種全然絕望的姿勢張開雙手地趴在他的寫作檯上。

「詹姆士,你怎麼了?」朋友問道。「是工作嗎?」

喬伊斯示意,連頭都沒有抬起來看他朋友一眼。當然是工作的問題;不是一直都是嗎?

---

1 有許多關於喬伊斯的故事,毫無疑問我最喜歡的是隨著視力衰退,他寫作時總是穿著一套擠牛奶工人的制服。按照推測,他相信這衣服能捕捉陽光,並將之反射到他寫作的紙上。

「你今天寫了多少字？」朋友追問。

喬伊斯（仍然覺得沮喪，仍然低著頭趴在桌子上）回答：

「七個。」

「七個字？可是詹姆士……，那不錯啊，至少對你來說！」

「是啊。」喬伊斯說，終於把頭抬了起來。「我想是這樣吧……。可是我不知道這七個字順序要怎麼排進去！」

在相反的那頭，也有著像安東尼．特洛勒普（Anthony Trollope，編按：英國作家，以虛構的巴塞特郡為背景的系列小說是他的著名作品）這樣的作家，他寫的是長篇巨作的小說〔《你能原諒她嗎？》（*Can You Forgive Her?*）是個不錯的例子；對今日的讀者來說，這本書也許應該改名叫《你有可能讀完它嗎？》（*Can You Possibly Finish It?*）〕，而且他還以不可思議的規律性不斷地寫出來。他白天的工作是英國郵局職員（散布全英國的紅色公共郵筒就是安東尼的發明）；他每天早晨出門上班前寫二個半小時。這個作息安排如鋼鐵般嚴謹，如果當這二個半鐘頭的時間到了，而他句子只寫到一半，他會把那未完成的句子留到隔天早上再寫。如果在還剩下十五分鐘的時候他剛好完成他那六百頁的巨作之一，他會寫上「結束」（The End），將原稿放在一旁，然後開始寫下一本書。

約翰·克里西（John Creasey, 1908-1973），一位英國著名懸疑小說家，用了十個不同的筆名寫了五百本小說（是的，你們沒看錯）。我寫了三十五本左右——有些是特洛勒普式的長度——就已經被當作多產作家，我看來確定是占住了僅次於克里西的紀錄。有些其他當代小說家，包括露絲·藍黛兒（Ruth Rendell）／芭芭拉·懷恩〔Barbara Vine，編按：藍黛兒被譽為克莉絲蒂（Agatha Christie）接班人，八〇年代開始以芭芭拉·懷恩為筆名發表心理驚悚小說，目前有六十多部作品〕、伊凡·韓特（Evan Hunter）／艾德·麥可班恩（Ed McBain，編按：美國作家麥可班恩本名伊凡·韓特，起初以少年犯罪小說起家。長達五十多年的寫作生涯中，發表無數作品，以推理小說最受歡迎）、狄恩·昆茲（Dean Koontz，編按：有驚悚小說王子的美譽，至今已有超過三十餘部作品，被翻譯成三十八種語言風行各地）以及喬伊絲·卡羅·奧茲（Joyce Carol Oates，編按：美國小說家、散文家，著有長篇小說四十餘部，短篇小說、詩歌、文學論述等近百本，同時致力於時事議論與偵探小說的書寫，曾獲美國國家圖書獎），他們創作的數量都輕而易舉和我旗鼓相當；有些還比我多寫了很多。

另一方面——詹姆士．喬伊斯那方面——還有個只寫了一本書〔出名的《梅崗城故事》（*To Kill a Mockingbird*）的哈波．李（Harper Lee），其他任何一個類似的作家，包括詹姆斯．艾吉〔James Agee，編按：美國詩人、小說家、電影劇本作家、影評家，著有《讚頌名人》（*Let Us Now Praise Famous Men*）〕、麥爾肯．勞瑞〔Malcolm Lowry，編按：英國小說家、詩人，著有《在火山下》（*Under the Volcano*）〕，和湯瑪斯．哈里斯（Thomas Harris，編按：美國小說家，著有《沉默的羔羊》等），以目前來講，都寫不到五本，這是無所謂，但我總是對這些人有兩件事覺得好奇：他們花多少時間來寫那些他們已經寫好的書？以及他們除此之外的時間都做了些什麼？編織阿富汗地毯？組織教堂市集？供奉梅子？我這樣子可能會令人嫌惡，但相信我，我是真的覺得很好奇。如果上帝給你一些天賦去做某些事，那你為什麼不去做呢？

我自己的時間表是劃分得非常清楚，早上屬於任何新工作——手邊正進行著的創作；下午用來小睡片刻和寫信；晚上的時間則是給閱讀、家人、觀賞電視上紅襪隊的比賽，以及任何無法等待的文章修改。基本上，早晨是我主要的寫作時間。

一旦我開始一項作業，除非逼不得已我不會停止，也不會放慢速度。如果我不每天寫作，故事人物就會在我心中漸漸走味——他們開始讓人覺得像是小說中的人物而不是真實世界的人。而故事結構不再分明，我也開始失去對故事情節和步調的掌握。最糟糕的是，所有編織新故事的興奮感會開始褪色，工作開始覺得就像個工作，對所有的作家而言這是個死亡之吻。最棒的寫作發生在——總是、總是、總是——當它對作者而言是一項靈感之啟發的時候。必要時，我可以很冷血地寫作，但我還是最喜歡在想法仍然新鮮、幾乎握不住般燙手的時候寫作。

我曾經告訴採訪媒體我每天寫作，除了耶誕節、獨立紀念日和我的生日之外。那是個謊言。我之所以會那麼說是因為一旦你答應接受訪問，你就必須得說點什麼，如果可以說些至少有點小聰明的東西，效果又會比較好。同時，我也不想讓人家聽起來覺得我是一個有工作狂的怪胎（我猜我就是個工作狂）。事實是我在寫作時，我就每天都寫，不管是不是像個有工作狂的怪胎。這包括了耶誕節、獨立紀念日和我的生日（反正到了我這個年紀，你會試著去忽略那該死的生日）。而我不工作的時候，我就完完全全的不工作，雖然在這種全面停止下來的時刻裡，常常覺得自己神志不清而且睡不好覺。對我而言，不工作才是真正的工作。當我在寫作時，一切都像是遊樂場，就算是我在寫作時所遭遇過感覺最糟的三個小時，其實都還是滿快樂的。

我過去的寫作速度比現在快；我其中一本著作〔《跑步的男人》（*The Running man*），後來改編成電影《魔鬼阿諾》〕就是在一星期內寫完的，是個約翰．克里西也許會很欣賞的表現（雖然我曾經讀到過克里西有幾本懸疑小說是他在二天內就寫完的）。我想是戒菸讓我的速度變慢；尼古丁真是刺激神經傳導的好東西。不過問題當然是，它在幫助你寫作的同時，也在置你於死地。我仍然相信完成一本書的初稿——即使是長篇作品——都不應該超過三個月，也就是一季的時間。任何比那久的時間——至少對我來說——故事就開始有種奇怪陌生的感覺，像是從羅馬尼亞公共事務部寄來的快遞，或是在強烈太陽黑子活動期間內在高頻段短波廣播播放的東西一樣。

我喜歡每天寫十頁，字數最多可到二千字左右，三個月下來就有十八萬字，對一本書來說是很好的長度——如果故事情節寫得不錯而且維持住新鮮感，這樣的長度可以讓讀者快樂地優游其中。有些日子裡，寫個十頁是輕而易舉的事；我起床、出房門，早上十一點半以前就可以結束我的工作，生龍活虎得像是一隻在義大利臘腸堆裡的老鼠。最近隨著年歲漸長，我發現我在書桌上吃午餐，直到下午一點半左右才完成一天的工作。有的時候腸枯思竭，一直到喝下午茶時仍在四處瞎晃。不管哪種狀況我都可以接受，但只有在最糟的情況下我才會允許自己在寫出二千字之前就關機休息。

對規律式（特洛勒普式？）寫作最好的幫助就是在安靜的氣氛下工作。即使是個天生多產的作家，也很難在老是有著警報聲和撞擊聲的吵雜環境下工作。當我被問到「我成功的祕訣」時（一個荒謬但不可能逃得過的問題），我有時會回答說有兩個：我保持健康的身體（至少是直到一九九九年夏天一部休旅車把我從路邊撞倒為止），還有美滿的婚姻。這是個好答案，因為它不但打發了這個問題，也含有真實的元素在裡面。健康的身體，加上和一位不接受我、或其他任何人影響的獨立自主女性有著穩定的關係，使我的工作生命得以持續不斷。而且我相信這樣的關係就算反過來也是事實：我的寫作和我在寫作中得到的快樂有助於維繫我的健康和我的家庭生活。

3

你幾乎可以在任何地方閱讀，可是說到寫作的話，圖書館閱覽桌、公園長椅和出租公寓應該可以算是最終的勝地——楚門・卡波特（Truman Capote，編按：著名美國南方文學作家，著有《第凡內早餐》、《冷血殺手》等）說他最好的作品就是在汽車旅館房間寫的，不過他是個特例；我們大部分人還是在自己的地方寫得最好。直到你有一個屬於自己的地方，你會發現很難對你那要多寫作的新決定認真起來。

你的寫作室不需要花花公子哲學式的裝潢，你也不需要一張美國早期摺疊式的書桌去放你的寫作工具。我頭兩本小說《魔女嘉莉》和《午夜行屍》（*Salem's Lot*）是我在一輛雙倍寬拖車上的洗衣間裡寫的，敲打著的是我太太那台可移動式的奧利維提打字機，腿上平放著一張小孩子用的小書桌；約翰・奇佛（John Cheever，編按：美國小說作家，著有《沃普蕭紀事》）出了名地在他那位於公園大道上公寓的地下室，接近暖爐的地方寫作。寫作的空間可以十分簡樸（也許是「應該」這樣，就像我之前建議過的），真正需要的也只有一樣東西：一扇你可以隨意關上的門。關上的門是你告訴全世界和自己，你是認真地在做事；你嚴正地立下寫作的志願，而且打算就像嘴巴上說的那樣去身體力行。

等你進入你的新寫作空間並關上門的時候，你應該已經定下了一個每天寫作的目標。就像體能運動一樣，剛開始最好不要把目標定得太高以避免挫折沮喪。我建議你每天寫一千字，而且因為我覺得要仁慈一點，我也建議你每星期可以休息一天，至少在一開始的時候，但到此為止；再多的話你會失去你故事的急切性和立即性。定下目標，下定決心關起門來直到目標完成。努力地把那一千個字寫在紙上或打進電腦裡。在早年的一次訪問中（我想是在促銷《魔女嘉莉》這本書時），一個廣播脫口秀主持人問我是如何寫作的，我的回答是——「一次寫一個字」——這答案似乎讓他一時不知如何回應。我想他是試著在想我是不是在開玩笑，我不是。到頭來，一切就是這麼簡單，不論是單頁的短文或如《魔戒》之類的史詩三部曲，寫作的工作總是一次寫一個字地完成的。這扇門將世界關在門外；同時也把你關在裡面好去專心一意地面對手上的工作。

如果可能，寫作房裡最好不要有電話，當然更別說是那些讓你浪費時間的電視或電視遊樂器。如果有窗戶，除非它剛好面對著一面空白的牆壁，不然最好拉上窗簾或放下百葉窗。對所有作家，特別是新進的作家而言，除去所有可能會令你分心的事物是明智之舉。如果你持續寫作，你會開始自然地去過濾掉這些分心的事，不過一開始的時候，最好在你開始寫作前就試著去把它們都處理好。我工作時會大聲聽音樂——搖滾樂像是AC／DC合唱團、槍和玫瑰、和金屬製品合唱團（Metallica）一直以來都是我的最愛——但對我而言，這些音樂不過是另一種關上門的方式。音樂包圍著我，把世俗的一切關在外面。當你寫作時，你也想要擺脫這外在的世界，不是嗎？你當然是！當你寫作時，你是在創造自己的世界。

我想我們實際上是在談所謂的創造性睡眠，像你的臥房一樣，你的寫作室也應該非常隱私，一個可以讓你去作夢的地方。你的工作表——每天在差不多的時間寫完一千字——是為了讓你自己養成習慣，讓你自己準備好去作夢，就像是你規定自己每天差不多時間就準備上床睡覺，並依循同樣的睡前儀式一樣。我們在寫作和睡眠中，都在學習著保持身體不動的同時，去鼓勵我們的思慮從日間生活單調平凡的思維中釋放出來。而且如同你的身心逐漸習慣於每晚固定的睡眠時間——六、七小時，或是一般建議的八小時，你也可以訓練你清醒時的心思去進行具有創造力的睡眠，並慢慢想像出那常是小說最佳題材的白日夢裡生動的影像。

不過你需要房間，需要門，以及關上門的決心；你也需要一個堅定的目標。你掌握住這些基本原則的時間愈久，寫作就會變得愈容易。不要枯等靈感之神的降臨，就像我說過的，他是一個對許多創意沒有反應的頑固傢伙，我們在這裡講的既不是萬應板也不是奇幻世界，不過是另一個像是鋪管線或是開長途卡車一樣的工作。你的工作是去確定靈感之神知道你每天九點到中午，或是七點到三點之間你要去的方向；如果他確實知道了，我保證他早晚會開始現身，含著他的雪茄，並施展他的魔法。

所以好了——你現在在你的房間裡並拉起了窗簾、關上房門、拔掉電話插頭；你把電視甩到了一邊，並對自己承諾：不論上山下海，每天要寫一千字。現在來了個大問題：你要寫什麼呢？而和問題一樣重要的答案是：任何你想要寫的，任何事都行……，只要你寫的是事實就好了。

寫作課裡曾有句名言：「寫你知道的。（Write what you know）」這聽起來很棒，但是如果你想要寫的是太空船探索其他星球，或是一個男人謀殺他的妻子後試圖用碎木機滅屍的故事？作者該如何直接套用這「寫你知道的」名言去誠實地寫以上任一個例子？或是其他上千個奇怪的想法？

我想你要從儘量寬大和廣義地去解釋「寫你知道的」這句話開始。如果你是個水管工人，你會知道有關鉛管的事情，但那還算不上是你的知識；你的心也知道一些事情，想像力也是。感謝上帝，如果不是心和想像力，小說的世界就會是個十分襤褸的地方，它甚至有可能根本就不存在。

講到形式的話，大概可以假設說你會從你喜歡讀的東西開始寫起——我確實曾把我早年喜歡的EC恐怖連環漫畫故事加以重新描述，直到故事變得平淡。不過我確曾對它們著迷不已，類似的恐怖電影像《我的另一半是外星人》，讓我寫出了像《我是少年盜墓者》這樣的故事。即使今日，我還是無法擺脫寫那類故事但更精巧的版本；而且我養成了一個寫黑夜和不平靜棺木的愛好，如此而已。如果你不贊同，我也只能聳聳肩，這就是我有的東西了。

如果你剛好是個科幻小說迷，你自然會想要寫科幻小說（而且你讀愈多科幻小說，就愈不易流於俗套重遊的領域裡，像是太空歌劇、描寫反烏托邦的諷刺文學之類的東西）。如果你是懸疑小說迷，你會希望寫懸疑故事；而你如果喜歡浪漫小說，你自然就會想寫自己的羅曼史故事。寫任何一種小說都沒什麼不妥。我認為糟糕的事，是背棄你知道或喜歡的東西（或是愛好的東西，像我愛好那些EC小說和黑白恐怖電影），而去寫一些你相信會令你的朋友、親戚和其他寫作同僚印象深刻的故事。同樣也很糟糕的是為了金錢而轉向去寫某些小說類型或風格。這一方面來講是道德上的搖擺不定——寫小說的工作是要在故事如蜘蛛網般的謊言中發現真理，而不是為了金錢犯下智力上的不誠實罪行。而且，各位兄弟姊妹們，這種做法根本行不通。

當我被問到為什麼決定要寫我寫的那些東西時，我總是覺得這個問題比任何我能夠告訴你的答案更一目了然。被包覆在其中的，像是太妃糖中心不易嚼碎的東西，是認為是由作家在控制他寫作的體裁，而不是相反的。[2] 一個認真和投入的作家，是沒有能力去抓住故事的題材，像投資人那樣抓住各種各樣的股票，再選擇一個回收價值高的來投資。如果真的可以這樣做的話，那每一本出版的小說都會是暢銷書，而那些付給「大牌作家」的可觀版稅也就不會存在了（出版商會喜歡這個想法）。

葛里遜（Grisham）、克蘭西（Clancy）、克萊頓（Crichton）和我——在其

---

2 科比．麥考利，我第一個真正的經紀人，曾經針對這個話題引用科幻小說家艾爾弗雷德．貝斯特（Alfred Bester）的話，「書是老闆」，艾爾弗雷德曾以相近的論點這麼說。

他人之中——是幾位收到這些高額版稅的作家，因為我們的書以不尋常的銷售量賣給不尋常的廣大讀者。有時一個主要的猜測是我們有特別的管道去拿到一些別的作家（而且通常是更好的作家）所無法發現，或是不想降低身分去使用的祕笈。我懷疑這是否是真的。同樣地，我也不相信某些暢銷小說家爭論（雖然她不是唯一的一個例子，我想的是最近的賈桂琳·蘇珊）說他們的成功歸功於文學價值——那種社會大眾了解，而被嫉妒耗損的作品所不能了解的真實偉大之所在。這想法荒謬可笑，是一種虛榮和缺乏安全感之下的產物。

一般來說，買書的人並不是被一本小說的文學價值所吸引；他們要的是，一個能陪伴他們搭乘飛機的好故事，那種一開始就能吸引他們，然後很快地讓他們投入其中不斷翻頁的故事。我想這會發生在讀者認同書中人物，他們的行為、他們的背景和他們的對白的時候。當讀者聽到某些他們自己生活和信念的回響時，他們會更願意多花心思在這故事裡。我不認為這種聯繫是不可能去事先計畫的，精確地評估市場，就像賽馬場上用內線消息招徠顧客的人一樣。

風格的模仿是開始成為一位作家的一個好方法（也是無法避免的，真的；有些模仿還標示出了一位作家在新階段裡的不同發展），但是不能模仿的是一位作家描述某種特定形式的筆法，不管那位作家的做法看起來有多簡單。換言之，你不可以像巡弋飛彈一樣地瞄準一本書。那些決定以模仿約翰．葛里遜或是湯姆．克蘭西這種方式來賺錢的人，總體來說，他們的作品除了模仿別無他物，因為字彙和感覺不是同一回事，設計過的情節也和由心靈去了解的真實差之千里。每當你看到一本小說封面上寫著「承襲（約翰．葛里遜／派翠西亞．康薇爾／瑪麗．海金斯．克拉克／狄恩．昆茲）」，你就知道你正在看著的是這些過度計畫（而且大概無聊）的模仿作品之一。

寫你喜歡的東西，然後讓它吸收生命並融入你個人對於生活、友情、人際關係、性和工作的智慧來讓它變得獨一無二，尤其是工作，人們喜歡閱讀和工作有關的書。天知道這是為什麼，不過他們真的喜歡，如果你是個喜愛科幻小說的水管工人，你也許可以構思一本有關水管工人登上太空船或是登上外星星球的故事。聽起很可笑嗎？克利弗．史邁克（Clifford D. Simak）晚期就寫了一本名叫《宇宙工程師》（*Cosmic Engineers*）的小說，劇情和那相近，而且那還是本很好的作品。要記得的是，長篇大論你所知道的事，和用它來豐富故事內容這兩件事是不一樣的；後者值得嘉許，前者則否。

想想約翰・葛里遜的成名小說《黑色豪門企業》（*The Firm*）。在這故事裡，一個年輕律師發現他那條件優渥到讓人難以置信的第一份工作，事實上是——他在替黑手黨工作。書中懸疑、引人入勝、快速的步調，讓《黑色豪門企業》賣了無數本。令讀者著迷的似乎是那讓年輕律師找到自我的道德困境：為黑幫做事是不好的，這毋庸置疑，不過它帶來的報酬異常優渥！你可以開一輛寶馬汽車，而那是只給加入的人！

讀者也為這律師助他自己化險為夷的機智努力拍案叫絕。這也許不是大部分人會採取的行為，最後五十頁裡的機械槍彈聲也是規律的鏗鏘作響，不過這卻是我們大部分人會喜歡去採取的行為。

我雖然不能確定，但我敢以我的小狗打賭約翰・葛里遜從來沒有替黑手黨做過事，所有的東西都是虛構的（而完全的虛構情節是小說作家最純粹的樂趣）。雖然他曾經一度是個年輕律師，而且他也明顯地一點都未淡忘當時的掙扎；同時他也沒有忘記各種的財經誘惑和甜蜜陷阱使公司法這類領域變得如此困難。全書用流暢的幽默當作高明的轉折點，而且從來都沒有以偽善的語言代替故事的進行，葛里遜描繪了一個達爾文式掙扎的世界，那裡的野蠻人身著三件式西裝。而且——這是最棒的部分——這是個不可能不去相信的世界。葛里遜到過那個地方，偵測環境和敵人的位置，並且帶回來了完整的報告。他說的是他所知道的真相，而單單就這一點，他理當得到《黑色豪門企業》這本書為他賺進的每一分錢。

那些批評《黑色豪門企業》及葛里遜晚期作品筆法拙劣，以及那些聲稱他們對他的成功大惑不解的人，要嘛就是因為焦點太大又太明顯而看不到，不然就是因為他們要故意表現得愚鈍。葛里遜那寫實的故事是依據一個他所知道、親身經歷過，並以絕對的（幾乎是天真的）誠實來寫的真實情境。其結果就是一本書——不管角色人物是否平薄如紙，這點是我們可以稍加爭論的——不但勇敢也獨特地令人滿意。做為一個新手作家，不要去仿效葛里遜已然創造的那種律師——身陷麻煩的模式，而是應該去想辦法超越葛里遜的開場和老是一開始就提綱挈領的缺陷。

約翰．葛里遜理所當然地了解律師。你所知道的事會讓你在一些其他方面顯得獨一無二。點出敵人的位子、回來，告訴我們你所知道的全部事情。而且要記得太空中的水管工人也不是個那麼糟的故事題材。

5

就我的觀點，故事或小說由三部分組成：敘事（narration），就是把故事從A點移到B點，最後到Z點；描述（description），就是為讀者建立真實的感受；以及對白（dialogue），就是經由對話賦予書中角色生命。

你可能會好奇故事情節要放在其中哪部分，答案——總之我的答案——是哪都沒有。我不會試圖去說服你們相信我從來沒有事先擬定情節，也不會強迫你們相信我從來不說謊。我不相信情節的原因有二：第一，因為我們的「生活」大體上是沒有情節的，就算你把我們所有曾做過之合理的預防措施和小心計畫都加進來也沒有；第二，我相信情節的安排與真實創造的自發性是無法共存的。我最好針對這點盡可能地講清楚一點——我希望你們了解，我對於創作故事的基本信念是，它們大部分是自己創造出來的，作家的工作是給故事一個成長的空間（當然還有去寫下它們）。如果你能從這個角度看待事情（或者至少試著去做），我們就能輕鬆自在地共事。如果相反的，你覺得我瘋了，那也無所謂，因為你也不是第一個這麼認為的。

在接受《紐約客》（*The New Yorker*）雜誌訪問時，我告訴採訪者馬克・塞格（Mark Singer）我相信故事是被發掘出來的，就像地底下的化石一樣，而他說他不相信我。我回答說這沒關係，只要他相信我是這樣相信的就好了。而我也正是如此相信，故事不是紀念T恤或是電視遊樂器，故事是遺跡，屬於一個尚未發掘而之前存在過的世界的一部分；作家的工作是去利用他們工具箱裡的工具，把每一個部分都盡可能毫髮無傷地從地底挖出來。有時候你發現的化石很小，一個貝殼；有時則很龐大，一隻有著巨大肋骨和尖銳牙齒的暴龍。不論是哪一種，短篇故事或長及千頁的小說，基本的挖掘方法都是一樣的。

不論你有多優秀，不論你經驗有多豐富，要把一副化石完整無缺地從地下挖出來，幾乎是不可能的事。甚至在挖大部分化石的時候，你必須放棄鏟子而去使用更精細的工具：吹氣管、徒手採集，或甚至是一枝牙刷。情節是個過大的工具，就像作家的電動鑽，你可以用電動鑽把一副化石從堅硬的地下挖出來，但是你跟我一樣了解，電動鑽在挖掘的同時也幾乎會破壞掉等量多的化石。它很笨重、機械化、違反創造性，我認為情節是好作家們最後的選擇，而蠢漢們會放在第一個。倚重情節的故事結果會讓人覺得虛偽和不自然。

我個人比較倚賴直覺，而且因為我的書比較重視情境而非故事，所以我也得以一直這麼做。有些創造出那些書的想法會比其餘的複雜些，可是大部分都是開始於一個簡單的靈感火花，像是一扇百貨公司的陳列櫥窗，或是一副生動的蠟製品，我想要把一群角色（也許是一對；也可能只有一個人）放在某處困境裡，然後看他們試圖找到重獲自由的方法。我的工作不是「幫助」他們脫離困境，或是遙控他們到達安全的地方——這些工作是需要用到情節中那吵雜的電動鑽——而是去看發生的事情，然後把它記錄下來。

場景擺在首位，人物角色（一開始總是顯得平淡沒特色）則是其次。一旦這些事在心中有了底，我就開始描述故事。我通常對於最後的成果會先有個大概的想法，不過卻從來不命令一組故事角色去依照我的意思做事；相反的，我要他們用他們自己的方式處理事情。有些情況下，結果並不如我預先所設想的。然而大部分時候，成果卻根本是我從來沒想到過的。對一位懸疑小說作家而言，這是一件很棒的事。我畢竟不只是小說的創造者，也是作品的第一位讀者。如果連我都不能靠著我對書中那將要發生事情的內部消息，來精確地臆測出故事將如何發展下去，那我肯定可以把讀者保持在迫不及待想要翻頁的焦慮裡。

一九八〇年代初期，我和妻子到倫敦做了一次結合工作和遊玩的旅行。我在機上昏睡地做了一個有關一位暢銷作家（有可能是、或不是我自己，可是我敢對天發誓不是詹姆士．肯恩）被一個住在與世隔絕的農莊裡的精神病書迷軟禁的夢。這名書迷是位女性，因為日益嚴重的精神疾病而與外界隔離。她在農舍裡養了一些家畜，包括她的寵物豬——蜜絲莉（Misery，原意為不幸、悲慘），這隻豬是根據作家暢銷小說中主角的名字來命名。我在醒過來前對這夢最清楚的記憶是這個女人對作家說的一些話，作家當時斷了一條腿被關在臥室中。我用美國航空公司的雞尾酒紙巾寫下內容，以便不會馬上忘記這故事，然後把紙巾放進口袋裡。我後來還是把這張紙弄丟了，但還是記得大部分我寫下的內容：

「她談吐熱忱但從不跟別人做任何眼神上的接觸。一個身材龐大，顯得十分扎實的女人；她是裂縫處缺少的部分（不管這是什麼意思；請記得，我才剛剛醒來）。『我把我的豬叫蜜絲莉並不是試圖開個惡意的玩笑，不是的，先生。請千萬別這麼想。不，我是秉持著書迷的愛意為牠命名，而這是最純粹的愛。你應當覺得受寵若驚。』」

塔比和我住在倫敦的伯朗飯店（Brown's Hotel），而我們待在那裡的第一個晚上我無法成眠。一部分原因是因為我們樓上房間聽起來像是住著三個小女孩體操選手，一部分原因是因為時差的關係，不過絕大部分是因為飛機上那張餐巾紙，在上面摘記下來的是我想能夠變成一個非常傑出的故事種籽，結果有可能會是個有趣、諷刺又驚悚的故事。我覺得它簡直豐富到我不得不去寫它。

我起身，走到樓下，詢問門房是否有安靜的地方可讓我寫點東西。他領我到二樓樓梯處一張華麗的書桌，他理直氣壯並驕傲地告訴我，這曾是羅德亞·吉卜林（Rudyard Kipling, 1865-1936，編按：英國小說家、詩人，著有《金姆》、《叢林之書》），此書後來改編為電影《森林王子》）的書桌。我有點被這個說法嚇到，不過這個地方很安靜，而且這張桌子看起來也很舒適；舉例來說，它的特徵是那用一英畝櫻桃木做成的大工作面積。我狼吞虎嚥地喝了一杯又一杯茶（除了啤酒以外，我寫作時要喝以加侖計算的水……），在速記本裡寫了滿滿十六頁，事實上我喜歡用普通的手寫方法寫作；但唯一的問題是，一旦我進入狀況後，我就因為無法趕上腦中思考的速度而感到疲憊不堪。

當我停下來後，我到大廳再次感謝門房讓我使用那張吉卜林先生的美麗書桌。「很高興你喜歡它，」門房對我說。他臉上帶著一個朦朧而懷舊的淺笑，彷彿他曾經認識那作家本人一樣。「事實上，吉卜林就是在那兒去世的，當他寫作時中風的關係。」

我回到樓上補眠了幾小時，想著我們一生中到底有多少次會被告知其實我們根本就不需要知道的訊息。

我正在寫的那本計畫有三萬字的中篇小說標題為《安妮．懷克版》（*The Annie Wilkes Edition*，編按：後來改編成電影《戰慄遊戲》），當我坐在吉卜林先生那美麗的書桌前，我已經有了一個基本架構——跛腳作家和精神病書迷——踏實地在我腦海中。而實際的故事則尚未成形（嗯，是有些頭緒，不過除了那寫出來的十六頁手稿，其他就像是一個被埋藏在地底下的遺跡），但對我而言，我不需要知道整個故事才能去開始寫作。我已經標示出化石的位置；我知道，其餘的，就是去小心地把它挖出來。

我建議那些對我有效的方法可能對你們也有同樣的功效。如果你被煩人的大綱綁手綁腳，手提電腦上也打滿了所謂的「角色重點」，那麼這些建議會讓你重獲自由。至少，它會把你的心思轉往比「情節發展」更有趣的東西。

〔一則有趣的側記：本世紀對「情節發展」最重要的支持者可能算是艾加・華勒司（Edgar Wallace, 1875-1932），一九二〇年代一位超級暢銷小說家。華勒司發明了——並且取得專利——一種叫做艾加・華勒司情節轉變器（Edgar Wallace plot wheel）的裝置。當你的思路陷入情節發展的泥沼，或急需一個出人意料的情節轉折來加強故事時，你只須轉動情節轉變輪子然後看看視窗：也許是一個不速之客，或是女主角突然表明愛意。這些玩意明顯地造成搶購熱潮〕。

當我完成了在伯朗飯店寫的第一部分，有關保羅・希爾頓醒來之後，發現他成了安妮・懷克的囚犯，我想我知道接下來會發生什麼事情。安妮會要求保羅以他那鮮明的連續小說主角蜜絲莉・卡汀再寫一本小說，而且只為她一個人寫。在起初的拒絕之後，保羅當然會答應她（我想一個精神病護士是相當具有說服力的）。安妮會告訴他，為了這個計畫，她說，她願意犧牲她心愛的寵物豬蜜絲莉來成就《蜜絲莉的回歸》（*Misery's Return*），這本書只會有一本：一本以豬皮裝訂的手寫稿！

在此我想我們要暫且打住，為了出人意料的結局再轉回到六或八個月後，安妮位於科羅拉多州偏遠地區的療養地。

保羅不見了，他的病房變成了蜜絲莉・卡汀的祠堂，但是小豬蜜絲莉還是活蹦亂跳，在牠位於穀倉旁的豬圈裡發出嘟噥嘟噥的叫聲。在「蜜絲莉房間」的牆上是書的封面、從蜜絲莉電影翻拍下來的劇照、保羅・希爾頓的照片，以及一張可能是報紙的頭條「有名的羅曼史小說家保羅・希爾頓仍然行蹤不明」。房間的正中央，小心用聚光燈打光的是一本單放在小書桌（當然是張櫻桃木書桌，這是為了對吉卜林先生表示敬意）上的書。那是本安妮・懷克版的《蜜絲莉的回歸》。裝訂得非常華麗，它也理當如此；因為那是用保羅·希爾頓的皮做成的。至於保羅本人呢？他的骨頭可能被埋在穀倉後面，但我想那隻豬可能已經把美味的部分吃掉了。

不錯，這樣的情節應該可以成為一個好故事（然而卻不是本好小說；沒有人會喜歡跟著一個角色讀了三百頁後，卻發現在第十六、十七章節之間，主角被豬給吃了），但這故事最後並不是如此發展。保羅·希爾頓後來表現得比我原先預想的機靈得多，他努力地扮演天方夜譚並救了自己一命，也給了我一個機會去說一些我一直心有所感、但卻從未表達過的關於寫作贖身的力量。而安妮這個角色也比我原先想像的更為複雜，而且她是一個寫起來很有趣的角色——這是一個在玷污神聖的時刻時，和一個「狗屎傢伙」困在一起的女人，但是她卻絲毫不覺愧疚地在她最喜歡的作家想要逃跑時打斷他的雙腿。到了最後，我覺得安妮幾乎在讓人害怕的同時也有點令人同情。而整個故事的細節和發生的事件沒有一件是依照我事先設計的情節來進行的；它們是有機性的，每一部分都是自然地從最初的情境裡衍生出來，每一個也都是化石中尚未被發現的部分。而我則面帶微笑地寫著這一切，當時大部分時間，我都為藥物和酒精問題所困擾，但我在寫這個故事的過程裡獲得了許多樂趣。

《傑洛德的遊戲》（*Gerald's Game*）和《愛上湯姆高登的女孩》（*The Girl Who Loved Tom Gordon*）是另外兩部純情境式的小說。如果說《戰慄遊戲》是「兩個角色在一個房子裡」，那麼《傑洛德的遊戲》就是「一個女人在一間臥室裡」，而《愛上湯姆高登的女孩》則是「一個在森林中迷路的小孩」。如同我告訴過你的，我曾經寫過事先設計好情節的小說，但像是《失眠》（*Insomnia*）和《玫瑰草》（*Rose Madder*）這些書的結果並不特別引人注目。它們是（我不得不承認）感覺生硬、太過用力去寫的小說。我唯一喜歡自己以情節為導向而寫的小說只有《死亡地帶》（*The Dead Zone*）一本（公平地來看，我必須說我真的非常喜歡這本書）。另一本手法看起來很像以情節導向的書——《白骨袋》（*Bag of Bones*）——實際上是另一種情形：「孤寡的作者在一間鬧鬼的房子裡。」《白骨袋》的故事背景是十足的哥德式（至少我是這麼想）而且非常複雜，但是沒有哪個細節是事先想好的，書中名為**TR-90**那個地方的歷史，以及鰥夫作家麥克·努南的妻子在她生命中最後一個夏天到底做了什麼事情的故事都是自發性的出現——換句話說，這些細節都是化石的一部分。

一個夠強壯的場景可以描述出整個故事情節討論的問題，我覺得這樣也不錯。而最有趣的情節通常是以「要是……怎麼樣」的問題呈現：

要是吸血鬼入侵新英格蘭的小村莊**會怎麼樣**？——《午夜行屍》（*Salem's Lot*）

要是內華達州一個偏遠小鎮的警察發狂了，並開始槍殺目光所及的任何人**會怎麼樣**？——《絕望》（*Desperation*）

要是一個清潔婦逃過她所犯下的謀殺案（她丈夫）卻被懷疑涉及另一宗她沒有犯罪的謀殺案（她的雇主）**會怎麼樣**？——《熱淚傷痕》（*Dolores Claiborne*）

要是一位年輕的母親和她的兒子被一隻有狂犬病的狗困在令他們進退不得的車子裡**會怎麼樣**？——《狂犬驚魂》（*Cujo*）

這所有情節都是我——在淋浴、開車、每天散步時想到的——而我最後也將它們都寫成了書。它們沒有一個是事先計畫好的情節，甚至連一句簡單寫在廢紙上的筆記也沒有，即便有些故事（如《熱淚傷痕》）幾乎複雜得有如謀殺懸疑小說。然而請記住，故事和事先安排好的情節間有很大的不同，故事既可敬又值得相信；事先擬好的情節則是不正直的，最好把它關在家裡。

以上所說的每一本小說都經過編輯過程的修改潤飾，不過大部分元素是從一開始就有的。電影剪接保羅．希爾斯（Paul Hirsch）曾告訴我：「一部電影在初剪時就應該出現」，書本也是同樣的道理。我想很少有情節支離破碎或故事平凡無趣的作品，可以光靠二校這種輕微的小動作就能解決所有問題的。

這不是一本教科書，所以也不會有很多的練習題，可是我現在想出一個題目，以免你們覺得這滿篇以情境代替預設情節的談論是胡說八道的廢話。我會向你們點出一個化石的位置，你們的工作就是寫五、六頁關於這化石沒有預設情節的敘述。另一種說法是，我希望你們去挖出化石骨頭來看看它們是什麼樣子。我想你們可能會對結果十分訝異和興奮，準備好了嗎？我們這就開始。

每個人都很熟悉下列故事的基本細節；加上細微的變化，看起來就好像每隔一個星期左右便會出現在大都會日報的社會新聞版面上。一位女士——就叫她珍——嫁給一名聰明、睿智、性感魅力十足的男人，我們叫這個男人迪克（Dick）；這是世上最佛洛依德式的名字（譯按：Dick在英文俗語中意思是男性生殖器）。不幸的是，迪克有著黑暗面，他的脾氣暴躁，是個控制狂，可能甚至（從他的言行舉止就可以看得出來）是個精神病患。珍總是盡可能不去注意他的缺點，並保持婚姻的和諧（你將會發現她為何如此努力；她會告訴你）。他們有個小孩，有一段時間事情似乎明顯的好轉。然後，當小女孩三歲左右時，暴力和嫉妒的激烈言語又開始出現。剛開始只是言語上的暴力，然後就變成肢體上的暴力。迪克確信珍紅杏出牆，也許是她工作上的同事。是某個特定對象嗎？我不知道也不在意。迪克可以告訴你他懷疑誰。如果他說了，我們不就都知道了嗎？

最後可憐的珍再也無法忍受，她和這渾蛋離婚並取得女兒小妮爾的監護權。迪克開始悄悄地跟蹤她，珍的反應是向法院申請禁制令，不少受虐婦女會這樣告訴你：那是一張有如颱風天裡拿著小雨傘般有用的文件。終於，在一件你將要生動及驚恐地詳細描述的事情發生後——也許是在公共場合施暴——壞蛋被逮捕並關進牢裡。這些都是背景故事，你如何以此著墨——和你要以此著墨多少——端看你自己決定。任何一種情況下，這都不是故事情境。接在後面的東西才是。

就在迪克被捕入獄不久的某一天，珍去托兒所接女兒小妮爾並送她到朋友家參加生日派對，然後珍自己先回家，期待著二、三個小時不常有的平和安靜。她想，也許我可以小憩片刻。她前往的地方是間獨幢房子，雖然她只是個年輕的職業婦女——故事情境要求必須如此；至於她如何獲得這間房子，以及她下午為什麼不用上班等事情，接下來的故事會告訴你，如果你可以想出好理由的話（房子也許是她父母的；也許她是幫別人看房子；也許是另一個完全不相干的事），故事看起來就會有技巧高明的預設情節。

有什麼東西從意識底層對她發出呼聲，當她走進門的時候，某種東西讓她感到不安，她說不上來是什麼，並告訴自己只是神經緊張，是和那友誼先生共度五年地獄般生活後帶來的小小後遺症。不然還會是什麼呢？畢竟迪克還被關在牢裡啊。

在她小睡前，珍決定喝杯花草茶和看看新聞。（你會用到爐子上那裝滿熱水的水壺嗎？也許，也許。）「三點即時新聞」的頭條令人震驚：當天早晨，三名犯人從市立監獄逃脫，過程中殺死了一名警衛，三名壞人中的兩人幾乎馬上遭到逮捕，可是第三人仍在逃。人犯們的姓名並未被提及（至少這則新聞沒有提到），可是珍，坐在她空蕩蕩的房子裡（你現在有個大概的解釋了），心中確切地知道迪克是逃獄的嫌犯之一，她會這麼想是因為她終於意識到在進門時心中的不安感從何而來，是空氣中一絲淡淡的維黛莉絲頭髮古龍水味道。迪克的頭髮古龍水。她坐在椅子上，因為害怕全身無力，站不起來。而當她聽到樓梯間響起迪克的腳步聲，她想：「只有迪克才會在監獄裡還要確定他有頭髮古龍水可用。」她應該站起來、應該逃跑，但是她卻動彈不得……

這是個不錯的故事，是吧？我也這樣想，但不夠特別。如同我先前所指的，「被強制隔離的丈夫毆打（謀殺）前妻」這樣的新聞每隔一星期就會出現在報上，令人難過但卻是事實。我要你們在這個練習裡做的是，在你開始陳述心中所想的故事情境前，「改變故事主人翁和其敵人的性別」——換句話說，把跟蹤的人改成這名前妻（或許她不是從監獄逃出來而是從精神病院），丈夫則是受害人。單純的描述這個關係不需要加上擬好的情節——讓情境和那個意外的轉折帶著你走，如果你能夠忠於角色們所說的話或所做的事的話，我可以想見你會做得很好……。說故事時誠心誠意可以彌補許多文體上的錯誤，如同西奧多・德萊賽和安・蘭德這種木頭文章作家所表現的，不過說謊則是無可救藥的錯誤，雖然騙子也會成功，這毋庸置疑，但是只有在大的地方，在講求貨真價實創作的叢林裡卻是行不通的。如果你一開始就對你知道和感覺到的事物撒謊，那其他每件事都將隨之瓦解。

當你完成你的練習後，可以寄封短訊到 www.stephenking.com 給我，告訴我你做得如何。我無法承諾會修改每一篇文章，但我「可以」保證的是我至少會對你們某些探險作品認真地閱讀。我很好奇你們發現的是哪種化石，以及你們能把多少部分完整無缺地從地底挖出來。

6

描述是讓讀者在故事中身歷其境的東西。好的描述是一種經由學習而得的技巧，這也是為什麼你們非得多讀多寫才能成功的主要理由之一。你要了解，這並不只是個「如何做」（how-to）的問題；也是「做多少」（how much to）的問題。閱讀能幫助你回答「做多少」，而唯有寫作才能幫你解決「怎麼做」的問題。你只能從做中學習。

描述起始於清楚地具像化你希望讀者得到什麼樣的體驗，而它結束於你將你在心裡看到的東西轉化成紙上的文字。這絕對不是簡單的事，如同我先前說過的，我們都曾聽到某人說「老兄，這真是太棒了（或是太恐怖／奇怪／有趣）……，但是我無法形容它！」如果你想成為一個成功的作家，你就「必須」要能夠去形容它，並以能夠引起讀者認同的方式去形容。如果你可以做到這樣，你的勞力將會得到報酬。如果你做不到，你將會收到一大堆退稿便箋，或是在迷人的電話推銷市場上找到個職位。

空洞的描述讓讀者感到不知所措和短視淺見；過度的描述則會埋沒讀者在一堆細節和影像中。其中訣竅在於尋找一個愉快的平衡點，另一個重點是要知道什麼是需要加以描述的，而什麼又是你在專心於主要工作時，可以先擺在一邊的。

我並不特別熱中於在文章中毫無保留地描述人物的形體特徵和穿著（我發現衣著清單特別讓人不耐煩；如果我想要讀衣服的描述，我隨時去找一本 J.Crew 郵購目錄就好了）。我不記得有很多案例是我感到有必要去描述書中人物的外形——我寧願讓讀者自己去想像他們的臉、身材和衣著，如果我告訴你嘉莉・懷特是個被同學孤立的高中女生，氣色不佳以及一身盲目追求流行的衣著，我想其餘的部分你自己就可以接下去了吧！我不需要一顆一顆青春痘、一件一件裙子的詳述種種給你聽吧。畢竟我們都記得一兩個高中時期的失敗者；如果我描述我記得的情形，你們的想像就被冷落了，而我也會失去一點我希望在我們之間建立起來的相互了解。描述起始於作者的想像，但是應該完結於讀者的想像。當我們談到實際的運作，作家要比電影製片幸運得多，他們幾乎老是失敗在表現出過多的東西……，包括在十之八九的例子中，穿著妖怪裝的演員露出背後的拉鍊。

我認為要讓讀者在故事中身歷其境，場景和故事結構遠比任何人物的實體描述來得更為重要。我也不認為實體的描述應該是用來了解書中人物的捷徑。所以如果可以的話請在此容忍我一下，英雄那「睿智的藍眼睛」和「堅毅的下巴」；同樣的，女主角那「高傲的雙頰」，這樣的東西是不好的技術以及懶惰的寫作，跟那些令人厭倦的副詞半斤八兩。

對我來說，好的描述常是由一些精心挑選過，可以代替其他事情的細節所組成。在大部分案例中，這些細節是作家心裡一開始就想到的。它們當然可以是故事的開頭，如果你稍後決定要做些改變、增加或刪除，你大可這樣做——這是發明修稿這件事的意義。可是我想你會發現大多情況下，你一開始想到的細節是最可靠和最好的。你應該記得（你做的閱讀將會一而再地加以證明，萬一你開始懷疑的話），過多的描述和過少的描述一樣容易，也許還更容易些。

我在紐約最喜歡的餐廳之一是第二大道上的龐度（Palm Too）牛排館。如果我決定在這家餐廳設一個場景，我當然是寫我所知道的東西，我會按照我曾有多次到那裡用餐的經驗。開始寫之前，我會花點時間回想一下餐廳的景象，靠記憶描繪出這個地方，並將之填滿我心裡的眼睛，這隻眼睛的視力會隨著它被使用的次數而愈見敏銳，我稱之為心靈之眼，因為那是我們都熟悉的語句，但我實際上想做的是打開我「所有的」感覺。這種記憶的搜尋簡短但強烈，像是一種催眠術回憶；而且，如同真的催眠一樣，你會發現你愈努力去做的話，就愈容易達成。

當我想到龐度牛排館時有四件事浮現心頭：（a）燈光昏暗的吧台以及吧台後方明亮的鏡子，映照反射出街上的亮光；（b）地板上的木屑；（c）牆上的諷刺卡通畫；（d）空氣中瀰漫著的牛排和魚香味。

如果我有更多思考時間，我可以想出更多東西來（不記得的東西，我會用杜撰的方式補上——在具像化的過程中，事實與虛構漸漸相互纏繞），不過，我不需要更多東西。畢竟我們參觀的不是泰姬瑪哈陵，而且我又不想向你推銷那個地方。總之，同樣重要的是去記得此事非關場景——而是故事，而且永遠都和故事有關。並不會單單因為描述的寫作方式比較容易，而讓我（或你）脫離正軌沉迷於厚實的描述中，我們還有其他魚（和牛排）要去煎烤呢！

用心記住，這裡有一小段一個角色進入龐度的敘述：

在一個燦爛的夏日午後三點四十五分，一輛計程車停在龐度牛排館前。比利付了車資，踏上人行道，用目光快速地搜尋馬丁的蹤跡，人不在視線範圍內，比利滿意地進入了餐廳。

相對於第二大道上炙熱的透明感，牛排館內昏暗得像山洞一樣。吧台後的鏡子映照出街道上的光亮，在幽暗中閃閃發光猶如一幅海市蜃樓。一時之間，那是比利眼中唯一看到的東西，然後他眼睛便開始適應黑暗。吧台邊有幾名寂寞的酒客，越過他們在另一邊的是店長，領帶鬆散，襯衫袖子向上捲起，露出毛髮濃密手臂的站在那和酒保說話。比利注意到，地板上還留有鋸木屑，彷彿這裡是一個二十多歲年輕人輕鬆交談的地方，而非禁止抽菸的豪華餐廳，更別說是在腳邊踩熄香菸菸蒂了。牆上交錯飛舞的卡通畫——城裡活躍的政治人物、早就退休或酗酒身亡的新聞人物、不怎麼認得出來的名人的諷刺八卦專欄漫畫——仍然愉快地往上延伸到天花板上；空氣中飄散著牛排和炸洋蔥圈的氣味。所有的一切都一如往昔。

店長往前走來。「先生，有什麼需要幫忙的嗎？我們要等到六點晚餐時間才營業，不過吧台——」

「我在找瑞奇・馬丁。」比利說。

比利搭計程車前來那段是敘事——也是情節，如果你比較喜歡這個詞的話。在他穿越餐廳的大門之後接著的是相當直接的描述，我把我在回想有關真的龐度牛排館時一開始就出現在腦海中的所有細節都幾乎寫進了這段文字，而且我還加上了些別的東西——我想交班之間店長那段就寫得不錯；我喜歡那鬆散的領帶和捲起袖子露出毛髮的手，就像一張照片一樣。魚的味道是唯一沒有寫進來的東西，而那是因為洋蔥的氣味比較強烈。

我們以一點點敘述回到故事本身（店長在此走向中間舞台）和對白上。至此我們很清楚地看到了我們所處的位置。有太多細節我可以加在這裡——房間的狹窄、播放著的湯尼．班奈特（Tony Bennett）音樂、收銀機上洋基隊的立體貼紙——不過重點會是什麼呢？當我們談到場景設置和各種描述手法時，簡單的一餐和豐盛的大餐一樣好，我們想知道比利是否找到了瑞奇．馬丁——那才是我們花了二十四美元買來讀的故事。更多關於餐廳的敘述會減緩故事的節奏，或許還會把我們煩到口出惡言，而那是好小說們可以避免掉的狀況。在許多情形下讀者會因為故事「變得無聊」而將書放在一旁，這令人厭倦的起因多半是因為作者被自己描述故事的權力所迷惑，讓自己失去了保持故事流暢的優先考慮重點。讀者如果想知道比上述更多有關龐度的資訊，他們可以在下次造訪紐約時親自前往這家餐廳，不然就是函索餐廳簡介。我已在此耗費夠多的墨水去指出龐度會是我故事中一個重要的場景。如果最後它不是，我會在下一份草稿裡把它的描述修正減少到少少的幾句話。我當然不能因為這段描述寫得好就把它留下來；要是我拿別人的錢去寫作的話，它本來就應該寫得好，別人並不是拿錢讓我去表現任性。

在我關於牛排館的主要段落中有直接的描寫（「吧台邊有幾名寂寞的酒客」），以及一點更偏韻文式的描寫（「吧台後的鏡子……，在幽暗中閃閃發光猶如一幅海市蜃樓」）。兩者我都可以接受，但我比較喜歡比喻的用法。直喻和其他象徵性的語言運用是小說主要的樂趣之一——不管是閱讀還是撰寫。當它用得好的時候，一個比喻能像在一群陌生人中遇到老朋友一樣令人雀躍。藉由比較兩個似乎毫無關聯的物體——餐廳酒吧和山洞，鏡子和海市蜃樓，我們有時可以因此以一種嶄新和生動的方式去看待一件老東西。[3]就算寫出來的結果僅是稍稍加強了真實感而非美感，我想作者和讀者還是共同參與了某種奇蹟・也許這樣的形容可能有點強烈，可是——這是我所相信的。

當直喻或暗喻都發揮不了效果時，結果有時會很滑稽、有時會很尷尬。我最近

---

3 雖然「昏暗得像山洞一樣」不是那麼引人注目；無疑地我們曾聽過這個說法。說實在的，這個文句顯得有點懶散，還不至於到陳腔濫調的地步，但無疑地和那相距不遠。

在一本不便公開說出名字，即將出版的小說裡看到一句話：「他呆若木雞地坐在屍體旁，像一個耐心等待火雞三明治的人一般地等待著醫學檢定人員。」如果這句話裡有任何加以說明的關聯性，那我沒辦法看出來。我不斷地闔上書頁不再繼續往下讀。要是作家知道自己在做什麼，我會跟著故事看下去。如果他不知道的話……，我現在五十好幾了，而外面還有很多書，我沒有時間浪費在這些爛作品上。

禪喻可能是象徵語言中唯一一個有可能的缺點。最常見的——再一次，這種錯誤通常可以回溯到閱讀的不足——是使用老掉牙的直喻、隱喻以及意象。他「像個瘋子似地」跑、她「如夏日般」美麗、這傢伙像「熱門入場券一樣」受歡迎、鮑柏打鬥得像隻猛虎……，請不要用這種陳腔濫調浪費我（或任何人）的時間，它讓你看起來不是懶惰就是無知，以上任一種描述方式都不會對你作為一位作家的名聲有什麼好處。

順便提一下，我長久以來最喜歡的比喻方式是從四、五〇年代的冷酷偵探小說以及作家而來。這些最愛包括了「這比一卡車的屁眼還要黑暗」——喬治．希金斯（George V．Higgins），和「我點了根味道嘗起來像一塊水管工人毛巾的菸」——

雷蒙・錢德勒。

優秀描述的關鍵起始於清楚的視像，完結於明白的落筆，是那種運用鮮明的意象和簡單字彙交織成的寫作手法。我在這一方面的學習開始於閱讀錢德勒、哈姆，和羅絲・麥當勞（Ross McDonald）；拜讀艾略特（T.S. Eliot，那些參差不齊的爪子倉皇地掃過海平面；那些咖啡匙們）以及威廉・卡洛斯・威廉斯（William Carlos Williams，蒼白的小雞、紅色的手推車，冰盒裡的李子，如此甜蜜又如此冰涼）的作品，也許讓我對於簡潔又充滿描述性的語言之威力更加感到尊敬。

如同其他所有敘事藝術的技巧，你會藉由練習來改善，但是練習是永遠無法讓你變得完美的。為什麼要那樣呢？那會有什麼樂趣嗎？而你越是試圖努力寫得簡單明瞭，你就愈能學習到語言對話裡的複雜性，它是靈活的、珍貴的；是的，它確實是非常靈活的。練習這門藝術，總是提醒自己你的工作是去描述你所看到的，然後將它融入你的故事中。

7

現在讓我們來談談對白，我們寫作清單上聲音的部分。對白賦予故事的主角聲音，並對他們人物特性的訂定具有重要的影響——唯有人的行為才能讓我們更了解他們的性格，而語言是弔詭的：人們說的話通常會向他人顯現出說話者自身所渾然不覺的特性。

你可以經過直接敘述告訴我你的故事主角米司塔・巴特，在學校不曾有過好成績，甚至很少去上學，但是你也可以透過他的話語，更加生動地傳達同一件事情……，而好小說的重要原則之一就是，絕不要直接告訴我們一件事，如果你能夠把它展示給我們看的話：

「你在想什麼？」男孩問道。他兀自低著頭用樹枝在地上塗鴉。他畫的可能是一顆球、或一個星球、或只是個什麼都不是的圈圈。「你覺得地球是像他們說的那樣繞著太陽轉嗎？」

「我不知道他們怎麼說，」米司塔・巴特回答。「我從來不在意這些人或那些人在說什麼，因為他們每個人都各說各話，直到把你搞得頭昏腦脹，連阿米特（aminite）都沒了。」

「阿米特是什麼啊？」男孩開口問。

「你就是不能閉上嘴不要問問題！」米司塔・巴特咆哮著。他搶走男孩的樹枝、啪一聲將它折斷。「當你該吃飯的時候阿米特就會在你的肚子裡，除非你病了！他們還說我什麼都不懂！」

「哦！你說的是『胃口』（appetite）啊。」男孩滿意地說，開始再次畫他的塗鴉，這次直接用手指頭畫。

細膩的描述可以表現書中人物是否聰明或愚蠢（米司塔・巴特並不只因為他不會說「胃口」這個字就一定是個笨蛋；在下定論之前，必須再花點時間聽聽他說什麼）、誠實或不老實、風趣或是老古板。好的對白，就像喬治・希金斯、彼得・史卓伯（Peter Straub）或葛拉漢・葛林（Graham Greene）的作品，是閱讀上的樂趣；而不好的對白則是會要人命的。

在對白的寫作上作家們有著不同的能力層級，這領域裡的技巧是可以加強的，不過，如同一位傑出人士曾說過的〈事實上說這話的人是克林．伊斯威特（Clint Eastwood）〉：「一個人該有自知之明。」洛夫克拉夫特善於描寫死亡故事，但卻是個對白慘不忍睹的作家。他自己似乎也很明白這點，因為在他上百萬字的小說裡，對白部分不及五千字。下面的段落摘自〈太空之外的空間〉（The Colour out of space），講說一位垂死的農夫形容外星人出現侵襲他的水井，呈現出洛夫克拉夫特在對白運用上的問題。老兄，一般人是不會這麼講話的，哪怕是在垂死之際：

什麼……什麼都沒有……顏色……，好像在燃燒……又冷又濕……，但是又是燃燒著的……。它住在井裡……，我看到了……某種煙霧……，就像去年春天的花朵……。井在晚上發出光芒……，所有活著的東西……所有東西都被吸去了生命……，在石頭裡……，它一定是從那石頭裡出來的……。搞亂了整個地方……，不知道它要什麼……。那個大學來的傢伙從石頭裡挖出來的圓形物體……，也是一樣的顏色……，完全一樣，像是花和植物……種子……。我在這星期第一次看到它……，它敲打你的意識然後讓你……讓你燃燒……，它是從某個事情和它們在這裡的樣子不一樣的地方來的……，他們其中一個教授這麼說……。

然後就這樣一直來來回回，一群斷斷續續無用卻小心翼翼結構出來的資訊，很難精確指出洛夫克拉夫特對白中的失誤，除了一項明顯的地方：這對白矯揉做作而且毫無生氣，充滿了鄉村的氣息（「某個事情和它們在這裡的樣子不一樣的地方」）。當對白寫得好時，我們會知道，當它寫得不好時，我們同樣會知道——它會像走音的演奏樂器一樣折磨你的耳朵。

從各方面來說，洛夫克拉夫特都是勢利又極端內向的（也是一個激進的種族主義分子，他的作品充斥著罪惡的黑人，以及我那歐瑞姨父每當三、五杯黃湯下肚，就會對此憂心忡忡的猶太人工於心計的情節），是那種與他人保持大量聯繫卻拙於人際關係的作家——如果他今日還活著的話，或許會活躍在各種網路聊天室裡。對白的技巧是那些喜歡和別人談話和聽別人談話的人學習效果最好——特別是聽別人談話，觀察腔調、節奏、方言，以及各種社群間的俚語。像洛夫克拉夫特這種獨行俠通常對白都寫得很糟，或是寫得很像那些不是在用第一語言寫作的人一樣。

我不知道當代小說家約翰．卡曾巴赫（John Katzenbach）孤僻與否，但在他的小說《哈特戰爭》（*Hart's War*）中有許多讓人難忘的爛對白。卡曾巴赫是那種會讓教創造性寫作的老師發瘋的小說家，雖然是一位傑出的說故事專家，作品卻被不斷的自我重複給搞砸了（這種毛病是可以治得好的），而且耳朵只能聽到罐頭一般無趣的談話（這種毛病大概是治不好的）。《哈特戰爭》是一部以二次大戰戰俘集中營為背景的謀殺懸疑小說——一個巧妙的主意，不過在卡曾巴赫手裡卻是問題百出。這裡有段飛行指揮官菲力普．普萊西和他的朋友們，在接管戰俘營的德軍將他帶走前的談話，不是如他們所要求的遣送回國，而是可能在樹林中被射殺。

普萊西再一次抓住湯米，「湯米，」他輕聲地說，「這不是巧合！事情不像看起來的那樣！挖深一點！救救他吧，兄弟，救他！我現在前所未有地相信史考特是無辜的！……你現在只能靠自己了，記著，我就期待你活著通過這一切！活下去！不論發生什麼事！」

他轉身朝向德國人。「好吧，霍普特曼，」他話裡帶著一種出人意外、極端平靜的決心。「我準備好了，要做什麼悉聽尊便吧！」

卡曾巴赫沒有意識到這段飛行指揮官對話中的每一句話，都是四〇年代末期戰爭片中的陳腔濫調；不然就是他試圖利用這種表現手法上的相似性去喚醒讀者憐憫、悲傷，和有可能的眼淚鼻涕情緒。不論是哪個理由，它都是徒勞無功的。這段對白所激起的唯一情緒只有不耐煩的困惑。你免不了好奇是否有任何編輯曾經看出來這一點，如果有的話，又是什麼制止了他修改的筆。想想卡曾巴赫在別的領域內可觀的才能，他在這裡的失敗加強了我的觀點，亦即寫出好的對白不但是藝術也是技巧。

許多擅長寫對白的作家好像天生就有敏銳的耳朵，如同一些音樂家和歌手有著完美或幾近完美的音準。這裡有段節自艾爾莫．雷納德（Elmore Leonard）的小說《黑道比酷》（*Be Cool*）中的對白。你也許可以將之和上面提到的洛夫克拉夫特以及卡曾巴赫的作品做個比較，首先要注意的是，我們在這裡做的是坦誠的心得交換，可不是高調的自言自語：

屈利……當湯米問說「你還好吧？」時再度抬起頭。

「你想知道我是不是寫出來了？」

「我是指你的工作。做得如何？我知道你那個《抓住李奧》（*Get Leo*）寫得不錯，是個很棒的片子，真的很棒。而且你知道嗎？它真的非常好，不過續集——它叫什麼來著？」

「迷失（Get Lost）。」

「對啊，那就是在我有機會去看它之前發生的事，它消失了。」

「那部片沒有一上片就造成轟動，所以電影公司就放棄了。我一開始就排斥寫續集，但在洶兒管製作的那些人說不管我有沒有參與，他們都要拍續集，所以我想，好吧，看看我能不能想出個好故事……。」

這是兩個男人在比佛利山共進午餐，我們馬上可以察覺到他們都是演藝圈的人，他們可能是騙子（也可能不是），不過這兩人是雷納德小說中立刻贏得注意的人物；事實上，我們還張開雙臂歡迎他們的出現·他們的談話是如此逼真，以至於我們某方面還會覺得像是第一次偷聽到一場有趣對話般的心虛快感。雖然只是模糊的輪廓，我們也同時對角色有些許概念，這段談話在小說的一開始（事實上是第二頁），而且雷納德是位寫作老手。他知道他不用把全部東西一次表現出來，但我們難道沒有在湯米向屈利保證《抓住李奧》不只是棒，還真的很好的時候，對他的角色特性又多了些了解嗎？

我們可以問問自己這樣的對白是否反映了真實生活，或只是反映了生活中的某一特定想法，一種對好萊塢從業人員、好萊塢午餐餐會、好萊塢交易一種特定的刻板印象？這是個相當公允的問題，而答案，也許是否定的。然而這對白在我們聽來是帶了些許事實；在他最佳作品裡（雖然《黑道比酷》極富有娛樂效果，卻和他自己的最佳作品差遠了），艾爾莫・雷納德有著某種街頭詩意的功力，要寫出這樣的對白的技巧需要經年累月的練習；如此的藝術來自一種努力不懈工作，並樂在其中的創造性想像力。

如同小說其他所有的面向，誠實是寫出精采對白的關鍵。如果你對你筆下人物口中說出來的東西保持真誠的話，你會發現你自己要面對許多吹毛求疵的評論。我從來沒有一個星期沒收到至少一封表示憤怒的信件（大多數時候都是多過一封）批評我出口成髒、有偏見、同性戀恐懼症、輕浮，或是徹底的精神不正常。大部分的批評者都是指出「我們讓道奇那傢伙吐出屎來」或「我們這附近不太鳥黑鬼」或「你以為你在做什麼，你這爛貨」這類對白讓人覺得怒火中燒。

我母親，天保佑她安息，從來不贊成玷污聖名或之類的言語；她稱它們是「無知的語言」。然而這並沒有阻止她在把肉烤焦，或是為了在牆上掛照片被鐵槌敲到大拇指的時候大喊「狗屎！」這也沒有阻止大部分人，基督徒或是異教徒，面對小狗在粗毛地毯上嘔吐或車子臨時拋錨的時候，脫口而出類似（甚至更強烈）的字眼。說實話是非常重要的；有許多事情仰賴著它，如同威廉．卡洛斯．威廉斯在寫那個紅色手推車時幾乎說出口的一樣。講究禮儀的人可能不會喜歡「拉屎」這個字，而你也可能不怎麼喜歡它，但有的時候你就是無法避免——沒有一個小男孩會跑去對他媽媽說他的小妹剛剛「排泄」在馬桶裡。我想他也許會說便便或去嗯嗯，但我怕「撇條」這兩個字，才是他在球場上常聽到的（要知道小投手們可是有著大耳朵的）。

如果你要對白具有共鳴性或寫實感就一定要陳述事實，這是《哈特戰爭》作為一個好故事，卻可惜缺少的東西——而且那一直包括到你家人們在用鐵槌敲到大拇指時會脫口而出的東西。你如果因為在意用字遣詞是否文雅而用「喔！甜心！」代替「喔！媽的狗屎！」你就破壞了存在於作者和讀者間那不言明的協約——你承諾去透過虛構故事的媒介忠實表達出人類是如何言行舉止的。

另一方面，你書中其中一位人物（例如主人翁的老處女姑媽）被鐵槌敲到大拇指時，真的有可能會說「喔！甜心」，而不是說「喔！媽的狗屎」。如果你了解你的人物角色，你就會知道應該要用哪一種說法，而我們也會因此知道一些有關這說話者的事情，使這角色更加生動有趣。重點在於讓每個角色暢所欲言，不要去在意是否會得到天主教道德審查會或是基督教女子讀書會的認同。除了這樣做之外就表示懦弱和不誠實，相信我，在進入二十一世紀的今天要寫小說，美國小說界是沒有空間給那些有腦子的膽小鬼的。外面有許多自稱是審查員的人，雖然他們也許各自有不同的應辦事項，他們想的基本上是同一件事：讓你看見他們所看見的世界……，或至少把你所看到不一樣的事物關起來。那些人不一定是壞人，但卻是些危險人物，如果你剛好相信知識自由這種事的話。

一旦這種情形發生，我同意我母親所說的：髒話和低俗的語言是無知的人和有言詞充滿挑戰性的人的用語。這是大部分的情況；但也有例外，包括那些具有豐富色彩和生命力的世俗格言，「他們老是在得來速那裡給你亂搞；我比一個在踢屁股比賽中只有一條腿的人還忙；一手是希望，一手是狗屎，看那邊會先填滿」——這些文句和其他類似的例子並非會客室裡的用語，但是它們驚人又刺激。或是想想這段從李察．道林（Richard Dolling）的《腦內風暴》（*Brain Storm*）選出的段落，在這裡鄙俗卻變成了詩意：

展覽A：一個粗野任性的陽具，一個沒有絲毫人性的野蠻色情狂。是所有下流東西中最劣等的，一個可鄙的、蠕蟲般討人厭的傢伙，在他孤獨的眼中有著一抹蛇狀的閃動。一個高傲的土耳其人陰莖像雷電一樣地擊打著肉體上黑色圓拱處。貪婪的壞種搜尋著陰影遮蔽處、光滑的裂隙、鮪魚般的忘形狂喜，以及睡眠……。

雖然並不是以對白型態表現，我想在此節錄另一段李察．道林的文章，因為它代表著相反的概念：即使完全不靠鄙俗或污衊的文字，文句仍然可以具有令人讚歎的圖像感：

她跨騎在他的身上準備進行必然的部位連接，男性和女性轉接器準備好了，開關也啟動了，侍者／客戶、主人／奴隸。一些尖端生物機器準備去和連線數據機進行熱插，並獲取雙方的前端處理器。

如果我是像亨利・詹姆士（Henry James）或珍・奧斯汀那種人，只為紳士或聰明的學院派人士寫作，那我幾乎從不需要用到一個髒字或是一句粗話；我可能也永遠都不會有一本書被美國學校圖書館所禁止，或是收到某些熱心的基督教基本教義派信徒寄來的信件，告知我說我將會下地獄受火刑，而我的百萬財富則是連一杯水都買不到的毫無用處。然而，我並不是在那樣的群眾中長大，我生長在美國中下階層，而這些人是我最能夠清楚也最能夠忠實描繪的人物，這同時意味著他們在被鐵鎚敲到大拇指的時候，多半是說狗屎而非甜心，不過我已經接受那一切了。而說實在的，打從一開始我就沒有太排斥它。

當我接到任何一封那樣的信件，或是面對另一篇評論指責我是一個無教養的庸俗之輩時——就某些方面來說我確實是——我會從世紀交接時期的社會寫實主義者法蘭克・諾瑞斯（Frank Norris）的文字裡獲得慰藉，他的小說包括《章魚》（*The Octopus*）、《深淵》（*The Pit*），以及《麥克提格》（*McTeague*）這本權威性的偉大鉅作。諾瑞斯描述牧場上、城市中勞動工作，和工廠中的勞工階級。諾瑞斯最傑出著作中的主要角色麥克提格，就是一名未受過學校教育的牙醫。諾瑞斯的小說煽起了好些公眾憤怒情緒，而對此他冷淡和輕蔑地回應：「我幹麻要關心他們的意見？我從來不媚俗，我告訴他們的是實話。」

當然，很多人不想聽實話，但這不是你的問題。有問題的是希望去成為一個不想要直言不諱的作家，不論是否中聽，說話是角色的索引；它也可以是一間某些人寧可閉嘴不發一語的屋子裡，一股冷冽而清新的氣息。最後，重要的是和你故事對白是否神聖或鄙俗都沒關係；唯一的問題是它在紙頁上和聽在耳朵裡是如何的顯出效果。如果你期望它表現出真實感，那你就必須說你自己要說的話。更重要的是，你必須閉上嘴，傾聽別人說話。

8

我所提到所有和對白有關的事都可運用在小說人物的塑造。這工作可以壓縮到兩件事：觀察你周遭實際人物是如何行為，然後據實以告你所看到的東西。你可能會注意到你隔壁鄰居會在以為沒人注意的時候偷挖鼻孔，這是很棒的細節，但是要注意的是，除非你願意把它寫入故事裡某個地方，否則它對你毫無益處。

小說中的人物是直接描寫自現實生活嗎？當然不是，至少不是一對一的——你也最好別這樣做，除非你希望被告，或是在一個美麗晴朗的早晨走向郵筒的時候被槍殺。許多如《娃娃谷》（*Valley of The Dolls*）之類的浪漫小說，書中人物多來自現實世界，不過在讀者厭倦了總免不了要猜猜書中人物究竟在現實世界中誰是誰的遊戲之後，這類故事就顯得無法令人滿意，充斥著互相亂搞的名人們，然後迅速地消失在讀者的心中。我閱讀《娃娃谷》時它才剛出版不久（那年夏天我在西緬因州的度假中心當廚房小弟），我想我和其他買書的人一樣迫不及待把內容吞下肚，但是我卻不太記得書中的內容。總之，相較之下我還寧願看《國家詢問報》上每週一次的胡言亂語，在那裡我可以找到食譜、起司蛋糕照片，以及八卦醜聞。

對我而言，書中人物隨故事發展發生了什麼事，完全仰賴於我在閱讀過程中發掘了什麼有關他們的事——換句話說，角色是如何發展成長的。有的時候他們成長的不多，如果書中人物有長足發展的話，他們會開始影響到故事的走向，而不是反過來由故事影響到人物。我幾乎總是從情境式的東西開始著手，我並不是說這樣做是正確的，那只是我慣用的手法。然而，如果故事的結局也是如此，不論內容對我和讀者而言如何有趣，我都把它算是一部失敗的作品。我認為最優秀的故事最終都是關於人而非事件，這就是以人物為導向。但是一旦你寫超過了短篇故事（讓我們就說二至四千字），我就不太相信所謂的角色研究；我覺得到了最後，老大應該始終是故事才對，嘿，如果你想要角色研究，買本傳記或是買季票去看當地社區大學的實驗劇場演出，你會得到你所能忍容範圍內所有關於人物的描寫。

同樣重要的是去記住在真實生活中，沒有人是「壞人」、「最好的朋友」，或是「有黃金般珍貴之心的妓女」；在現實生活中，我們每一個人都視自己為主要角色、故事主人翁、重要人物；攝影機的焦點在我們身上。如果你可以把這種態度帶到你的小說裡，你也許發現這不會讓塑造鮮明的角色變得簡單，但它會讓你更困難去創造出那種充斥在大眾小說中的平板人物。

在《戰慄遊戲》一書中軟禁保羅・希爾頓的護士安妮・懷克，在我們看來也許是精神錯亂，可是重要的是去記住，她在她自己看起來卻是完全正常又理智的——事實上，還具有英雄性，是個被圍困的女人試圖在一個充滿狗屎傢伙的敵意世界中求得生存。我們看著她歷經危險的情緒起伏，但是我試著不要在書中挺身說道「安妮在那天陷入絕望，幾乎要自我毀滅」或「安妮在那天似乎特別喜出望外」。如果我一定要告訴你的話，我在這部分失敗了。但是，如果我可以讓你們看到一個沉默、披頭散髮的女人，狼吞虎嚥地吞下蛋糕和糖果，然後使你們推論到安妮正身處於一個瘋狂、沮喪循環中的沮喪部分，那我就成功了。而且如果我能夠的話，就算簡短地，也要帶你們一窺安妮眼中的世界——讓你們了解她的瘋狂行為——然後也許我就可以讓她成為你們同情甚或加以認同的對象。結果呢？這個角色反而更勝以往的令人害怕，因為她太寫實了。但是，我如果將她轉變為一個喋喋不休的老太婆，她充其量不過是另一個突然出現的可怕女人罷了。如果那樣做的話，我就徹底失敗了，讀者也一樣得不到好處。誰會想來拜讀這樣一個陳舊無味的潑婦角色？那種版本的安妮在《綠野仙蹤》（*The Wizard of Oz*）第一次上映時就過氣了。

我想，這是個好問題，《戰慄遊戲》中的保羅．希爾頓是否是我本人，不可諱言有部分是的……，可是我想你們會發現，如果你們持續撰寫小說，你所創造出的每一個角色都會有一部分你自己的投影。每當你問你自己故事中某特定人物在某特定的情境之下會做什麼事情，你就是在以你自己會怎麼做為決定的依據（或是在壞人的例子裡，你自己不會做的事）。而補充在你自己分身之外的角色特色，美好的與醜陋的，均來自你對別人的觀察（比如說一個趁別人沒看到的時候偷挖鼻孔的傢伙）。還有一個神奇的第三元素：純淨如藍天般的想像空間．也就是這個空間讓我得以在寫《戰慄遊戲》時好一段時間變成了一個精神病護士，而且總體來說，變成安妮一點都不難。事實上，還滿有趣的，我想變成保羅就比較困難了。他是正常人，我也是正常人，所以就不會有在迪士尼樂園裡待四天這種事發生。

我的小說《死亡地帶》源起於兩個問題：一個政治暗殺者有可能是對的嗎？如果他是的話，你可以把他寫成小說的主角嗎？而且是一個好人？這些想法需要有個危險善變的政客，在我看來——一個藉由在世人面前展露一張愉快、鄉愿的臉，以及以拒絕玩老把戲的手段奉承選民，以此登上政治階梯的人（我在二十年前想像到的桂格・史帝爾森的競選策略，和傑斯・凡特拉用在他成功贏得明尼蘇達州州長選舉上的競選策略十分相近。感謝老天的是，除了競選策略之外，凡特拉在其他任何方面都與史帝爾森不一樣）。

《死亡地帶》的男主角強尼・史密斯也是一個鄉愿的傢伙，只是對強尼而言這不是裝出來的，唯一讓他與眾不同的是他那有限的、能夠預知未來的能力，這源自於兒時的一場意外。當強尼在一場政治競選活動上與桂格・史帝爾森握手時，他預見到史帝樂爾將成為美國總統，並接著發起第三次世界大戰。強尼做出結論，唯一能讓他阻止這一切發生的方法——換句話說，他唯一能拯救世界的方法——是對著史帝爾森的腦袋射一槍。強尼唯一和其他暴力、偏執的神祕主義者不同的是：他真的能夠預見未來。只是他們哪個人不這麼說？

這樣的場景有一種吸引我的邊緣化、非法的感覺。我想這個故事是可行的，如果我能夠將強尼塑造為一個親切有禮的年輕人，但不要是個樣板般的聖人，對史帝爾森也是一樣，只是要反過來：我要他確確實實的惡劣下流，並且令讀者不寒而慄，不只因為他隨時可能爆發的潛在暴力個性，更因為他外貌上那可惡的親切說服力。我希望讀者會不斷地想：「這傢伙失去控制了，怎麼沒有人可以看穿他呢？」而事實上，強尼確實一眼看穿他這件事，我想，這會讓讀者更加堅定地站在強尼這邊。

當我們初次見到這位潛在殺手時，他正帶著女朋友到鄉村市集，搭乘馬車又玩遊戲的，還有什麼比這更顯出他的尋常或討人喜歡？而他事實上，正準備向女友莎拉求婚這件事也讓我們更加喜愛他。稍後，當莎拉建議他們可以以第一次共度一晚來讓這約會變得完美時，強尼告訴她他希望一切都等到他們結婚後。我認為我走著的是一條不錯的故事線——我希望讓讀者把強尼看成是個真誠又陷入愛河的人，一個個性直接卻不會過度正經之人。我也可以用孩子氣的幽默感來把他那有原則的個性稍微弄得有點破綻；他戴著一頂在黑暗中會發光的萬聖節面具迎接莎拉出現（希望這面具也可達成一種象徵性的意義；當強尼把槍瞄準史帝爾森候選人時無疑地是一個惡人）。「真是老強尼，」莎拉笑著說，而當他們兩個人從市集回頭往強尼的老金龜車走去時，我想強尼・史密斯已經變成我們的朋友了，是個希望能夠永遠快樂下去的普通美國年輕人，是那種如果在街上撿到你的皮夾，會將錢原封不動歸還；或是當他在路邊看到你車子拋錨時會停下來幫你換備胎的那種青年。自從約翰・甘迺迪在達拉斯被射殺後，美國主要的恐怖分子就是那種站在高處手持來福槍的人，我卻希望能將這個傢伙塑造成讀者的朋友。

強尼這角色並不容易，想想要把一個尋常不過的傢伙寫得總是生動有趣，桂格・史帝爾森（像大多數壞人角色）就容易得多也比較有樂趣。我想要在書中的第一個場景就把他那危險、殘酷的角色特質徹底地表現出來。話說，在史帝爾森於新罕布夏州競選美國眾議員之前多年，他是一名四處遊走把《聖經》賣給中西部居民的推銷員，當他某次來到一戶農場時，卻被一隻狂吠的狗給嚇到。史帝爾森依然保持著友善的態度和微笑——偽善先生——直到他確定農場上無人在家，然後，他對著那隻狗的眼睛噴灑催淚瓦斯，並且把牠給活活踢死。

如果一位作家的成功與否是用讀者的反應來判斷的話，《死亡地帶》（我的第一本暢銷榜冠軍的精裝書）的開場那一幕就是我最成功的作品，它顯然激起了一種不成熟的神經緊張；我接到如雪片般的信件，大部分是抗議我對動物不合理的殘酷。我對這些人寫了回應，指出那些平常不過的事：（a）桂格．史帝爾森不是真的人；（b）狗也不是真的狗；（c）我自己生平從未踢過我的寵物或其他任何人的寵物。我同時也指出一點十分重要卻不太明顯的事──打從一開始，就要把史帝爾森塑造成是一個極度危險，而且善於欺瞞偽裝這件事是很重要的。

我繼續在不同場景中發展強尼和桂格的角色，直到書末兩人的決戰時刻，也是我希望所有事情都以意想不到的方式收場的時刻。我的書中主角和其敵人的個性全由我所描繪的故事──換句話說，也就是由化石、被發掘出來的物體來決定。我的工作（也是你的工作，如果你決定這是個說故事的可行方式的話）是去確認這些虛構人物在主導故事的同時，也能就我們所認識他們的部分（當然，也就我們所了解的真實世界），看起來是合理的。有的時候壞人會覺得自我懷疑（如桂格．史帝爾森），有時候他們感到自憐（如安妮．懷克）；而有的時候，好人試圖擺脫一直做正確的事，像強尼．史密斯那樣……，或像耶穌基督，如果你想想在客西馬尼花園中的禱告的話（「把這杯子從我唇邊拿開」）。一旦你做好你的工作，你筆下的人物就會栩栩如生，開始各自行事。我知道這聽起來有點詭異，如果你沒有親身體驗過的話，不過當它發生時將會十分有趣，而且還能替你解決許多難題，相信我。

9

我們已經談論過一些好的故事敘述基本工夫，而它們全部都可以歸結到一個同樣的中心概念：練習是無價的（而且應該要樂在其中，根本不覺得像是練習），以及誠實是絕對必要的。在描述、對白設計、人物發展上之技巧全都可以壓縮到，去清楚的觀看和傾聽，然後將你的所見所聞以同樣的清晰度傳達出來（並且要避免使用太多乏味、無用的副詞）。

其他還有許多敲邊鼓的方法——擬聲法、大量的重複詞、意識的流動、內心獨白、動詞時態的改變（這已經變成是十分流行的說故事方法，尤其是以現在式表現的短篇故事）、故事背後的緋聞軼事（你要如何把它放進故事裡，它又是否恰如其分）、主題、步調（我們稍後會討論最後二項），以及其他成打的議題，而這一切在寫作課程和標準的寫作教科書中都已被涵蓋，有時以冗長的長度呈現。

我對於所有這些事情的處理方式非常簡單，把它們全都放在桌上，就算一小點都是，而你應該使用任何可以增進你的寫作品質，卻不會阻礙故事發展的東西。如果你喜歡一個押韻的片語——名不見經傳的騎士和無效的暴發戶爭鬥——當然可以把它放入你的文章中看看寫出來的效果如何。如果看起來還可以的話，就把它保留下來。如果感覺不對的話（對我個人而言，這押韻片語聽起來很糟糕，就像「史畢羅．安格紐（**Spiro Agnew**，美國尼克森時代的副總統）和羅勃特．喬丹（**Robert Jordan**）交手」這句一樣），這就是你電腦上有刪除鍵存在的好理由。

你的作品絕對沒有必要顯得死板和守舊，就像你也沒有必要去寫實驗性質、非連貫性的短文，只因為《村聲》或《紐約時報書評》（*The New York Times Review of Book*）等刊物評論宣稱小說已死。傳統和現代的風格你都可以採用。去他的，如果你要的話還可以倒過來，或是用蠟筆象形文字來寫。但是無論你要怎麼做，你都將面臨一個必須要去評量你寫出來了什麼，又寫得如何的時刻。我不認為一篇故事或一本小說應該被准許步出你書房或是寫作室的大門，除非你有自信它是相當地能夠讓讀者接受。你不可能總是取悅所有讀者；你甚至不可能總是取悅一些讀者，不過你真的應該試著在某些時刻讓某些讀者感到滿意。我想這是莎士比亞說過的。而現在我已經揮舉過警告的旗幟，適當地滿足了所有OSHA（美國勞工部職業安全及健康部門）、MENSA（門薩協會，英國頂級智商俱樂部）、NASA（美國太空總署）以及作家協會指南的要求，讓我再重複一次，這些方法都攤在桌上，全都等你來取用，這難道不是個令人陶醉的想法嗎？我想它是的，去嘗試任何你想寫的東西，不管它有多麼平凡或驚世駭俗。如果它成功了，當然很好；如果失敗了，就扔了它，不管你有多喜歡它，還是把它給扔了。海明威曾經說過，「你必須殺了你的摯愛」，而他說的沒錯。

我通常是在我基本的故事架構完成之後，才會發現在文章中增加優雅字句和裝飾性風格的機會。這種靈感偶爾會出現得簡單些；就在我開始著手《綠色奇蹟》之後不久，我領悟到書中的主要角色是個可能會因他人犯下的罪行而被處決的無辜傢伙，於是我決定以那個有史以來最有名的無辜的人為依據，讓主角的名字簡稱為J.C.。我第一次是在《八月之光》（*Light in August*，仍然是我最喜愛的一本福克納著作）中見到這種做法，其中的代罪羔羊就叫喬伊・克理斯瑪斯（Joe

Christmas）。因此，我書中的死刑犯名字從約翰．鮑依（John Bowes）變成了約翰．考菲（John Coffey）。我直到書的最後都不能確定我的 J.C. 是會生還是死。我希望他活下來因為我喜歡他也同情他，但是我想先決定好名字的縮寫也不會有什麼妨害，不管故事往哪方面發展。[4]

我大多是不到故事完成後不會注意到那種東西的。當故事寫完後，我就可以往回重新讀一遍我已經寫好的部分，並且找出隱藏其中的模式來，如果我看到一些（而我總是能夠），我就可以加油把它們表現在第二份、輪廓更為清楚的故事草稿裡。而修改第二份草稿工作的兩個手法例子就是象徵性和主題。

如果你曾在學校學習《大亨小傳》裡白色的象徵意義，或是霍桑在《年輕的布朗大爺》（*Young Goodman Brown*）這類故事中關於森林的象徵使用手法，而在離

4 有些評論指控我在約翰名字的縮寫這件事上象徵性地過分單純化，而我的感覺是：「這是在幹嘛？航太科學嗎？」我的意思是，少來了吧，各位。

開那些課堂之後感覺自己像個呆瓜馬鈴薯的話，你也許現在正往後倒退，抵抗性地在胸前舉起雙手，搖著你的頭說：「天啊，不用了，謝謝，我早就放棄了。」

可是等一下，象徵手法並不一定是困難的和無情地耗費腦力的，它更不需要如裝飾性波斯地毯那般小心翼翼地編織，好讓故事的家具置於其上。如果你可以接受故事是一件早已存在的事情、一個埋在土裡面化石的這種概念，那麼象徵手法就應該也是早就存在了吧？它只不過是你新發現裡的另一塊骨頭（或是一組骨頭）罷了。那是說如果它在那兒的話，如果它不在那，那又怎樣呢？你還是有原來的故事，不是嗎？

如果它在那裡而你又注意到它的話，我想你就應該盡可能完好地將它挖掘出來，將它拋光發亮，然後如同珠寶師傅切割一塊貴重或次貴重的寶石一樣地去琢磨它。

如同我之前提過的，《魔女嘉莉》是一本短篇小說，內容關於一個被捉弄的女孩發現自己具有隔空取物的特異功能——她可以用念力來移動物品。為了補償一次她也參與在更衣室的玩笑，嘉莉的同學蘇珊・史納爾說服她的男友邀請嘉莉參加畢業舞會，舞會中他們被選為國王及皇后。就在慶祝的同時，嘉莉的另一位同學，令人不愉快的克莉斯汀・哈傑森，對嘉莉設計了第二次的惡作劇，而這次是足以致命的。在她自己臨死之前，嘉莉運用自己的超能力加以報復，把大部分的同學（以及她那凶惡的母親）都殺害了。這就是整個故事，真的；簡單得像個童話故事一樣。雖然我在故事章節之間加上了一些書信體的過場橋段（從杜撰的書上節錄的段落、一本日記的內容、信件、電傳打字的公告），但其實這故事並不需要過多象徵性的綴飾來弄亂它，加入的部分在一定程度上是為了注入更強烈的寫實感〔我想到的是奧爾森・威利斯（Orson Welles）的《世界大戰》（*War of the Worlds*）廣播版〕，但大半還是因為這本書的初稿短得根本看不太出來是一本小說。

當我在進行第二版草稿前重新審閱《魔女嘉莉》時，我注意到故事中三處主要環節都很血腥：一開始（嘉莉超乎常人的能力顯然是由她第一次月經來潮而引起），故事高潮（在畢業舞會上讓嘉莉發狂的惡作劇和一桶豬血有關——克莉斯汀和她男友說「豬血最適合送給豬」），以及結尾（那位想幫助嘉莉的女孩蘇珊・史納爾，一半希望一半害怕地因為月經來潮而確認自己沒有懷孕）。

當然在大部分恐怖故事中總是充斥著血腥畫面——你可以說這是我們這領域的

慣例，然而，《魔女嘉莉》在我看來還是比一般故事來得血腥，多到似乎是具有某種意義似的。但那種意義並不是我刻意創造出來的，當我在寫《魔女嘉莉》時我從不曾停下來想到：「哦，這些血腥象徵一定能讓我得到評論家的讚賞」，或是「不得了啊不得了，這書鐵定能擠進一兩所大學的校園書房！」首先，一個作家得要比我瘋狂上好幾倍才會認為《魔女嘉莉》可以成為任何一個人智性上的饗宴。

不管是不是智性上的饗宴，當我一旦開始審閱我那充滿啤酒和茶污漬的初稿，其中出現的血腥場景重要到讓人很難去忽略它。於是我開始進行有關血的構想、影像，以及情緒上的暗示，試著想出盡可能多相關連的事物。這樣的聯想有很多，但大部分感覺很沉重。血和犧牲有著強烈的聯想；對年輕女性而言，血可以連結到生理上的成熟，以及生養下一代的能力；在基督教教義中（還有許多其他宗教亦然），血同時象徵著罪惡與救贖。最後，血也代表家族的特性和才華。我們會因為「血緣關係」被說長得像這樣或是行為像那樣，我們知道這種說法並不十分科學，因為真正的原因在於基因和 DNA，但我們還是用血緣來概括種種。

也就是這種概括及壓縮的能力讓象徵手法如此有趣、實用，以及——當使用妥當時——引人注目。你也可以辯說這不過就是另一種修飾性的語言罷了。

而這讓象徵成為你故事或小說是否成功的必然關鍵嗎？當然不是，而且事實上它還可能會造成傷害，尤其是當你用得太離譜時。象徵旨在修飾和豐富文章內容，而非營造一種刻意深奧的感覺。畢竟沒有任何裝飾品是和故事主軸有關的，好嗎？唯有故事本身才是故事的主軸。（你會不會已經聽煩了這個說法？希望不會，因為我根本一點都還沒有說煩了呢。）

然而象徵手法（還有其他裝飾性筆法）確實有其實用性——它可不只是格子窗上的顏色，它可以當作是一個集中你和你讀者焦點的工具，幫助你創作出一個更為統一和愉快的作品。我想，當你閱讀你自己的手稿時（以及當你談論你自己的手稿時），你將可以看出來是否有象徵，或是有潛力作為象徵的事物存在。如果沒有的話，讓它那樣子就好了，然而如果有的話——要是它明顯是你正在挖掘的化石的一部分——那就勇往直前吧！提升加強它。要是不這樣做的話，你就是在胡鬧了。

10

同樣的道理對主題的表現也是一樣。寫作和文學課時常討厭地（還自認不凡地）被主題所搶先占據，把它當成是聖牛群中最神聖的一隻那般對待，可是（別感到驚訝）它其實沒什麼了不起。如果你寫了一本小說，花了好幾個星期甚至個把月逐字逐句地寫，不管是對書或是對你自己，你都應該在完成全書後往後仰（或是去散個長步），並且問問你自己為何要如此庸人自擾——為什麼你要花那麼多時間，為什麼這似乎如此重要．換句話說，到底這一切是為了什麼呢，阿飛？（編按：Alfie是電影《阿飛外傳》中的風流男主角，而What's it all about?是片中阿飛的口頭禪。）

當你寫一本書時，就好像是日復一日在瀏覽及辨視樹木，而當你完成寫作時，你就必須往後站去看一整座森林。並不是每本書都必須充滿了象徵、諷刺，或是音樂般的語言（他們把這種文章稱之為散文是有道理的，你了解吧），不過在我看來每一本書——至少每一本值得閱讀的書——都有著某些意義。在進行或是剛完成初稿後，你的工作是去決定你的書是有著什麼樣的意義。而在第二次手稿時，你的工作——其中一個，無論如何——是去讓那個意義變得更為清晰。這麼做也許會需要大量的修正和改寫。但對你和你的讀者所帶來的效益是焦點將更為清晰，而且故事也會更為統一，這種做法幾乎未曾失誤過。

花了我最長時間來寫作的書是《站立》（*The Stand*）。它也是我長期讀者們至今看來仍是最喜歡的一本書（這麼一個普遍認為你最優秀的作品是二十年前的創作的想法，其實有點令人沮喪，但是我們現在就不對此多談了，謝謝）。我在開始撰寫的六個月左右後完成初稿。《站立》之所以如此費時，是因為這故事差點就在完成前提早一命嗚呼了。

我曾經想寫一本那種有著蔓延出去、多數角色的小說——一部奇幻大作，如果我做得來的話——而為此，我運用了一種觀點切換的敘述方法，在每一個有大段文字的長章節裡加入一個主要人物。所以，第一章的內容是關於史都華·瑞德門，一個從德州來的工廠藍領工人；第二章內容是關於法蘭·古德史密斯，一位從緬因州來的懷孕大學女生，然後主題再回到史都華身上；第三章內容從賴瑞·昂得伍德開始，他是一位紐約的搖滾樂歌手，然後故事先回到法蘭，接著再次回到史都華・瑞德門身上。

我的計畫是將這所有角色，不管是好人、壞人、醜人，全部都在二個地方串聯在一起：圓石城（Boulder，位於美國科羅拉多州）和拉斯維加斯，我想他們最後可能會彼此相互攻擊開戰。書的前半部也描述到一種人造病毒橫掃全美以及世界各地，消滅了世界上百分之九十九的人口，並全然地摧毀了我們以科技為基礎的文化。

我是在一九七〇年代所謂能源危機的末期寫這故事，因此我有一個絕對巧妙的時機去預想一個因為一次嚴重的夏季疫情而被毀滅的世界（實際上不比一個月多一點時間）。這景象是全視野的、鉅細靡遺、全國性，以及（至少對我而言）令人屏息的。我的想像之眼鮮少能看得如此清晰，從交通堵塞而癱瘓的紐約林肯隧道，到在藍達・佛來德那雙警戒（而且時常愉快的）紅眼下，拉斯維加斯罪惡又納粹式的復活。這些都聽起來很駭人，也確實是很駭人，但是對我而言，這景象卻又奇特地具有樂觀性。舉例來說，這樣就再也沒有能源危機、再也沒有饑荒、再也沒有烏干達的屠殺、再也沒有酸雨或是臭氧層破洞的問題了；同樣也不會再有軍事核武強權，更不會有人口過剩的問題。取而代之的是，倖存的人類有機會在一個奇蹟、神奇的事和神諭都將重返，以上帝為中心的世界裡再度重新出發。我喜歡我的故事，也喜歡我的角色們。但還是有我無法繼續撰寫下去的時候，因為我不知道該寫些什麼。就像約翰・伯尼（John Bunyan）敘事詩裡的朝聖者一般，我到了一個筆直前路都消失了的地方。我並非是第一個遇到這樣情形的作家，我也不會是最後一個；這是作家的障礙所在。

如果我有的是二百、甚至三百頁，而不是超過五百頁長單行間距的手稿，我想我會放棄《站立》這個故事跑去做別的事——天知道我還真的曾經這麼做過。但五百頁的手稿實在是一項太大的投資，不管是在時間和創作精力上；我發覺根本就不可能這麼放手。況且，還有個小小的聲音告訴我這本書真的不錯，如果不完成它的話，我會抱憾終身。所以，我沒有轉移重心到其他的故事，反而是開始進行長距離的散步（一項在二十年後給我帶來許多麻煩的嗜好）。我在散步時會帶書本或雜誌，但很少翻閱它們，不論我覺得老是看一樣的路樹、一樣歪著跳來跳去的鳥、一樣的松鼠有多麼的無趣，對於陷入創作瓶頸的人們來說，無聊其實是一件很好的事。我無聊的散步時間，並思考我那手稿裡巨大又細小無用的細節。

好幾星期以來我的思路完全一無所獲——一切似乎看來都太難，太他媽的複雜了。我已經勾勒出太多情節對白，它們就快要有糾纏在一起的危險了。我繞著同樣的問題一次又一次的打圈圈，揮舞著拳頭攻擊它、用頭撞它……，然後，就在我腸枯思竭再也想不出東西的時候，答案突然從天而降，它來得既完整又徹底——你甚至可以說是像禮物一樣包裝精美——隨著一道明亮的閃電。我趕緊跑回家將這些寫在紙上，這是我唯一這麼做過的一次，因為實在深怕會忘了什麼。

我看到的是《站立》作為背景的美國可能會因為瘟疫而人數驟減，但故事中的那個世界卻早已是人口危險地過度膨脹——一個真實的加爾各答。解決我阻滯不前的東西，在我看來，也可能就是讓我得以繼續往前的同樣情況——以一場大爆炸取代疫情傳染，不過還是有一個令人措手不及、來勢洶洶的難解之結（Goardian knot，希臘傳說中，哥帝安結指的是哥帝亞斯用來綁住他獻祭牛車所用的難解之結）。我準備送劫後餘生的人往西踏上一場從圓石城到拉斯維加斯的贖身探索——他們要立刻動身，沒有奧援也沒有計畫，就好像《聖經》中的人物那般尋找一個顯象或是明瞭上帝的旨意。他們會在拉斯維加斯遇到藍達・佛來德，而不論好人和壞人都一樣將被迫做出他們的立場。

前一分鐘我還對這些情節一無所獲；下一分鐘我卻什麼都有了。如果在寫作中有一件事是讓我喜愛到超過其他任何事，那必定就是突然的靈光一現讓我清楚的看到所有事物是如何連接在一起。我曾聽說這種情形稱之為「腦筋急轉彎」，還真是這樣；我也聽過有人叫它做「突然開竅」，事情也就是那樣。不論你怎麼叫它，我在欣喜若狂中寫下一兩頁的筆記，接下來的二、三天在腦中改寫了解決的辦法，尋找瑕疵和破綻（同時也開始動手寫實際上的故事流程，這牽扯到二名配角在主角的衣櫃中放置炸彈），但這大多是出於一種好到不真實令人難以置信的感覺。不論是太好是還太壞，我在事情揭發的那刻就知道這是事實：那個被放置在主角尼克・安德魯絲衣櫃中的炸彈將解決我所有故事描述上的問題。而它也真的是這樣。剩下的部分在接下來的九個星期中順利地進行。

在《站立》的初稿完成之後，我才有機會能回頭好好修飾一下那在寫作過程中，導致我完全停滯不前的問題；少了那個不斷在腦海中咆哮的聲音「我快寫不出來了！喔，他媽的！寫了五百頁的書卻快要寫不出故事了！警急狀況！警急狀況！」使我更容易思考，我也能夠去分析是什麼東西讓我得以繼續寫下去，並接受那諷刺性的事實：我之所以能救回本書是因為書中近一半的主要角色都被刪去了（事實上，故事最後演變成有兩場爆炸，一處位於圓石城，另一處位於拉斯維加斯）。

我決定，真正使我不舒服的來源在災禍的降臨，我那位於圓石城的角色們——書中的好人——逐漸步向同樣的科技死亡陷阱。第一個猶豫不定地召喚群眾前往圓石城的廣播，很快就會連接到電視去；短片式的電視廣告和九〇〇開頭的電話號碼一下就又出現．發電廠也是一樣，我那些居住在圓石城的人物們當然沒有花上太多時間就下定決心，讓冰箱和冷氣能再次運轉這件事，比去追尋那個讓他們逃過一劫的上帝之旨意重要多了。在拉斯維加斯，藍達．佛來德和友人在讓電燈亮起的同時，也正學習著如何駕駛噴射機和轟炸機，但這情形是沒關係的——在意料之中的——因為他們是壞人。我之所以停下來，是因為我有些意識到，好人和壞人開始危險地變得相似，而讓我繼續下去的原因，是我發現好人崇拜著電子操控的物質財富，需要增加一通當頭棒喝的提醒電話。而一個放置在衣櫥裡的炸彈剛好可以達到這個效果。

這所有的事似乎都建議我，以暴力解決困難的手段就像一條該死的紅線一樣交織在人的天性中。而這成了《站立》一書的主題，也是我在寫二稿時牢牢繫在心中的想法。書中的人物一再的（不管是像理洛德．海瑞德這樣的壞人，或是像史都華．瑞德門或賴瑞．昂德伍德這類的好人）提及「所有的東西『比如：造成重大毀滅的武器』就散布四周，等著去被撿起來」這樣的事實。就在圓石城人建議——天真地，單純出於好意地——重建那霓虹的巴別塔（Tower of Babel，編按：聖經故事之一，很久以前本來所有人類都說著同一種語言，當有人決定造一座通達天堂的巴別塔時，上帝擔心人類從此將不聽使喚，因此作法讓人類講不同的語言，增加溝通的困難而永遠蓋不成塔）之際，他們即被更多的暴行所消滅。那些安置炸彈的人是遵照藍達．佛來德的指令做事，但是修女阿布吉雅，也就是佛來德的死對頭，不斷重複著「所有的事應以侍奉上帝為目的」。如果這說法是事實的話——而在《站立》的內容中也確實如此——那炸彈就是由上帝所傳達的危險訊息，一種表達「我不是把你們一路帶到這裡來，好讓你們可以開始重複一樣狗屁倒灶的事情的。」

就在書接近完成時（第一份較簡短版本的故事初稿尾聲），法蘭問史都華．瑞德門人們是否能從他們的錯誤中學習，是否還有任何希望存在，史都華回答「我不知道」，然後就此停頓。在故事中的時間線，那段靜止的時間只長到讓讀者轉眼看到最後一行字為止；而在作家思考的過程裡，那段時間卻長了許多。我在腦海裡和心裡思索著其他一些史都華可以說的話，一些意義更清楚的文句，我想這樣做的原因是因為在那一刻，就算不會再有其他機會下，史都華其實是在為我發聲。然而到最後，史都華只是簡單地重複他已經說過的話：「我不知道。」這是我所能想出最好的句子了。有時候書裡面會提供你答案，但並非每一次都是如此，而且我也不想讓讀者翻閱數百頁之後，除了一些連我自己都無法信服的空洞文句外，什麼都沒得到。《站立》一書並沒有什麼道德寓意，沒有「我們最好努力學習，否則我們下次可能會把這該死的星球整個毀滅掉」這種句子──不過如果主題夠清楚的話，這些討論有可能會提出他們自己的含意和結論；這沒什麼不對；這樣的討論是閱讀生活中最令人愉悅的地方。

雖然在描繪大災難場景時，我曾使用過象徵、想像，或向文豪致敬等仿效的手法（例如，沒有《吸血鬼》，就不會有《午夜行屍》），但相當肯定的是，在《站立》

一書遇到瓶頸前，我從未特別想過主題這件事。我認為這是那些「有更好的頭腦」和「更愛思考」的人所做的事情。我不確定自己會那麼快就碰到這個問題，因為我也從不需要孤注一擲地去挽救筆下的故事。

我十分驚訝於「主題性思考」最後表現出來的實際效用，它並非只是英文教授要你在期中考論文題目做一項虛幻不切實際的事情（試以三段合理的論述討論有關《好血統》〔*Wise Blood*，編按：美國重要南方女作家奧康納（Flannery O'Connor）於一九五二年的作品〕的主題性思考——三十分），而是另一個該放在工具箱裡的實用工具，就像是一個放大鏡一樣。

自從有了在衣櫃中安置炸彈這個想法之後，不管是在開始修改書的初稿，或是在寫初稿腸枯思竭時，我都毫不遲疑地捫心自問，我究竟是在寫什麼東西？為什麼要把可以去玩吉他或騎摩托車的時間花在這裡，又是什麼讓我一腳踏進來後又一直留在這裡？答案並非總是立刻出現，但多半都有一個答案存在，而且也不難去發現。

我不相信有任何小說家，甚至是那些有四十多本作品問世的人，會太關心主題方面的想法；這就好比我雖然對很多事有興趣，但只有少數會深入加以演繹後成為小說。這些深入的興趣（我不願稱之為迷戀）包括了研究那會有多困難——也許根本不可能！去把一個一旦打開了的潘朵拉盒子給關起來〔《站立》、《綠魔》、《燃燒的凝視》（*Firestarter*）〕；如果上帝真的存在的話，為什麼這樣可怕的事還會發生〔《站立》、《絕望》（*Desperation*）、《綠色奇蹟》〕；真實與虛幻間的一線之隔〔《人鬼雙胞胎》（*The Dark Half*）、《白骨袋》、《三選一》（*The Drawing of the Three*）〕；尤其是有時潛藏在好人身上的可怕暴力傾向（《鬼店》、《人鬼雙胞胎》）。我也一再地寫成人和小孩間根本的差異，以及有關人類想像力所俱來的醫治能力。

我重申：這些沒什麼大不了的，這些只是從我的日常生活及思考、從我身為一個男孩與男人的經驗、從我所扮演的丈夫、作家、父親和愛人的角色中衍生而出的興趣而已。它們是每當我在深夜熄燈獨處、隻手放在枕頭下望向無盡的黑暗時，盤據在我心中的疑問。

無疑地你會有屬於自己的想法、興趣以及所關心的事，而這些東西，就和我的一樣，是從你作為一個人的經驗和歷練中慢慢升起來的。有些有可能和我先前提到的類似，有些則可能截然不同，但這些是你所擁有的，你應該把它們用在你的作品中。也許這不是這些想法存在的唯一理由，但至少確定是它們能夠合宜應用的事之一。

我應該用個警告來結束這段小小的說教——以問題和主題方式開頭的作品，是爛小說的不二法則。好的小說總是起始於故事，再進展切入主題；幾乎從來不會由主題開始再進展至故事內容。我唯一想到有可能的例外是像喬治．歐威爾的《動物農莊》那種諷刺作品（而我偷偷懷疑在《動物農莊》中，故事的想法實際上是先出現的；如果我來世看到歐威爾，我一定要問問他）。

可是一旦你寫出基本的故事架構，你必須去思考它的意義，並以此結論來為你接下來的修改版本增添內容，少了這個步驟的話，就是把之所以讓你每一個故事裡，屬於你自己獨一無二的想像從你的作品（最終是你的讀者）中抹滅掉了。

11

到目前為止一切都很順利。現在讓我們談談修稿——要改多少東西和寫多少次草稿呢？對我而言，答案一直是二次草稿和一次潤飾（因為先進的文字處理電腦科技，我的潤飾幾乎成了第三次草稿）。

你們必須理解，我在這裡談的是我個人的寫作模式；在實際的作業上，修稿的方式因為不同的作家而有很大的差別。例如，寇特·馮內果〔Kurt Vonnegut，編注：美國當代小說家，最近一本書是一九九八年出版的《時震》（*Timequake*）〕就會重寫他小說中的每一頁，直到把它們寫到完全滿意為止。結果是他花好幾天的工夫只能完成一、二頁的稿子（而字紙簍裡會堆滿了被揉掉的、被打回票的第七十一頁和七十二頁手稿），不過，當他的手稿完成時，書也就完成了，真是好啊！你就可以拿去印刷了，然而，我想有些必然的事情對大多數作家而言都是可成立的，而這些也就是我現在想來要談的東西。如果你已經寫作了一段時間，那你就不需要我這部分的幫助；因為你會建立起屬於自己的常規。但如果你是初學者，那我力勸你至少要寫二遍草稿；一份是你關起寫作室的門來寫，一份是你打開門來寫。

把門關上，把腦中的想法直接下載到紙上，我盡可能地快寫，但還是保持著讓自己舒適的程度。寫小說，特別是一部長篇小說，可以是一件艱辛又寂寞的工作；

就像用一只浴缸橫渡大西洋一樣，多的是機會讓你感到自我懷疑。如果我快速地寫作，把我心裡所想的東西完完全全地寫成故事，只回頭去檢查書中人物的名字以及這些人物相關的背景故事，我發現我就能夠保持住我最原始的寫作熱誠，同時，還可以克服隨時可能出現的自我疑惑問題。

第一份草稿——整個故事的初稿——應該是在毫無其他人幫助（或是妨礙）的狀況下完成。也許某個時候你會想把你寫的東西給一位親近的朋友看（通常你第一個想到的親密朋友會是那個跟你分享同一張床的人），這是因為你對你正在進行的作品引以為傲，不然就是對它有所遲疑。我所能給的最好建議是去忍住這股衝動，保持這份壓力；不要因為外界的人提出懷疑、讚美或是善意的詢問而把寫好的作品曝光，讓這壓力減降。讓你對成功的期盼（以及對失敗的恐懼）帶領著你，就算這樣做有多困難。當你完成作品後，會有向別人展現你努力成果的時間……，但是就算在你寫完了後，我認為你也一定要謹慎小心，在作品仍如一片剛鋪滿新雪的地面時，給你自己一個機會去好好思考，在還沒有別人的足跡影響之前保留住自己的想法。

關上門寫作的一大好處是你發現自己在近乎與所有事物隔絕的狀態下，被迫必須完全集中注意力在故事上。沒有人能問你：「你想藉卡菲爾德（Garfield）的遺言表達些什麼？」或是「綠色服裝有什麼特別的意義？」你也許從來沒有想要用「卡菲爾德的遺言」來表達任何事情，瑪拉穿綠色衣服也只是因為那是你在腦海中描繪她時所看到的樣子。換個角度來說，或許這些事還真有什麼特別的意義（或是會有什麼意義，當你有機會看整座森林而不只是單獨的樹時），不管怎樣，這都不是你在初稿時要去想的東西。

另外還有一件事——如果還沒有人對你說過「哦，山姆（或艾咪）！這實在太棒了！」的話，你就比較不會有感到鬆懈或是開始把注意力轉到錯誤事物上的傾向……，舉例來說，寫得很棒，而不是去專心講述這該死的故事。

現在讓我們假設你完成了你的初稿，恭喜恭喜！做得很好！來杯香檳，派人去叫披薩外送，做任何你在慶祝事情時會做的事。如果有人已經迫不及待地想要閱讀你的小說——假設是你的另一半，那個當你在追尋作家夢想時，得朝九晚五工作幫忙支付帳單的人——那麼這就是你該把作品拿出來的時候了……，這是如果你的第一位讀者或讀者們，能夠答應不跟你談論你的書，直到你準備去跟他們談論你的書為止。

這聽起來或許有點專橫不講理，但其實不然。你已經做了很多事，而你需要一段時間休息（時間長短依各作家自己決定）。你的心和想像力——這兩件互相關連，卻又不完全相同的東西——都必須自我循環更新一番，至少是關於剛完成的這一部作品。我的建議是你可以休幾天假——去釣魚、划獨木舟、玩拼圖——然後再在工作上找點別的事做。最好是一些不需要太長時間的事，而且和你剛剛完成的新書是完全不同方向和節奏的故事。〔在長篇作品像《再死一次》（*The Dead Zone*）和《人鬼雙胞胎》修改草稿之間的那一段期間，我寫了些包括《屍體》（*The Body*，編按：後來被改編成著名電影《站在我這邊》〔Stand by Me〕）與《是誰同我玩遊戲》（*Apt Pupil*）在內相當不錯的小說。〕

要把書擱在那兒多久——就像揉麵過程中做麵包麵團一樣——完全由你自己決定，但我想至少要放個六星期。這段時間你的草稿會安全地關放在書桌的抽屜裡，慢慢發酵和（希望是）成熟。你的思緒會經常想到它，你也可能十幾二十次或更多次想要把它拿出來閱讀，就算只是去重新閱讀那些在記憶中顯得特別好的段落、那些你想要回頭看看，好讓你再一次感受到自己是個多麼令人興奮的作家的部分。

拒絕誘惑。如果你不這樣做的話，你很有可能會認為自己其實在那幾節段落裡，寫得沒有像自己想的好，覺得最好能把瑕疵部分重新加工，這是不好的。對你而言唯一比這更糟的事，是去認為這段落寫得比記憶中的還要好——那為什麼不拋開一切，把整本書重新閱讀一遍呢？馬上動工再來寫它吧！你已經準備好啦！你簡直就是莎士比亞再世嘛！

可是你不是，你也沒有準備好回頭繼續你之前的作品，直到你著迷於新的寫作計畫（或重回你日常生活習性），讓你幾乎忘了那個過去三或五或七個月的時間，每天晨間或下午耗掉你三個小時的不真實作品。

當感覺對了的那個夜晚來臨（這個你可能會在辦公室桌曆上圈出來的一天），把手稿從抽屜拿出來，如果它看起來像是一個你根本不記得去過的雜貨鋪或是車庫拍賣裡買來的外星人遺物，那就表示你準備好了。關上門坐下來（你很快就會再對外把門打開），手上拿枝筆，身邊放本橫線筆記簿，然後把手稿從頭到尾讀一遍。

如果可能的話，最好一次坐著讀完它（當然，假如你的書有四、五百頁的話，就不可能這樣）；儘量作筆記，不過專注在一般世俗內務處理的工作，像是改錯字和抓出前後矛盾的地方，這樣的問題會有一大堆；只有神才能第一次寫就把所有這些東西搞定，也只有懶蟲會說：「哦，就隨它去吧，不然編輯是來做啥用的。」

如果你之前沒有這樣做過，你會發現在擱置六個星期之後重新閱讀你的書會有一種陌生、又時常是令人愉快的經驗。這是你的，你當然認得出來這是你的作品，甚至還記得在寫某一段文字時收音機播放的是什麼音樂，然而又像是在讀別人的作品，一個靈魂上的雙胞胎，也許吧。事情本來就應該如此，也是你之前等待的理由。殺死別人的最愛總是比對自己的來得容易下手。

花六個星期恢復期是值得的，你也可以清楚地發現任何故事情節或人物發展上的漏洞。我說的是那種大到可以讓卡車進出的漏洞。讓人驚訝的是這些東西怎麼能夠在作者鎮日埋首寫作時就這樣被疏忽掉。聽著——如果你發現了一些這種大洞，你被「禁止」去為它們感到沮喪或因此而自責。最完美的人也有出錯的時候。有一個關於熨斗大樓（Flatiron Building，編按：位於紐約第五大道與百老匯相交處，以其三角形建築聞名，是紐約著名地標）的建築師在剪綵典禮前自殺的故事，因為他發現他忘了在他標準的摩天大樓裡設置任何男廁所。這也許不是真的，不過請記住：有人確實設計了鐵達尼號，還標榜它是永不沉沒的。

對我而言，在重新閱讀階段發現的最重大錯誤與書中角色的行動動機有關（和人物個性發展有關，但並不全然相同）。我會用手從上面敲自己的腦袋，然後抓住我的筆記簿記下像：「第九十一頁：珊蒂・杭特從雪莉在配送辦公室的祕密貯物櫃裡偷了一塊美金。為什麼？天啊，珊蒂『絕對』不會做這種事的！」我同時還會在手稿的那一頁上作一個大大的×××記號，意思是這頁需要刪除或修改，並且提醒我自己如果不記得的話，要查對我的筆記找確實的細節。

我喜歡寫作過程的這部分（嗯，這過程裡的每一部分我都喜歡，但這部分特別偏愛），因為我是在對自己的書有新的發掘，而且通常都很喜愛它。但這是會改變的。到了書確實要出版時，我已經從頭到尾讀了好幾十次，可以整段文字一字不漏地背起來，只希望這該死的發臭老東西能夠趕快離開我。不過這是之後的事了；第一次重新閱讀作品通常是很美好的。

當我在重讀時，心思首先著重在故事，以及寫作工具箱關心的事情：找出前提文意不清的代名詞（我討厭也懷疑代名詞，它們每個都像在夜晚出沒的個人傷害律師一樣狡猾），在需要時加上闡明的句子，當然還有，把我可以忍受範圍內的副詞全部刪掉（從來不是全部；也從來沒刪得夠多）。

然而私底下，我會問自己一些重要的問題，其中最大的問題是：故事是否連貫？如果是的話，要如何才能將這連貫的感覺轉變成一首歌曲？哪些是重複出現的元素？它們是否相互纏繞，形成一個主題？我也問我自己這故事到底想說什麼，換句話說，我能做什麼去把這些根本的問題處理得更為清楚。而我最想要的是共鳴性，是那種能在忠實讀者闔上書、把書放回架上後，仍能在腦海（和心）中繞梁三日的東西。我在尋找一種不需要取悅讀者，或為了一段有含意的情節而出賣自己生來就有的權利。把所有那些訊息與道德寓意拿來釘在陽光照不到的地方，可以嗎？我要的是共鳴性。「我在找尋我真正想要表達的意義」，因為在寫二稿時，我想要加入一些場景和事件去加強那個意義。我也想要刪掉一些往不同方向發展的東西，這種東西有趨於大量的傾向，尤其是在故事一開頭，當我還有向四處敲打的癖好時。如果我要創造出一種一致的效果，所有那些四處推進的東西都必須刪除掉。當我讀完也做完我所有小小的龜毛校正工作後，就到了打開門，讓四、五位自願閱讀的親近好友分享作品的時刻了。

某人——在我人生中，我不記得是誰了——曾經寫說所有小說其實都是寫給某特定人士的書信，如同它發生的過程，我相信這個說法。我想每位小說家都有一位理想讀者；作家在寫作的過程中不時會想，「當他／她看到這部分時會怎麼想呢？」對我來說，那第一位讀者就是我太太塔比。

她向來是一個非常易感又支持鼓勵的第一位讀者。對於一些較艱難的書如《白骨袋》（在我和維京為了一件和錢有關的愚蠢爭吵而結束長達二十年愉快的合作關係後，第一本和新出版商合作的小說），以及相關的一些具爭議性的著作如《傑洛德的遊戲》，她積極正面的反應對我來說意義非凡。不過當她發現一些她覺得有錯誤的地方，她也表現得相當果斷，當她這麼做的時候，她會大聲又明白地讓我知道。

塔比身兼書評和第一讀者的角色，時常讓我想起一個之前讀到過，關於艾佛烈．希區考克的妻子奧瑪．雷薇的故事。雷薇女士除了是希區考克的第一讀者，也是個對恐怖大師如日中天的名聲完全不為所動，目光銳利的評論家，這是他的幸運。希區考克說他想要飛翔，奧瑪則對他說「先把你的蛋給吃了」。

就在《驚魂記》完成後不久之後，希區考克把片子放給幾位朋友看。朋友們轟然叫好，說這部片子定將成為懸疑鉅片。奧瑪沉默不語，直到每個人都發表完意見後，她以堅定的口吻說：「你不能把片子就這樣拿出去。」

現場一片瞠目結舌的沉默，除了希區考克自己之外，他只問了句為什麼不行，「因為，」他的妻子回答，「珍妮．李（Janet Leigh）在她應該死了的時候還在嚥氣。」這是事實。希區考克沒有比我在塔比指出我的小錯誤時，做出更多的爭辯。她和我可能會就一本書的許多面向相持不下，也曾有過我就一些個人主觀想法反對她的意見的時候，但是當她逮到我犯的失誤，我自己也很明白，並且感謝上帝，讓我有一個會在我出門之前，告訴我褲襠忘了拉上拉鍊的人在旁邊。

除了塔比做的初次閱讀外，我通常會把手稿寄給其他四到八個多年來評論我作品的人。許多寫作教科書反對你找朋友閱讀你的作品，建議你說從那些曾在你家吃晚飯，以及把孩子送來和你的小孩一起在後院玩耍的人身上，很難得到中肯的意見。以這樣的觀點置你的朋友於此種地位並不公平。萬一你朋友覺得他必須說「很抱歉，好兄弟，過去你確實寫了不少好東西，但這次的作品爛得像支吸塵器一樣」的話又怎麼講呢？

這想法是有某種程度的正確性，但我不覺得無偏見的意見才是我想要尋找的。而且我相信大部分聰明到可以閱讀小說的人，也夠老練到懂得用一個比「這實在糟透了」要優雅有禮的表達方式。（雖然我們大都知道，所謂「我覺得這有點問題」，其實就是「這實在糟透了」的意思，不是嗎？）除此之外，如果你真的寫了個爛東西出來——這種事是會發生的；我以身為《驚心動魄撞死你》（*Maximum Overdrive*）這本爛書的作者而言夠格說這句話——你難道不會寧可在所有成品都還只是半打影印機影本的時候，從朋友那聽來這個消息？

當你把六或八份書的影本分送出去，就會收到六或八個關於這本書有什麼好和有什麼不好非常客觀的意見回來。如果所有的讀者都覺得你的作品不錯，那大概真寫得不壞。這樣一致通過的情形不是沒有，但機會很少，即使是朋友也不一定捧場。比較有可能的情況是，他們會認為有些地方寫得不錯，而有些部分則……嗯，不怎麼好。有些會覺得角色 A 行得通，但角色 B 就有點牽強；如果其他人剛好相反，覺得角色B具可信度，但角色A寫得太過頭，那這作品就是不好不壞。你大可安心，把事情就這樣放著（在棒球賽中，平手時要靠跑者打破僵局；對小說而言，一切都操之於作者）。如果你的結局有些人喜歡、有的人討厭，也是一樣的處理方式——這不好不壞的平手狀況取決於作者最後的決定。

有些初閱的讀者特別會指出事實上的錯誤，而這是最容易處理的問題。參與我初閱的其中一個聰明傢伙，已故的麥克．麥卡錫先生——一位傑出的中學英文老師，對槍枝十分了解。如果我有一個角色攜帶一把溫徹斯特口徑點三三的手槍，麥克就會在稿紙邊的空白地方寫說溫徹斯特手槍沒有做那樣的口徑，不過雷明頓牌的有。像這樣的例子，你就是用一份價錢得到雙份回饋——錯誤和修正的方法。這是一筆非常棒的交易，因為你不但最後看起來像個專家，而你的第一讀者也會因為能幫助到你而感到與有榮焉。麥克幫我揪出來最大的一個錯誤其實和槍無關。有一天當他正在教員休息室讀我的一段手稿時，麥克突然爆笑出來——事實上，他笑得那麼用力，以至於眼淚都滾落到他滿是鬍鬚的臉頰上。因為有問題的這篇《午夜行屍》並沒有打算被寫成個大爆笑故事，所以我問他發現了什麼。原來是我寫了一段如下的文字：「雖然緬因州直到十一月開始才是獵鹿的季節，但十月間的草原上已時常聽到此起彼落的槍聲；當地人儘量射殺著家人所吃得下那麼多的鄉巴佬（Peasants）。」毫無疑問的隨便一位編輯都會挑出這個錯誤，不過麥克讓我少丟了一次臉。

如我所說，主觀評論是一件比較棘手的問題，可是聽著：如果每一個讀過你的書的人都告訴你說你有個問題的話（康妮太輕易地就回到她丈夫身邊，就我們所得知的海爾來說，他會在大考上作弊一事顯得不夠真實，小說的結局看起來太粗率任意），你就真是有個問題，最好做點什麼來解決它。

許多作家抗拒這樣的想法，他們覺得根據讀者的喜好來修改故事在某方面看來是自甘墮落。如果你真是這樣覺得，那我不會試著去改變你的想法，你還可以省掉花在影印店的錢，因為你一開始就不需要將你的作品展示給別人看。事實上（他傲慢地說），如果你「真的」這麼覺得的話，幹嘛還要出書來庸人自擾呢？就把書給寫完然後把它們鎖在保險櫃裡，和沙林傑（J.D. Salinger，一九五一年出版《麥田捕手》）晚年出名的做法一樣就好了。

而且，我是可以，對那種憤慨有一點感同身受，在電影界中我有個看似專業的生活，片子的初剪版本稱為「試片」，這已成了這一行的標準慣例，也搞得大部分導演們要抓狂。他們也許理當如此反應，製作公司常付出一千五百萬到一億美金拍一部電影，然後要求導演根據一場在聖塔芭芭拉舉行，集合了美髮師、鐘點女傭、鞋店員工，和待業中的披薩外送員當觀眾的試片意見來修剪影片。而最糟糕也最令人氣結的事是什麼呢？如果你人口統計弄得正確的話，試片似乎還頗有成效。

我痛恨看到小說依測試觀眾的口味來做修改——如果照這樣做的話，許多好書恐怕永遠都會不見天日——不過別這樣了，我們說的是找一些你所熟知和尊敬的人。如果你問對了人（而且他們也同意讀你的書）的話，他們可以提供你許多意見。所有的意見分量都相同嗎？對我而言不是。每到最後我最常採納塔比的意見，因為她是我寫作的原因，是我想要驚喜的人。如果你為了一個自己以外的人寫作，我會建議你多多注意這個人的意見（我知道有一個人是為了一個已死了十五年的人而寫作，但我們大多沒有這樣的經驗）。而如果你聽到的建議是有道理的，那就去做一些改變。你不能把整個世界融入你的故事裡，但你可以讓那個最重要的人進去·而且你也應該這樣做。

就叫這個你為之而寫作的人為理想讀者。他或她會一直出現在你的寫作房裡：一旦打開門就真實地站在那，再次迎回外面的世界去照亮你夢想的泡沫；當你關上門時，則在進行初稿那有時令人煩心、又時常令人喜悅的過程裡給你精神上的支持。而且你知道嗎？你會發現自己甚至在理想讀者看第一行文句之前就已經開始調整彎曲你的故事。理想讀者將可以幫助你稍微置身事外一點，讓你在工作進行中像個普通觀眾一樣地去讀你仍在寫的作品。這也許是確保你專心一意在故事上最好的方法，一種在沒有觀眾的情況下表演給觀眾看，而且你又得以完全掌控大局的方式。

當我在寫一場我覺得有趣的場景時（像《屍體》一書中的吃派大賽，或是《綠色奇蹟》中執行死刑預演的那一段），我也同時幻想我的理想讀者也會覺得它很有趣。我樂見塔比笑到失控的樣子——她會把手舉起來彷彿在說「我投降了」，臉上還掛著大顆大顆的淚珠。我很愛這場景，就這樣，去他媽的愛死它了，而且當我掌握某個有可能引起她這個反應的東西時，我會盡可能賣力地下筆。當我實際在寫這麼一段場景時（關著門的），讓她發笑——或哭這件事——卻被我拋之腦後。而在修稿時（門打開著），有關——「這夠有趣了嗎？」「夠恐怖了嗎？」——之類的問題才成為我的首要考量。我試著在她讀到某個特定場景時觀察她的反應，希望至少能得到一個微笑或是——「賓果！寶貝！」那高舉雙手在空中揮動的捧腹大笑。

她並非總是能夠輕而易舉的取悅，當我們在北卡羅萊納州看一場克里夫蘭火箭隊對夏洛特黃蜂隊的WNBA比賽時，我把《勿忘我》（*Hearts in Atlantis*）的手稿交給她。我們第二天北上維吉尼亞州，塔比也是在這段路程中讀我的手稿。其中有一些有趣的地方——至少我這樣覺得——所以我一直偷瞄她是不是有格格發笑（或至少微笑）。我以為她沒注意到，但她當然有。在我第八或第九次偷看她時（我猜那也有可能是我第十五次的偷看），她突然抬起頭來說了一句：「在你讓我們兩個粉身碎骨前注意開車吧！別那樣該死的依賴成性了！」

於是我將注意力放在駕駛上停止偷瞄（嗯……幾乎這樣做到），大概五分鐘後，我聽到右手邊傳來一聲笑聲。就只是小小的一聲，但對我來說就足夠了。事實上大部分的作家都是很依賴別人渴求關心的，尤其在初稿和二稿之間，當寫作室的門打開，讓外面世界的光亮照進來時。

12

理想讀者也是你檢測你故事的節奏是否恰當，以及你是否把背景故事處理得令人滿意的一種最好的方法。

「節奏」是指你故事敘述進行的速度，出版界中有項不成文的（也因此是無法辯駁和檢測的）信念，在市場上最成功的通常是節奏明快的故事和小說。我推測其潛在的想法是因為現代人有太多事情要忙，而且看書時又容易分心，不然你就得是個烹飪快手，盡你所能的把嘶嘶作響的漢堡、薯條、煎兩面的荷包蛋快速地做出來。

就像出版界中許多無可檢測的信念，這個想法全然是狗屁……，這也是為什麼，當如安伯托・艾可（Umberto Eco）的《玫瑰的名字》（*The Name of the Rose*），或是查爾斯・佛瑞哲（Charles Frazier）的《冷山》（*Cool Mountain*）突然衝出重圍榮登暢銷書之列時，出版商和編輯們全都跌破眼鏡。我懷疑他們大部分人還把這兩本書無預期的成功，歸功於書中不可預知及悲慘的故事經過，正中了部分讀者的好品味。

並不是說節奏緊湊的小說有什麼問題。某些十分優秀的作家——在此只舉三個例子，尼爾森·德米勒（Nelson DeMille）、韋爾伯·史密斯（Wilbur Smith），和蘇·葛拉芙頓（Sue Grafton）——都以這種寫作手法賺進百萬。但是你也可能快過了頭，步調太快的話可能會有讀者跟不上的危險，不管是因為疑惑還是累壞了。對我自己來說，我喜歡節奏慢一點，同時結構廣大一點的故事架構。像《長亭》〔The Far Pavilion，編按：茉莉·凱伊（M.M. Kaye）著〕或《合適男孩》〔*The Suitable Boy*，編按：印度作家塞斯（Vikram Seth）著，一九九三年出版，原文長達一千四百多頁〕，這樣一部篇幅長又有趣的作品中，那悠閒又奢華的故事動線，是此類型小說打從一開始——如同《克拉麗莎》〔*Clarissa*，編按：理察得森（Samuel Richardson, 1689-1761）著，是一部以男性作者越界書寫女性的作品〕這樣無窮無盡、多段式的書信體故事——就深自擁有的主要吸引力之一。我深信每一個故事都應該被允許去依照自身的節奏來發展，而這節奏也不總是比普通速度快個兩倍就好。然而，你必須了解——如果你把故事的步調弄得太慢，即使是再有耐心的讀者也會感到難以招架。

找出完美平衡點的方法是什麼呢？當然是理想讀者。試著去想像他們是否會對哪些特定情節感到乏味——如果你了解你的理想讀者的口味，就算只有我了解我的理想讀者的一半，這樣做應該都不會太難。理想讀者會不會覺得這一段有太多無意義的對話呢？你對某段故事情況解釋太少……或是過多，哪一個才是我在時序上犯的錯誤？你是否遺漏了去解決一些重要的情節？或把整個角色忘得一乾二淨，像雷蒙・錢德勒曾經犯的錯誤一樣？（當被問到在《大睡》（*The Big Sleep*）一書中那個被謀殺的司機時，錢德勒——他熱愛他的酒——回答：「哦，他呀！你知道的，我根本忘了他。」）這些問題即使你關上門時也該切記在心。一旦你打開門——一旦你的理想讀者確實地開始讀起你的手稿——你更應該大聲地問這些問題。同時，不管你是不是在裝可憐，你也許都想去觀察看看你的理想讀者何時會把手稿放下去做別的事。他在讀的是哪一段場景？是什麼讓他這麼容易讀到一半就把書放下？

當我想到節奏時，我大多都想到艾爾莫・雷納德，他完美地詮釋說，他就是把無聊的部分丟掉而已，這建議了我們以截取加快節奏，而這也是我們大多數人最後都得要做的事（殺了你的摯愛，殺了你的摯愛，就算這會讓你那以自我為中心的小小作家的心碎了，也要殺了你的摯愛）。

仍是一個青少年時，我投稿到一些像《幻想與科幻小說》和《艾勒里．昆恩推理雜誌》（*Ellery Queen,s Mystery Magazine*）這樣的雜誌社，我對於收到以「親愛的投稿人」（也可能是「親愛的木頭人」（Dear Chump））開頭的退稿信函早已習以為常，也因此喜歡上在這些粉紅色拒絕信上任何一絲個人回應的滋味。它們十分稀少，但每次收到這類回函時，它們總是能夠讓我的一整天充滿光彩，並使我臉上掛著笑容。

在我讀里斯本高中三年級的春天——應該是一九六六年——我收到了一張評論，自此以後改變了我重寫小說的方式。在機器列印的編輯簽名下方是一行短短的句子：「故事不錯，但太長了。你需要修改長度。公式是：第二次草稿等於第一次草稿減百分之十。祝好運！」

我希望我能記得是誰寫了那張字條——也許是阿爾吉斯．布瑞斯。不論是誰都幫了我一個天大的忙。我拿一塊用來撐 T 恤的硬紙板抄下這個公式，貼在我打字機旁邊的牆上。在這之後不久好運開始降臨到我身上。並不是突然之間對雜誌投稿的小說賣單蜂擁而至，而是收到的退稿信函上個人回應的附註快速增加。我甚至收到一封杜蘭．英柏登的字條，他是《花花公子》雜誌社的小說編輯，那段回應幾乎讓我心跳停止。《花花公子》付給短篇故事的稿費至少兩千美元以上，那是我母親當年在松園訓練中心做清潔婦時的四分之一年薪。

那個重寫公式也許並不是我開始有所收穫的唯一原因；我猜想另一個原因是我終於時來運轉（有點像葉慈詩裡的狂爆野獸）。然而，重寫公式的確是很重要的一部分。在我知道這公式之前，如果我創作了一個初稿有四千字的故事，二稿就可能會有五千字了（有些作家是屬於把東西拿出型的；但恐怕我一直都屬於放進去型的作家）。在我知道公式之後，情況改變了。即使今日，如果一篇故事的初稿長度在四千字，我會把二稿的長度訂在三千六百字左右……；而如果一部小說的初稿多達三十五萬字，我也會使盡吃奶的力氣使二稿不要超過三十一萬五千……、三百個字，如果可能的話，而通常這都是可能的。這公式教導我的是每個故事和小說都是可以拆解到某種程度的。如果你無法在刪減百分之十的情況下同時保有基本故事和原有風味，那是你努力不夠。正確判斷後做的刪減效果是立即可見，而且時常令人驚喜的——文學式的藍色小藥丸，不但你會感受得到，你的理想讀者也會。

故事背景是在你故事開始之前發生，但也會衝擊到接下來故事發展的所有事情。背景故事幫助你設定人物角色，並建立動機。我認為儘快確立背景故事是非常重要的事，但是把它們寫得有點格調也是很重要的。當為一個不怎麼有格調的例子，讓我們看看這一小段對話：

「哈囉，前妻，」湯姆在桃樂絲進入房間時對她說。

好吧，湯姆和桃樂絲已經離婚了這件事也許對故事而言很重要，但一定有比像前面那種寫法更好的方式來說明這點吧，原本的句子優雅度就好比拿斧頭殺人一樣。這裡有個建議：

「嗨！桃樂絲！」湯姆說。他的聲音聽起來很自然——至少在他自己耳裡聽來——但是他的右手手指卻摸著在六個月前仍戴著結婚戒指的地方。

這樣還是不夠好到可以拿普立茲獎，句子也比「哈囉，前妻」來得長了一些，但寫作並不全是關於節奏速度，就像我之前試圖講解的那樣。而如果你認為一切都關乎事實資料的話，那你應該放棄寫小說，而去找份寫指導手冊的工作——呆伯特（Diblert）的小辦公桌在等著你。

你可能聽過「從中間開始」這句話，意思是「從事情的中間切入」。這樣的寫作技術既古老又值得尊敬，但我並不喜歡。「從中間開始」的情況下會迫使倒敘成為一種必要，這讓我感到既乏味又有點陳腐。它們總是讓我想起四、五〇年代的電影，當畫面變得飄忽不定、聲音出現回聲時，故事就一下子突然回到十六個月以前，我們剛剛看到的那個渾身濺滿泥漿，試圖從警犬的追捕中脫逃的罪犯，還是一個前途無量的年輕律師，那時他還沒被人誣陷殺死了貪污的警長。

做為一名讀者，我對接下來會發生什麼事的興趣，比過去已經發生過的事大多了。沒錯，有許多優秀的小說和我這項偏好（或許這是一項個人偏見）反其道而行——杜莫里哀（Dapnne du Maurier，譯按：英國著名小說家的《蝴蝶夢》（*Rebecca*）就是其一；芭芭拉・懷恩的《暗處之眼》（*A Dark-Adapted Eye*）是另一個例子——但我喜歡故事按部就班來，就算作為寫小說的作者也是一樣。我是那種由A到Z來的人；先給我上開胃菜，如果我吃完沙拉的話，再上點心。

即使你用這種直接明確的方式來闡述你的故事，你仍會發現自己無可避免的需要一點的背景故事。從一個非常實在的角度來看，每個角色的人生都是「從中間開始」。如果你在小說第一頁就介紹說故事主角是一個四十歲的男人，而又如果故事要從某些全新的人或事物闖進了這位主角的生活開始——一場車禍，讓我們假設，或是幫了一位不斷性感地回過頭來看的美女一點小忙（你注意這句子裡我沒有勇氣刪掉的那可怕副詞了嗎？）——你早晚還是得為這男人前四十年的生活加以描述。至於你要對這些過去的年歲說多少和怎麼說，會和你作品達到的成功程度有關，是讓讀者認為這是一本「好看的書」或是一本「歹戲拖棚的爛書」。當談到背景故事時，也許哈利波特的作者羅琳（J.K. Rowling）是近年來的冠軍。你有可能做出比讀這幾本小說更糟的事，注意到系列中每一本新書都毫不費力地翻新之前發生過的事（同時，哈利波特小說從頭到尾就只是個有趣、單純的故事）。

當你要釐清你在故事背景上寫得如何，以及應該在二稿裡增加或刪減多少東西時，你的理想讀者可以給你莫大的幫助。你必須非常注意傾聽理想讀者所不了解的地方，然後反問「自己」了解與否。如果你自己能夠了解，只是沒有說明那些部分，你在二稿時的工作就是去加以澄清——如果背景故事中你的理想讀者有疑問的部分對你而言也弄不清楚的話——那你就必須更加小心地去思考對你書中角色目前行為造成影響的過去事件。

你同時必須特別注意的是背景故事中那些讓你的理想讀者感到乏味的片段。比如《白骨袋》中，主角麥克・努南是個年紀四十開外的作家，書一開頭就提到他妻子剛因腦溢血而過世。故事從她去世那天開始，但書中還有多得驚人的背景故事，比我一般在小說作品中的習慣多很多。其中包括了麥克的第一份工作（報社記者）、他賣出的第一部小說、他和他死去妻子娘家親戚的關係、他的出版史，特別是他們位於西緬因州的度假別墅——他們是如何買下這幢房子，以及房子被麥克和喬安娜買下之前的一些歷史。我的理想讀者塔比以明顯的喜悅讀著這一切，但書中有一段二或三頁的橋段是有關麥克在妻子死後那年所做的社區服務工作，那一年，他因為嚴重的創作瓶頸而使他的不幸益發擴大，塔比不喜歡社區服務那部分。

「誰在乎這個啊？」她問我，「我想知道更多他的噩夢，而不是他為了幫助街上那些無家可歸的酒鬼而跑去競選市議員。」

「是啦，但是他正處於創作的瓶頸。」我說。（當一個作家在他喜歡的事情上——尤其是摯愛的東西之一——受到挑戰時，脫口說出的前兩個字幾乎都是「是啦，但是……」）「這瓶頸持續一年或更久。他總得在那段期間裡做些什麼吧，不是嗎？」

「我想也是，」塔比說，「但你沒必要拿這一段來讓我覺得無聊吧？」

噢！對賽、布棋、將軍！就像大多數好的理想讀者一樣，塔比總是得理不饒人。我把麥克的慈善貢獻和社區服務的部分，從兩頁刪減成兩段。最後證明塔比是對的——我一看到付梓後的作品就知道了。約有三百萬人左右看了《白骨袋》一書，我則收到至少四千封關於本書的信件，到目前為止，還沒有任何一個人問：「嘿，老兄！在麥克無法寫作的那幾年裡，他做了什麼社區服務啊？」

有關背景故事最重要的事是要記住：（a）每個人都有一段歷史，（b）而且大部分都不會很有趣。緊咬著有趣的部分，不要在其他部分贅述。長篇的人生故事最容易在酒吧裡取得，通常都在離酒吧關門前一個小時左右，而且如果是你買單的話。

13

我們必須談談研究工作，這是一種特別的背景故事。而且拜託，如果你因為在故事中提到你所不熟悉或不了解的領域而確實需要做研究的話，請牢記「背景」這二個字。那才是研究的重點：你必須對故事的時空、背景做全盤的了解。你可能對你所學到有關噬肉菌、紐約下水道系統，甚或牧羊犬幼犬的智商潛能等事情大為著迷，但你的讀者也許會更關心你書中的人物和故事。

有例外的情形嗎？當然，事情不總是這樣嗎？有些非常成功的作家——亞瑟・海利（Arthur Hailey，美國暢銷小說家）和詹姆斯・米契納（James Michener，譯按：美國小說家，常以地名作為書名，並有詳細的背景考證，其作《南太平洋的傳奇》曾獲普立茲獎）是我馬上想到的兩個例子——他們的小說非常著重事實與研究。海利的小說是稍加偽裝的工作指導手冊（銀行、機場、旅館），而米契納的作品則結合了旅遊見聞、地理課程，以及歷史教科書。其他受歡迎的作家如湯姆・克蘭西（Tom Clancy）和派翠西亞・康薇爾（Patricia Cornwell）雖然較屬於故事導向，但也在通俗劇情中大量採用了（有時候多到讓人消化不良）實際資訊。我有時會想，這類作家對在閱讀群眾中占了一大部分，認為小說是某種不道德、低品味的產物，得要說些「嗯，阿門，是的，我是看了在此填入作者的名字，不過只有在飛機上，或是在那些沒有CNN的旅館房間；況且，我還學到很多關於在此填入適當的科目名稱的事情。」這類話來驗明正身的讀者來說，也是極具吸引力的。

然而，對講究事實那一派的每位成功作家而言，他們有上百件（也許甚至上千件）想要做的事，有些順利出版了，但大多數則不會。大體來說，我認為故事應該擺在前面，不過有些研究是不可避免的；你若是逃避它，則是陷自己於險境之中。

一九九九年春天，我從我太太和我過冬的佛羅里達州開車回緬因州。在第二天的路上，我把車停在離賓州收費站不遠的小加油站加油，那是一間那種充滿有趣古風的小店，工作人員會走出店來，幫你加油，問你旅途可好，以及喜歡哪一支美國大學聯賽運動隊伍。

我告訴他我很好，而且喜歡杜克大學隊，然後我繞到小店後面去上廁所。在加油站後方有條滿布融雪的淙淙小溪，當我從男廁出來時，為了靠近一點看溪水，我朝著斜坡向下走了一小段路，坡旁散置著些廢棄的輪胎和引擎零件。地上仍有幾塊殘雪，我在其中一塊上滑倒，而且開始朝著堤防的方向滑下去。我伸手抓住一塊被某人廢棄的引擎零件，並且在我真的開始下滑的當口停了下來，不過當我站起身時意識到，如果我跌倒跌得好的話，我就有可能一路滑進那溪裡被水沖走。我突然感到好奇，如果事情真是如此，如果我那全新的別克轎車一直停在加油機前，加油站員工要多久才會通報警方？在我再次回到收費站時，我心中想著兩件事：我因為在加油站後跌倒而搞得濕答答的屁股，以及一個可以寫成故事的強烈靈感。

故事裡，一名身穿黑衣的神祕男子——有可能根本就不是人類，而是某種生物不精巧的偽裝——把他的車子棄置在賓州郊區的一間小加油站前。這輛車看起來像一輛五〇年代晚期的舊別克特別版，不過車子本身不會比它的主人看起來像人一樣的更像真的別克。這輛車落入杜撰出的西賓州路障區的一些警察手中。二十多年後，這些警察把這輛別克汽車的故事告訴一個因公殉職的警察之子。

這是個相當不錯的故事，而且可以發展成一部關於我們如何傳承知識與祕密的有力小說；這同時也是一個關於一部外星機具，三不五時跑出來生吞地球人的既冷酷又驚悚故事。當然還是有幾個小問題——事實上我對賓州警察一無所知是其中之一——但我並沒有讓任何一件事來對我造成困擾。我就直接捏造出那些我自己根本不知道的東西。

我可以這麼做是因為我關著門寫作——只寫給自己和我心中的理想讀者（我心中的塔比，和我現實生活中的妻子比起來沒那麼帶刺多了；在我的白日夢中，她常是用燦爛的眼神為我喝采，並催促我向前）。讓人記憶最深刻的其中一個橋段寫於波士頓艾爾特飯店十四樓的房間——我坐在靠窗的書桌旁，當我正寫到驗屍官正在勘驗一個狀似蝙蝠的外星人屍體時，波士頓馬拉松大賽的參賽者從我腳下蜂擁而過，而屋頂的廣播器大聲播放著斯坦德爾斯（The Standells）樂團的〈髒水〉（Dirty Water）。大約有一千人站在我腳下的街道，但我的房間裡卻沒有一個掃興的人來告訴我，我這段細節寫錯了或是西賓州警察不是這樣做事之類拉裡拉雜的事情。

這部標題為《從一部別克八號車開始》（*From a Buick Eight*）的小說，從一九九九年五月底完成初稿後，就一直被放在一個書桌的抽屜裡。進行這本書的計畫被超出我能掌控範圍之外的事情所延誤，不過我最終還是希望，並計畫能在西賓州待上幾週，在那兒我已獲得條件性許可，准許我和警察一起出勤（條件是——在我看來也不是全然沒有道理——我不可以在書中將警察描寫成低劣、瘋狂或愚蠢的角色）。一旦我這麼做了，我應該就可以改正我胡亂寫的糟糕部分，並加入一些真正好的寫作細節。

然而這種部分卻不會太多；研究做的是背景故事，而背景故事的關鍵字是「背景」。我在《別克八號》裡要說的故事是關於怪物和神祕事件，這不是一個關於西賓州警察值勤程序的故事。我要找的不外是一點逼真的感覺，就像你在義大利麵醬料中加入的一把香料，使它的味道更趨完美。這種逼真的感覺對任何一部小說來講都非常重要，不過我認為它對於一個描述奇異或不正常故事的作品來說又格外重要。還有，足夠份量的細節——總是要假設它們都是正確的——可以阻止那些明顯地以告訴作者他們哪裡寫得不好來為生的讀者，如潮水般湧入的抱怨信件（這些來信的口氣都千篇一律的令人愉快）。當你踏離「以所知來寫作」的常規時，研究就成了不可避免的事，這也可以增加你故事的可看性，只是不要成為搖著的狗尾巴般本末倒置；記住你在寫的是本小說，而不是一份研究報告。故事總是放在第一位。我想即使是詹姆斯．米契納和亞瑟．海利也會同意這個說法。

14

我常常被問到，我覺得剛開始寫小說的作家是否能從寫作課或研討會中獲益良多。問這問題的人，通常都是在尋找一顆有魔法的子彈、一項神祕的元素，或是小象湯寶那會飛的翅膀，而這些沒有一件是可以在教室，或是在閉關寫作的地方找到的東西，不管那些宣傳小冊子寫得有多麼吸引人，就我個人而言，我對寫作課存有質疑，但也並不是完全地反對它們。

在卡瑞格海森．包伊（T. Coraghessan Boyle，編按：小說《窈窕淑女》曾改編為電影）那美好的悲喜劇小說《東是東》（*East is East*）裡，有一段關於一片位在森林裡的作家領土描述，讓我感到像是童話故事一般的完美。每一位住在那裡的人都有屬於自己的小木屋可供他們度過寫作的時光。中午時分，從大木屋中走出來的侍者為這些未來的海明威和凱瑟（Cather，編按：此處指的是美國女小說家薇拉・凱瑟，著有《我的安東尼亞》等）們帶來了午餐盒，就放置在小屋前的台階上。非常「安靜地」放在台階上，像是避免打擾到小木屋中作家創作的源流般。每棟小木屋內都有一間寫作房；另一個房間裡則有一張專為那重要的午後小憩之用的陽春窄床……，或者，也可能是為了與其中另一位住戶來場如獲新生的激盪。

到了晚上，領地內所有的成員都集合在大木屋中，一起用晚餐並和其他居住於此的作家們來上一段令人陶醉的對談。稍晚，在壁爐的熊熊火光前，烤著棉花糖、爆玉米花、飲酒，居住者大聲朗誦自己的作品然後相互評論。

對我而言，這聽起來十足是個令人嚮往的創作環境。我尤其喜愛那段將午餐置於門口的部分，食物以猶如仙女在孩子枕頭下放置硬幣般輕巧的動作被放置在那裡。此種情景令人嚮往是因為就我目前為止的現實生活經驗來講，創作的源流似乎每每在我老婆傳來訊息，說家裡廁所的抽水馬桶塞住了，問我可不可以去修理；或是辦公室打來電話說我和牙醫的約會又快要再一次告吹時中斷。在那樣的時刻，我確信所有作家，不論他們的寫作技巧和成功與否，都會有差不多的感想：「天啊，如果我能置身於良好的寫作環境裡，身旁有體諒貼心的人作伴，我知道我一定就能夠寫出我的曠世鉅作。」

講實在話，我發現生活中一成不變的擾人和令人分心的事物，並不會特別妨礙工作的進行，事實上還可能在某方面成為工作上的助力。畢竟，最終將製造出珍珠的是滲進牡蠣殼中的那點小砂礫，而不是和其他牡蠣開的那些養珠研討會。而我一天中工作量越大——「我得做某事」而不是「我想做某事」的感覺越強烈——工作的困難度就越會增加。在作家的研習課中一件嚴重的問題就是「我得去做什麼」變成了常規。畢竟，你到課堂來不是為了像片孤寂的浮雲四處飄盪，體驗那森林之美或是群山的雄偉，你理所當然要寫作，真是要命，如此這樣你的同儕們才能在大木屋裡烤著那天殺的軟糖時有東西可以加以批評。同時另一方面，確定小孩們有準時到籃球營報到的重要性，也是一點都不亞於你正在進行中的作品，這樣能大量減少壓力的產生。

順便提一下，那些評論又如何呢？它們有何價值？抱歉，就我個人經驗而言，價值不大，它們絕大多數都是會令人發狂地模稜兩可。「我喜愛彼得的故事中那種感覺，」有些人也許會這麼說，「裡面有什麼東西……，一種我也說不上來的感覺……一種你知道的討人喜歡的東西……，我無法確切地形容它……。」

其他寫作研討會上如寶石般經典的句子包括「我覺得這種語調就是那種你知道的！」；「波莉這角色看來似乎很老套」；「我喜歡比喻的方式，因為我多多少少會更理解到他所描述的事情。」

而且，不但沒有用他們剛烤好的棉花糖丟這些喋喋不休的白癡們，其他圍坐在火爐旁的人還不時點著頭和微笑，看來一副嚴肅若有所思的樣子。大多時候，居住在這的講師們與作家們也會跟著他們點頭微笑、看來一副嚴肅而深思的樣子。似乎很少人會想到，如果你有一種你就是無法言喻的感覺，那就是了！但我不知道，以我的感覺，也許根本就是上錯課了吧！

不夠明確的評論對你坐下來寫第二次草稿不但毫無幫助，甚至可能造成傷害。上面的評論明顯地沒有一句有針對到你作品的語句，或是它的敘事風格；這些評論如風般吹過，毫無實質上的助益。

同時，每日的評論會強迫你必須一直打開著門寫作，而我認為這多少扭曲了它原本的用意。要侍者躡手躡腳靜悄悄地將午餐置於你的房門口，再以同等的熱心躡手躡腳無聲地離開這件事能有什麼好處，要是你每晚都對著一群自認是作家的人朗讀（或發送紙張影本）你的近作，讓這些人告訴你說，他們喜歡你處理故事語調和情緒的方式，但還是想知道桃莉的帽子，上面掛有鈴鐺那頂，是否是個象徵？加以解釋的壓力總是存在，而你大量的創作能量，在我看來，也就因此被引導到錯誤的方向。你會發現，在你也許應該像薑餅人跑步那麼快地寫作，趁腦袋裡化石的形狀仍然明亮清晰趕快把初稿寫下來的時候，你卻在不斷質疑自己文章的用句和寫作的目的。過多的寫作課會讓「等一下，解釋一下你那樣寫的意思」變成一種常規。

以絕對的公平來講，我必須承認我在此是有些偏見：在我少數幾次遭逢作家的創作瓶頸經驗中，有一次是發生在我於緬因大學念大四時，當時我選了不只一堂，而是兩堂創意寫作課（其中一堂就是我遇見未來妻子的研討課，所以這課似乎不能算是一無所獲）。我那學期大部分同學都在寫有關性渴望的詩，或是不被雙親了解的憤怒青年們準備去越南的故事。有一位年輕的女士寫了頗多關於月亮和她生理週期的作品；在這些詩中，月亮「the moon」總是以「th m'n」的形式出現。她無法解釋為什麼一定要這樣子寫，但我們都多少感受到了：「th m'n」，是的，收到了，同學。

我把我的詩作們帶去課堂上，但回到宿舍房間裡卻有個我私人的小祕密：一本寫了一半、描述青少年幫派準備發動種族暴動的小說手稿。他們藉暴動作幌子，洗劫哈定市，我小說版的底特律（我從未沒接近過底特律周圍六百哩以內，但我可沒讓這件事阻礙甚或減緩我的寫作）裡二十多個放高利貸的組織和非法販毒集團。這本《黑暗之劍》小說和其他同學嘗試著要完成的作品相較之下，在我看來實在非常庸俗；我想那也是為什麼，我從不曾將作品的任何一部分帶到課堂上接受批評指教。而事實上這本小說比我那些以性飢渴，與後青少年強說愁等為題材的詩作要更為優秀，但似乎更為真誠這件事只是讓事情更糟。結果是一段一事無成的四個月，我所做的就是喝啤酒、抽Pall Malls香菸、讀約翰·麥肯唐納的平裝書，以及收看下午的日間肥皂劇。

寫作課和研討會至少提供了一個好處：在這裡，想要去認真寫小說或新詩的慾望能夠得到認真的對待。對那些曾經被他們的朋友和親人們，寄以同情眼光加以揶揄的有抱負作家來講（「你最好還是先別把工作辭了吧！」是很常聽到的一句話，通常說的時候還會加上一個可怕的Bob's-yer-uncle，譯註：以芝加哥為駐地的搖滾樂團式微笑），這是件很棒的事。就算再也沒有別的地方了，在寫作課中，你仍被允許投注大量工作之餘的時間在你自己那小小的夢中世界。然而——你真的需要別人的允許和大堂通行證才能到達那個地方嗎？你需要別人幫你做一張上頭寫著「作家」的名牌才能相信你真的是個作家嗎？老天，我希望不是這樣。

另一個推崇寫作課的理由是和那些教課的男人女人們有關。在美國，有成千上萬有才氣的作家辛苦工作著，卻只有少數人（我想這數字有可能低到差不多百分之五）可以靠寫作來養家活口。雖然總有一些高額獎助金可以申請，但還是僧多粥少。至於由政府來提供創意作家補助金，還是省省這個想法吧！菸草津貼，當然有；研究未經保存的公牛精子活動力的研究基金，當然有。補助創意寫作的津貼，則從來沒有過。我想，大部分的投票者會同意，除了諾曼．洛克威爾（Norman Rockwell，美國著名漫畫家）和羅柏特．佛洛斯特（Robert Frost，美國著名詩人）之外，美國很少對他那從事創作的人民給予太多推崇；總體來看，我們還對富蘭克林·敏特（Franklin Mint，美國出產汽車模型的知名公司）的紀念版，和網路電子賀卡顯然更為有興趣。如果你對此感到厭惡，那就算你倒楣，因為事情就是這樣。美國人對電視猜謎節目，比對瑞蒙·卡佛（Raymond Carver，譯按：近代最具影響力的美國作家之一，文字風格極簡冷調）的短篇小說要有興趣多了。

對許多薪水過低但充滿創意的作家來說，最好的出路就是讓他們把所知傳授給他人。這可以是件好事，而當新手作家有機會面對和聆聽他們長久以來就滿心仰慕的寫作老手也是一件很好的事。要是寫作課最後換來了一紙合約，更是好事一樁。我的第一位經紀人莫里斯·克萊恩，就是承蒙我大二寫作課老師艾德溫·何姆斯（Edwin M. Holms），著名的地域性短篇故事作家推薦而來的。在看過幾篇我在Eh-77課（一堂偏重小說的寫作課）上創作的故事後，何姆斯教授問克萊恩有沒有興趣看看我的作品選集。克萊恩同意了，但我們之間從來沒有太多交往——他那時已八十高齡，身體不好，在我們第一次聯繫後不久就過世了。我只希望不是因為我那第一批作品害死了他。

你對任何寫作課或研討會的需要，不會大過於對本書或其他有關寫作的書。福克納是在密西西比州牛津城的郵局裡學習到他的本領，其他的作家則是在他們於海軍服役、在鋼鐵廠工作、在美國出色的監獄大飯店裡等不同時間學習到寫作的基礎。我畢生工作中最有價值的（也是最具有商業性的）東西，是我在邦加鎮上新富蘭克林洗衣店裡清洗汽車旅館床單和餐廳桌布時學習到的。藉著多寫多讀才能學得最好，而其中最有價值的課程是由自我學習而來。這些課程幾乎都是在寫作室的門關上時發生。在寫作課中的研討常常是一種智性的啟發和無上的樂趣，但這些討論也時常偏離了寫作裡實際的基本功夫。

仍然，我假設你們有可能最後會告終在一個類似《東是東》裡森林中的作家領地：你自己位在松林中的小木屋，設備完善裝設有文字處理機、新的磁片（想到有一盒全新的電腦磁片或是一大疊白紙，不會讓人興奮嗎？）、在另一房間中供午後小憩用的窄床，以及躡手躡腳來到你門前台階的女士，放下你的午餐盒，然後再次輕巧地離去。我猜想，那應該不錯。如果你有機會得以參與這樣的寫作環境，我會說你最好趕快行動。你可能學習不到什麼寫作的祕訣（其實根本沒這回事——吃驚嗎？），但那一定會是一段愉快的時光，而愉快的時光總是深得我心的一件事。

15

除了「你的靈感來自何處？」每一個作家最常被那些想要出版作品的人問到的問題是「你是怎麼找到經紀人的？」與「你如何和出版界搭上線？」問這些問題時的語調通常是不知所措、有時有點懊惱、時常還有些生氣的。人們常有的懷疑是，大多數能成功出版作品的新作家之所以能夠有所突破，是因為他們在業界裡有人脈、有後台。而其根底的假設是出版業就是一個規模龐大、快樂、小團體式的封閉家族。

這不是真的。同樣不是事實的還有經紀人是一群自大、不可一世的傢伙，就算死也不會讓他們沒有戴手套的手碰觸到不請自來的手稿（好吧！業界裡還是有幾個這樣的傢伙）。事實是，經紀人、出版社和編輯全都在尋找下一個可以賣出很多書賺進大把鈔票的熱門作家……，而且，還不只是搶手的「年輕」作家而已。海倫・桑梅（Helen Santmyer）是在一間退休之家時出版了《……仕女俱樂部》（*...And Ladies of the Club*）。當法蘭克・麥考特（Frank McCourt）出版《安琪拉的灰燼》

（*Angela,s Ashes*）時年紀是稍微輕一點，但也絕不是個年輕小夥子了。

當我還是個剛開始在一些青少年和成人雜誌上發表作品的年輕小夥子時，我對出版自己的作品這件事十分樂觀；我知道我有些戰績，就像現今籃球運動員說的那樣，而且我也覺得時代潮流是站在我這邊的；早晚那些六〇、七〇年代的暢銷作家會相繼凋零，像我這樣的新進作家大展身手的空間就出現了。

我更加知道自己還有超越《騎士》（*Cavalier*）、《假紳士》（*Gent*）和《監牢》（*Juggs*）等雜誌外的世界等著去征服。我希望自己的作品能夠找到正確的市場，而這意味著我得在大多數提供高額稿費的雜誌（如當時大量刊登短篇小說的《柯夢波丹》），而且根本不會看不請自來的小說稿件一眼，這個令人困擾的事實之外另謀出路。而答案，在我看來，就是去找個經紀人。如果我的小說夠好，以我單純但又不會完全不合邏輯的思考模式推斷，經紀人應可幫我解決所有問題。

我直到很久之後才發現並不是所有經紀人都是好的經紀人，但一個好的經紀人除了可以想辦法讓《柯夢波丹》的編輯看看你的小說外，還有其他不少的用處。不過當時年輕的我尚未了解到，在出版世界裡有一些人——事實上為數還不少——會不擇手段地剝削作家的血汗錢（steal the pennies off a dead man's eyes，原意：偷死人眼睛上蓋著的銅板・西方習俗會在死人眼睛上放上銅板，讓他在陰間能付得起過河費，因此偷死人的錢表示為了錢不擇手段，連送人下地獄都無所謂）。對我來說，這並不是什麼大問題，因為在我頭幾部小說實際成功地找到讀者群前，我沒什麼可供別人剝削。

你「應該」要有位經紀人，如果你的作品是適於銷售的話，那要找一個經紀人對你而言應該不會有太多麻煩。即使你的作品賣相不好，只要有潛力，你也許還是可以找到個經紀人。那些以打球混口飯吃的小聯盟棒球選手的經紀人，也寄望他們的年輕客戶有朝一日能升上大聯盟；同樣的原因，文學經紀人通常也願意經手那些發表作品還不多的作家・就算你作品的發表資歷僅限於以贈書代替稿費的「小雜誌們」——經紀人和出版書商通常都把這些雜誌看作為新進天才作家的試驗場。

你一開始一定要靠自我努力，意思是說你必須去閱讀那些刊登和自己作品風格相近的雜誌。你也應該選一些作家期刊，並買一本《作家市場》（*Writer's Market*），它們對那些剛剛進入出版市場的作家們而言，是最有價值的工具書。如果你真的很窮，要求別人送你這書當聖誕禮物，雜誌和《作家市場》（這書的卷冊超大，但標價合理）上都列有書本及雜誌出版商的名單，還包含了一份描述各市場出版的作品屬性的簡短介紹。你也可以在此找到適合銷售作品應有的長度，以及編輯的名字。

作為一位新手作家，如果你寫的是短篇故事的話，你會對一些「小雜誌」最感興趣。如果你正在寫或是已經完成了一部小說，你會想要照會一下寫作雜誌和《作家市場》裡列出的文學經紀人們。你也可能會想要在你的參考書書架上多放一本《文學市場——圖書出版業名錄》（*Literary Market Place*，簡稱 *LMP*）。在尋找經紀人或是出版商時，你必須要謹慎、小心和勤勉，不過——這段話有重複提醒的必要——你能為你自己所做到最重要的事，就是去「研讀這個文學市場」。看看《作家文摘》上的簡短介紹可能會幫得上忙（……大多為出版主流小說，兩千到四千字，避免充滿刻板印象的人物角色，以及了無新意的愛情場景），不過一篇簡介，能帶給我們的，畢竟就只是篇簡介而已。沒有先研讀文學市場就把故事投稿出去，就像是在黑暗的房間裡玩射飛鏢一樣——你也許三不五時會有命中標靶的時候，但這不是你應得的成果。

這裡要說一個有抱負作家的故事，我稱他為法蘭克。事實上法蘭克是三位我所認識的年輕作家之綜合體，二男一女。他們都在二十多歲時即在作家這行享有些許成就；但在寫本書時，沒有人開勞斯萊斯汽車。我相信三個人將來，就說是在四十歲前吧，也許都會有所突破，三個人都將會定期地發表作品（而且其中一人可能會有酗酒問題）。

法蘭克所代表的這三個人有著不同的興趣，寫作風格與調性也不一樣，但面對擋在他們和成為出版作家之間阻礙所採取的方式，卻又相似得讓我能夠自在地把他們三人合而為一。我同時也覺得其他的新進作家們——比如說你，我親愛的讀者——有可能會做出比跟隨法蘭克腳步更為悲慘的事。

法蘭克主修英文（你不需要主修英文才能成為一位作家，不過如果是這樣的話，當然也絕無害處），當他還是位大學生時便開始投稿給雜誌。他選修了幾堂創意寫作課程，而許多他投稿的雜誌就是寫作課老師推薦給他的。不管老師有沒有推薦，法蘭克都仔細地閱讀每本雜誌裡的故事，然後把他的作品依照自己的感覺投稿給他認為最適合的雜誌社。「有三年時間，我把《故事》雜誌上的每篇文章都讀遍了，」他說，然後笑了。「我大概是全美國唯一夠資格這麼講的人。」

不管是否有仔細閱讀雜誌，法蘭克在大學期間並沒有在那些市場上發表過任何作品，雖然他確實有在校園內的文學雜誌（我們稱它為《權利季刊》）上刊出過十二篇左右的作品。他接到過幾家他所投稿的雜誌社，轉來由讀者寫的個人退稿信函，這包括了《故事》雜誌（女性版本的法蘭克說，「他們還欠我一張退稿信！」）與《喬治亞書評》（*Georgia Review*）。這段期間法蘭克也投稿《作者文摘》和《作家》，他仔細地閱讀這些雜誌，並注意其中有關經紀人的文章，以及隨附著的經紀公司名單。他把幾個他覺得和他有相同文學興趣的名字標上記號。法蘭克特別注意那些言明喜歡「高衝突性」故事的經紀人，這是懸疑故事另一種較文學性的稱呼，法蘭克對懸疑故事情有獨鍾，也對犯罪和超自然現象的故事十分著迷。

大學畢業後一年，法蘭克收到第一封作品採用信函——哦，這真是快樂的一天。信來自一家在少數報攤販售，不過主要是以訂戶為主的小雜誌社；讓我們姑且稱之為《蛇王》（*Kingsnake*）。雜誌編輯提出以二十五元加上一打作者贈書，買下法蘭克那一千兩百字的短篇故事〈後車廂裡的女士〉。當然，法蘭克欣喜若狂；像是飛到了九霄雲外．所有的親朋好友都接到他的電話，甚至包括那些他不喜歡的人（我猜，「尤其」是那些他不喜歡的人）。二十五塊錢不夠付房租，甚至不夠買法蘭克和老婆一星期的雜貨費，但這是對他雄心壯志的一種肯定，我想任何新進作家都會同意那是無價的：「有人想要我的作品！耶！」這還不是唯一的好處。這也是一種資歷，一顆法蘭克從現在開始要往坡下滾動的小雪球，希望在到達山底時，會變成一個石頭般的大雪球。

六個月後法蘭克又售出了另一個故事給一家名為《松屋書評》（*Lodgepine Review*）的雜誌（如同《蛇王》，《松屋書評》是一間複合式雜誌社）。只是用「賣」這個字眼似乎過於強烈；因為預計給法蘭克〈男人的二種典型〉的稿酬是二十五本作者贈書。然而，這又是另一項資歷。法蘭克在接受函上簽名（天啊！他幾乎愛死了那在他的簽名空白處之下印的一小行字——作品所有者），並在隔天寄了回去。

悲劇在一個月後襲來，它以一封正式信函的型式出現，收信人寫的是「親愛的《松屋書評》投稿者」。法蘭克抱著一顆下沉的心讀著這封信，有筆資助金沒有得到繼續，《松屋書評》因此成為偉大作家們空想的工作園地，即將發行的夏季號將是最後一本。而很不幸的，法蘭克的故事被延到秋季號。信的結尾祝法蘭克好運，得以把作品發表在其他地方。在信的左下角，某人潦草的寫了四個字：「遺憾之至」。

法蘭克也是感到遺憾之至（就算灌了些廉價酒下肚，醒來又被其引起的宿醉而苦，他和他的妻子卻感到更加沮喪），但是失望並未阻斷他把他那差一點就得以出版的短篇故事馬上拿去繼續投稿。此時，他有六份稿件在外流動，他仔細地記錄它們曾經投稿至何處、在每一處得到回應又為何；他同時也持續追蹤一些他已建立起些許人脈的雜誌，就算那所謂的人脈可能除了退稿上潦草的兩行字及一塊咖啡污漬外，什麼都沒有了。

就在關於《松屋書評》的壞消息傳來後一個月，法蘭克得到一些非常好的消息；這些消息來自一封他從來沒聽過的人寫來的信。這位仁兄是一本名為《寒鴨》（*Jackdaw*）的新進小雜誌的編輯，他正在為雜誌的創刊號徵稿，而他有位學校時期的老友——事實上就是近期才停刊的《松屋書評》編輯——向他提起法蘭克那篇未及刊出的作品。如果法蘭克尚未找到發表作品的地方，《寒鴨》的編輯十分希望能夠看一看它。雖不保證什麼，不過……。

法蘭克不「需要」什麼保證；和所有新進作家一樣，他所需要的只是一點小小的鼓勵，以及無限供應的外帶披薩，他把作品附上一封感謝函後寄出（當然也寄了封感謝函給之前在《松屋書評》的編輯）。六個月後〈男人的二種典型〉出現在《寒鴨》創刊號上。就像其在其他許多白領／粉領行業裡一樣，在出版業裡也扮演著重要角色的「校友網路」（The Old Boy Network，意指校友間互相聯繫的人脈關係），又一次獲得勝利。法蘭克因此篇故事得到的稿酬是十五元稿費、十本作者贈書，以及又一個非常重要的資歷。

來年，法蘭克找到一份在中學教英文的工作。雖然他發現要在白天教書和改學生報告，然後晚上再來寫作是一件極其困難的事，他仍持續努力下去，寫寫新的短篇故事、把它們投稿出去、收集退稿信函，以及偶爾讓幾篇已經投過各個他所能想到的雜誌的故事「退休」。他告訴他的妻子：「當我的個人選集終於得以出版時，把它們放在裡面會看起來不錯。」我們的英雄還找了份兼職，為鄰近城市的一份報紙撰寫書評和影評。他是一個非常、非常忙碌的人，雖然如比，在他心裡深處，他已經開始考慮要寫本小說。

當被問到說對一位正要開始投搞小說的年輕作家來說，什麼是要牢牢記住的最重要之事時，法蘭克在回答前只想了幾秒鐘，「好的作品呈現。」

什麼？

他點點頭：「好的呈現，絕對是。當你寄出你的作品時，在手稿前一定要附上一封簡短的說明信，告訴編輯你曾在哪裡發表過其他作品，再花個一兩行介紹一下本篇作品。而且你應該在信末感謝他撥冗閱讀你的作品，這是特別重要的。」

「你投稿的用紙應該是一種等級好的銅版白紙——不是那種滑溜溜、會掉色的紙張；你的稿件內文行距應為雙行間距，並且應該在第一頁的左上角寫上你的地址——附上你的電話號碼也無妨。在右上角標明稿件大約的字數。」法蘭克停了一下，笑了笑，接著說：「別想造假，大部分的雜誌編輯只要看看你印出來的東西，迅速翻個兩頁就知道作品有多少字了。」

我還是對法蘭克的答案感到有點訝異；我本來期待答案會少一點基礎寫作要點

的味道。

他說：「一旦你步出校園就馬上會變得比較實際，想在這個業界找到一個自己的立足之地。我學到的第一件事就是，除非你看起來很專業，否則你不會得到任何的回音。」他音調裡帶著的某種東西讓我覺得，他認為我早已忘了事情在入門階段時會有多辛苦，而也許他是對的。畢竟，自從我把退稿釘在臥室牆上的日子算來，已幾乎過了四十年了。「你不能強迫別人喜歡你的故事，」法蘭克結束時說，「但你至少可以把它弄得讓別人比較容易去喜歡它。」

當我寫這本書時，法蘭克的小說仍在進行當中，但他的前途看來一片光明。目前為止他已出版六篇短篇故事，並以其中一篇贏得一座相當具有聲望的大獎——我們就稱之為明尼蘇達文藝青年獎（雖然在法蘭克複合體中，沒有一人實際上是住在明尼蘇達州）。該獎項的獎金有五百元，是到目前為止，他的作品所帶來最高額的酬勞。他已著手小說的創作，而當它完成時——他預估為二〇〇一年的早春——一位頗負盛名的年輕經紀人理查・強斯（Richard Chams，也是化名）已同意為他處理一切事宜。

在法蘭克開始認真對待他的小說的差不多同時間裡，他開始認真的想要尋找一位經紀人。「我不想在投注那麼多心力完成作品後，還要面對不知如何去銷售它這個頭痛的問題。」他告訴我。

根據他在《文學市場》上的探索，以及《作家市場》裡的經紀人名單，法蘭克寫了整整十二封信，每一封信除了問候語之外，內容完全一樣．下面是信的範例：

……………………………………一九九九年六月十九日

親愛的○○○：

我是個年輕作家，今年二十八歲，正在尋找一位經紀人。我從《作家文摘》上「新潮流經紀人」一文中得知您的大名，覺得我們的理念也許彼此契合。自我認真於寫作以來，我已發表過六篇短篇故事。分別是：

〈後車廂裡的女士〉／《蛇王》／一九九六年冬季號／稿費二十五元加贈書

〈男人的二種典型〉／《寒鴨》／一九九七年夏季號／稿費十五元加贈書

〈聖誕節煙霧〉／《神祕季刊》／一九九七年秋季號／稿費三十五元

〈重擊，查理腫了一塊〉／《公墓之舞》／一九九八年一——二月號／稿費五十元加贈書

〈六十個卑鄙小人〉／《皺紋刷子評論》／一九九八年四——五月號／贈書

〈在樹林中的漫步〉／《明尼蘇達書評》／一九九八至一九九九年刊／稿費七十元加贈書

如果您有興趣的話，我非常樂意將上述的任一作品（或其他六篇左右目前正在進行的作品）寄給您。我特別以〈在樹林中的漫步〉這篇作品為傲，它為我贏得明尼蘇達文藝青年獎。獎牌掛在我們起居室牆上看來十分相稱，而獎金——五百元——可讓一星期左右的生活過得看來十分充裕，實際上存進了我們的銀行戶頭裡（我已結婚四年；妻子瑪喬瑞和我均在學校任教）。

我現在之所以要尋找個代表我的經紀人，是因我目前正在創作一篇長篇小說，

這是部懸疑故事，講說某個男人因為二十年前在他家鄉發生的連續殺人案而遭到逮捕。作品的前八十頁左右寫得相當不錯，我也很樂意把它寄給您一讀。

請與我保持聯絡，並讓我知道您是否有興趣閱讀一些我的作品；同時，感謝您撥冗閱讀我的信。

此致

×××敬上

法蘭克附上了他的電話與地址，而他的目標經紀人之一（不是理察．強斯）實際上也來電和他談過，有三位經紀人回信要求看他那部有關獵人迷失在森林裡的得獎作品，六位經紀人要求看他小說的前八十頁。換句話說，法蘭克得到相當大的回響——只有一位他寄信過去的經紀人對他的作品毫無興趣，還引證了一份客戶已滿額的單子。在他稍有相識之人的「小雜誌」世界之外，法蘭克在出版界裡完完全全是一個人都不認識——連一個可以聯絡對象也沒有。

「這真是神奇，」他說，「完全太令人驚訝了，我原本預期只要有人回應我就點頭——如果有任何人回應的話——就算是幸運了。然而，我現在反而還有選擇的機會。」他把他成功找到數個可能經紀人的成果歸因於幾件事：第一，他寄出的那封信措辭文雅（「那花了我四次草稿以及和老婆的兩次爭論，才把那非正式化的語氣適當的表現出來。」法蘭克說）。第二，他可以提供一份曾經發表過的短篇故事的實際名單，以及一份大略的簡表，雖然沒有多少稿費，但那些雜誌都在圈內深受好評。第三，其中一篇作品得過文藝獎。法蘭克覺得那有可能是個關鍵。我不知道那是否是個關鍵，但它絕對是無傷大雅的。

法蘭克也很聰明地向理察・強斯和其他所有他去函的經紀人，索取一份他們在業界的往來名單——不是一份客戶名單（我不知道經紀人公布他們的客戶名單這件事是否稱得上道德），而是這經紀人曾經賣出過書的出版社，與曾經賣出過短篇故事的雜誌清單。要欺騙一個極度渴望出版作品的作家是很容易的。新進作家必須記得，任何一個口袋裡有幾百元的人，都可以在《作者文摘》上刊登廣告自稱是個文學經紀人——這一點都不像是你要經過什麼檢定考試或是類似的東西。

你應該特別小心的是那種會要求付費才閱讀你的作品的經紀人。他們有少數是極負盛名的（史考特．馬瑞迪斯經紀公司曾經要求付費閱稿；我不道知他們現在是否仍然如此），但其他太多則是沒有道德的混蛋。我會建議如果你真的那麼急於出版作品的話，你就跳過尋找經紀人或是寫自我推薦信給出版商這一步，直接找個專門為人自費出版書籍的出版社。這樣你至少會得到相當於你付出金錢價值的東西。

16

我們即將接近尾聲。我懷疑我是否涵蓋了你們需要知道，如何成為一個好作家的所有事情，我也確定我尚未回答你們所有的問題，不過我至少已經以些許的信心，把我所能討論的寫作各個面向作了詳細的解釋。然而，我必須告訴你們，我在寫這本書的過程中，信心就像是物資短缺時期的民生日用品，我當時所擁有的是身體上的病痛和自我懷疑。

當我把「寫一本有關寫作的書」這想法呈給斯克里布納（Scribner）出版商時，我自覺對這個主題有相當的了解；我的腦中充斥著很多不同想法希望告訴大家。也許我的確是知道不少，但有些東西後來卻顯得呆鈍無趣，而大多數剩下來的部分，我發現，與其說是任何「深層思考」之代表，其實卻和本能比較有關係。我也發現要想闡明那些天生直覺的東西真是奇難無比。同時，就在本書寫到一半時發生了某件事情——如同人們所說，一件人生中的重大轉變。我稍後會告訴你們。現在，你們只要知道我已經盡了全力就夠了。

還有一件事需要加以討論，這件事與我那人生的重大轉變有直接關係，也是一件我已經在前文提到過的事情，雖然是以間接的方式。現在我打算正面對著它。這是一個人們常常以不同方式問我的問題——有的時候態度有禮，有的時候則很粗糙，但內容千篇一律：親愛的，你是為錢才寫作的嗎？

答案是否定的。現在不是，也從來都沒有過。沒錯，我是靠我的小說掙得豐厚收入，但我從不曾在寫下任何一個字時，想著自己可是被人付錢這麼做的。我曾經為了朋友而寫作——一般俗話就是相互吹捧——但就算講得最難聽，你也就只能稱之為一種不成熟的實物交換罷了。我寫作是因為它充實了我自己。也許它幫我付了房貸，也讓孩子完成大學學業，但這些事都是次要的——我是為了感到興奮而寫作；我為求寫作中單純的快樂而寫。而如果你能為了樂趣而寫作，你就能夠永遠地寫下去。

曾經有些時候，寫作對我而言是一種信念的表現，是絕望眼中所見的一場及時雨。本書的下半段便是以如此的信念寫成。我把它勇敢的一吐為快，就像我們在孩提時常常講的那樣。寫作不是生活，但我想有的時候它可以是幫助你起死回生的一條途徑，這是我在一九九九年夏天所領悟到的事，當時有個開著一輛藍色廂型車的男子幾乎置我於死地。

後記

論生活

1

當我們待在西緬因州的避暑別墅時——一幢和《白骨袋》中麥克·努南老家非常類似的房子，我每天都散步四哩，除非下著傾盆大雨。散步途中有三哩是在滿布風吹過森林而帶來塵土飛揚的路上；有一哩則在五號公路上，那是一條來往於伯特利和佛萊柏格間的雙線高速公路。

一九九九年六月的第三個禮拜是一段對我和妻子而言特別開心的日子；我們的孩子們，如今皆已長大成人散居國內各地，全部都回到家裡團聚。這是近六個月來，我們全家人第一次待在同一個屋簷下；另外一份額外大禮是，我們三個月大的長孫也回來了，高興地拉扯著一個綁在他腳上的氣球。

六月十九日那天，我開車送我的小兒子到波特蘭機場，他在那兒搭機飛回紐約市。我獨自開車回家，小睡了片刻，然後出門進行我例行性的散步。我們計畫那天晚上一家人到鄰近的新罕布夏州北康威市去看電影《將軍的女兒》（*The General's Daughter*），而我想我應該剛好有足夠的時間在呼喚大家出門之前出去散散步。

就我所能記得，我在那天下午四點左右出門散步。就在快要走到主要幹道前不久（在西緬因州，任何一條中間有白線分隔的路就可稱得上是主要幹道），我走進樹林裡小解，這是當我能夠再度站著做這件事時的二個月前。

當我走到公路上後就轉而朝北行進，走在碎石路肩上，逆著車行方向。一輛轎車從我身邊駛過，也是朝北行進，就在前方約四分之三哩遠處，駕駛那輛轎車的女士注意到一輛向南行駛的淺藍色道奇廂型車，那輛廂型車從路的一邊到另一邊轉著圈子，駕駛幾乎無法控制，當他們有驚無險地閃過那輛晃動的廂型車後，轎車裡的女士轉頭對身旁的乘客說：「之前在那散步的是史蒂芬・金，我實在希望廂型車裡那傢伙別撞到他才好。」

我所散步的五號公路沿路上大部分景色十分優美，但路途中有一段伸展出來的空間，一座短而陡峭的丘陵，在那個地方，朝北行進的行人只能稍稍看到迎面而來的事物。當布萊恩・史密斯，那藍色廂型車的駕駛已經快要開到丘陵的頂端時，我正走到丘陵上坡四分之三處。他沒有把車開在車道上，而是在路肩上，「我」的路肩，當時我大概有四分之三秒鐘可以對此做出反應。這個時間剛好夠去想：「天啊！我要被一輛校車撞到了！」我開始轉向我的左手邊。我的記憶至此有一段中斷。等我回過神來，我躺在地上，看著旅行車的車尾，車子當時已駛離路面並往一邊傾斜。這段記憶回想非常的清晰明確，說是記憶倒更像是照相機快門抓取的景象。旅行車的尾燈周圍布滿灰塵，車牌和後車窗都很髒，我在沒有意識到自己已經出了意外，或是意識到任何其他事情的情況下記錄下這一切，就像張攝影的景象，如此而已。我什麼都沒想；腦袋裡一掃而空。

在此我的記憶有另一段中斷，然後我用左手非常小心地擦去眼睛附近滿手的血，當我的眼睛可以清楚地看到東西時，我四處張望，看到有個男人坐在不遠處的石頭上。他的大腿上放著一把手杖，這就是布萊恩・史密斯，四十二歲，這男人用他的廂型車撞倒了我，史密斯違規肇事紀錄一籮筐；他有近乎一打的車禍相關肇事紀錄。

在我們生命相交這個下午，史密斯開車時並沒有看路，因為他的洛威拿犬從他廂型車的最後面跳到後座來，後座有個怡可牌的小冰箱，裡面存放著些冷凍肉品；這隻洛威拿犬的名字叫子彈（史密斯家裡還有一隻洛威拿犬；那隻的名字叫手槍），子彈開始用鼻子去頂小冰箱的蓋子。史密斯轉過頭試圖把子彈給推開，當他越過小山丘時，眼睛還是看著子彈，把狗的頭推離冰箱；當他撞到我的時候，他還是看著子彈並推開牠。史密斯稍後告訴他的朋友，他以為自己是撞上了「一頭小鹿」，直到他發現我沾滿血跡的眼鏡躺在他車子的前座上。它是在我試著閃躲史密斯的車子時從我臉上被撞飛了出去，鏡框被壓到變扭曲了，但鏡片卻沒破，那是我現在正戴著的眼鏡，在我寫著此書的當下。

2

史密斯看到我清醒過來，告訴我救護車已在路上，他平靜地這麼說，他的樣子甚至還帶點喜悅。當他腿上放著手杖坐在石頭上，好像在說：「我們兩個是不是真的走了狗屎運啊？」他後來告訴調查員，他和子彈從他們之前待的露營營地離開，因為他想去「買些那種他們放在店裡賣的格子巧克力棒」。當我數週後聽到這件小細節時，不禁讓我想到，我差點被一個從我自己小說中跳出來的人物給殺了。這事幾乎讓人覺得好笑。

「救護車在路上了。」我這麼想著，而這應該是件好事，因為我正身處於車禍帶來的地獄裡。我躺在水溝裡，滿臉是血，右腿疼痛不堪，我把視線往下移，看到一些我不想看到的東西：我大腿的前半部現在看來向旁斜側，就好像我整個下半身往右邊被扭轉了半圈。我回頭看著那個拿著手杖的人說：「請你告訴我這只是脫臼。」

「不，你的腿斷成五或六截了。」他說。和他的表情一樣，他聲音帶著愉悅，一副不怎麼有興趣的樣子，感覺上他像是透過電視看著這一切，嘴裡還邊吃著那格子巧克力棒當點心。

「我很抱歉。」我告訴他——天曉得為什麼——然後又昏了過去一小段時間，那感覺不像是失去知覺；更像是記憶的片段被四處切斷。

當我再次醒來，一輛橘白色的救護車正停在路旁，車頂上的號誌燈一閃一滅，一位急救人員——他的名字是保羅·菲利布朗——跪在我的身邊，他正在做著什麼，我想是剪開我的牛仔褲吧！雖然那也有可能是晚點的事。

我問他可不可以給我一根菸，他笑著說絕對不行。我問他我是不是快死了，他跟我說不會，我不會死，但我需要儘快去醫院。我比較想要被送去哪家醫院，是挪威——南巴黎那家或是在布吉頓那家？我告訴他我想去布吉頓的北庫柏藍醫院，因為那是我的小兒子——就是我剛剛才送去機場的那個兒子——二十二年前出生的地方。我又問了菲利布朗一次我會不會死，而他也再次回答我說不會。然後他問我可否動一動我右腳的腳趾頭。我擺動了一下腳趾，想起我媽曾經常常唱的一首兒歌：「這隻小豬到市場，這隻小豬留在家。」我想我是應該留在家裡的；今天跑出來散步實在是個壞主意。然後我又想起有時候當人們癱瘓時，他們會以為自己在移動，實際上卻沒有。

「我的腳趾，它們有動嗎？」我問保羅．菲利布朗，他回答有，而且是正常健康的擺動。「你對天發誓？」我問他，而且我想他沒有騙我。我又開始要失去意識。菲利布朗問我，非常緩慢又大聲地，對著我的臉彎下身，我太太是不是在湖邊的別墅裡，我記不得了。我不記得我們家任何一個人在哪裡，但我還是給了他我們大房子的電話號碼，以及另一個是離湖稍遠處、我女兒偶爾會去住的小木屋的電話號碼。見鬼了，我還可以給他我的社會保險號碼，如果他有問我的話。我記得所有的號碼，只是其他所有東西都一片空白。

其他人員相繼抵達。某處一具無線電對講機傳來斷斷續續警察的聲音。我被放在一具擔架上，搬動時的疼痛讓我大叫出來。我被推進救護車裡，警察的聲音也變得更近，救護車的車門關上後，前座有個人說：「你要確實地固定好喔。」然後就開車了。

保羅·菲利布朗坐在我身邊，他手上拿著一把大剪刀，告訴我他要把我右手中指上的戒指剪斷——那是一九八三年塔比給我的婚戒，在我們實際結婚的十二年後。我試著告訴菲利布朗，我把它戴在右手是因為真正的婚戒還戴在左手的中指上——那對花了我十五塊九毛五在邦加鎮上的黛絲珠寶店裡買的原版婚戒；換言之，那第一只婚戒只值八塊錢，但似乎頗管用的。

我好像有點語無倫次，也許實際上保羅·菲利布朗可能根本聽不懂我的意思，但是當他從我腫脹的右手剪下那第二只比較貴的戒指時，他一直不斷地點著頭並微笑。二個多月後，我打了通電話給菲利布朗致謝；我到那時已了解到他也許救了我一命，除了採取正確的第一時間急救程序，然後又以大約一百一十哩的時速，疾駛過到處修補顛簸的石子路把我送進醫院。

菲利布朗向我保證是我太客氣了，然後暗示也許是冥冥之中有人庇護著我。他在電話中告訴我：「我從事這工作二十年了，當我看到你躺在水溝裡的樣子，再加上其他撞擊的傷口，我想你有可能撐不到醫院了。你真是個幸運兒。」

因為撞擊後的傷害太過嚴重，因此北庫柏藍醫院的醫生們決定將我轉院；有人叫來了醫療直升機將我送往位於李文斯頓的中緬因州立醫學中心。同時，我的太太、大兒子和女兒都趕到了醫院。孩子們被允許做短暫探視；而我的太太則可以留下來較長的時間。醫生們向她保證雖然我的傷勢很嚴重，但不會有生命危險。我的下半身已被包紮起來。塔比並未獲准看看我下半身是如何有趣的往右側扭曲，不過她被允許幫我擦拭臉上的血跡，並清理頭髮裡的玻璃碎片。

我的頭皮上有一道很長的傷口，是我撞上布萊恩·史密斯的擋風玻璃的結果。這個撞擊離駕駛座側擋風玻璃的支撐鋼條不到兩吋。如果我撞上了那個，我很可能就此命喪黃泉或終身昏迷，成了一棵有腳的植物；如果我撞上五號公路地面上突起的碎石，我也可能命喪黃泉或終身癱瘓，但我沒有撞到它們；我被撞翻過了廂型車，騰空飛了十四呎，不過落地時正好避開了碎石地。

「你一定是在最後一秒稍微向左側偏轉了一些。」大衛．布朗醫生後來告訴我。「如果沒有的話，我們就可能沒有今天的談話了。」

醫療救護直升機降落在北庫柏藍醫院的停車場中間，而我則被推了出去。天空非常的明亮，非常的蔚藍，直升機的螺旋槳非常吵。有人在我耳邊大喊：「史蒂芬，你以前搭過直升機嗎？」聲音聽起來很開心，似乎為我感到興奮。我試著回答說有，我曾經搭過直升機——事實上，還是兩次——但我無法開口，忽然之間我覺得呼吸非常困難。

他們把我送上了直升機，當飛機升空時，我可以看到一片蔚藍燦爛的天空，萬里無雲，美極了。無線電對講機的聲音更為頻繁，看來，這個下午是特別安排來讓我聆聽聲音的；同時，我也覺得呼吸愈來愈困難。我試圖向身旁的某人示意，接著一張臉上下倒著出現在我視線上方。

「我覺得好像快被淹死了。」我微弱地說。

有人檢查了什麼東西，而另外一個人說：「他的肺萎陷（氣胸）了。」有一些翻動紙張的聲音，像是打開什麼東西的包裝，然後那另一個人以足以蓋過螺旋槳轉動聲的很大音量在我耳邊說話：「我們要替你插胸管，史蒂芬，你會感到有點痛，像是被掐一下，忍耐一下。」

根據我的經驗（當我還是個流著鼻涕，耳朵受到感染的小孩時就學到的），如果有醫護人員告訴你將會感到有一點痛，那就表示他們會把你弄得非常痛。這一次的經驗沒有我想的那麼糟，可能是因為我已經被施打了大量的止痛藥，也或許是我又再次瀕臨昏迷的邊緣。那感覺就像有人拿著一個尖銳短小的東西重擊胸部的右上方。然後我的胸口就發出一種警告似的咻咻聲，像是身上被鑿出了一個漏洞。事實上，我想我身上真被鑿出個洞。過了一會兒，那個我聽了一輩子（大多時間是不經意的，感謝老天）正常呼吸的柔和吸氣——呼氣聲，就被一種令人不舒服的咻——咻——咻聲音所取代。我吸入的空氣非常冰涼，但至少那是空氣，「空氣」，而我要繼續呼吸它。我不想死。我愛我的妻子、孩子，還有我那午後時分在湖邊的悠閒漫步；我也熱愛寫作；我還有一本正在寫的書躺在家裡的書桌上，才寫了一半。我不想死，當我躺在直升機裡望著窗外燦爛的夏日藍天，我意識到自己實際上正徘徊鬼門關前。很快地就會有人把我抓著往這一頭，或是往另一頭走；這幾乎已不是我所能掌控的事了，我所能做的只是躺在那，望著天空，聽著我那薄弱、漏氣般的呼吸聲：咻——咻——咻。

十分鐘後我們降落在緬因州立醫學中心的水泥停機坪上。對我而言，就好像是身處在一座水泥井的井底，藍色的天空消失在視線中，直升機呼呼呼的螺旋槳聲音也變慢下來充滿回音，像是拍打著的巨人之手似的。

我在仍然大聲的漏氣呼吸聲中，被抬出了直升機．有人撞到了我的擔架，我痛得慘叫出來。「抱歉，抱歉！你會沒事的，史蒂芬。」某人說——當你身受重傷時，每個人都會直呼你的名字，每個人都像是你的老友。

「幫我告訴塔比，我很愛她，」當我被抬起來，然後推進室內時我說，很快地進入了一條水泥長廊，我忽然很想放聲大哭。

「你可以親自告訴她那句話，」有人說。我們穿越了一扇門；那裡有著空調，燈光在我頭頂飛晃而過，擴音器發出呼叫聲。對我而言，以一種混濁不清的狀態，就在一小時前我正散著步，並計畫在俯視凱扎爾湖旁的空地上採些莓果。然而，我不會在外面逗留太久；我必須要在五點半前回到家，因為我們全都要去看約翰屈伏塔主演的《將軍的女兒》。屈伏塔曾出現在改編我第一本小說《魔女嘉莉》的電影中，他在裡面飾演一個壞人，那是好久以前的事了。

「什麼時候？我什麼時候可以告訴她？」

「很快。」那聲音說，然後我再度昏了過去。這次不是一小段，而是一大截片段從記憶的影片中被抽離掉；有一些一閃而過的片段，對人的臉孔、手術室和發亮的X光機器混沌的驚鴻一瞥；一滴滴注入體內的嗎啡和麻醉劑，讓我產生了錯覺和幻影；還有充滿回音的聲音，以及在我乾燥的嘴唇上，用棉花棒沾上薄荷味的水的手，而大部分時間，只有黑暗。

3

布萊恩·史密斯對我傷勢的判斷在最後看來是過於保守。我的小腿至少斷了九處——將我重新組合起來的整形外科醫生，那不容輕視的大衛．布朗醫生說，我右膝蓋下方的區域碎裂得就像「一隻裝滿碎石頭的襪子」。而小腿上這樣的傷害程度需要開兩道很深的開口——他們稱之為中間和側邊筋膜切開術——來減低因為碎裂脛骨造成的壓力，並使血液能再次流通至小腿。如果不做筋膜切開術的話（或是手術沒有及時進行），則可能會有截肢的必要。我的右膝蓋幾乎從正中間裂開，醫學上這樣傷害的專有名詞為「粉碎性脛內關節骨折」。同時我還深受右臀髖臼骨折——換言之，也就是嚴重的出軌——以及同一部位上大腿轉折處的開放性骨折之苦。我的背脊有八處碎裂，斷了四根肋骨，我的右鎖骨沒斷，但是上頭的皮肉被撕裂了一大塊；頭皮上劃破的傷口也縫了二、三十針。

是啊，整體看來，我說布萊恩．史密斯的推測實在是太小兒科了。

4

在這件案子裡，史密斯先生的駕駛行為終於被陪審團詳加檢驗，他們以兩項罪名將他起訴：危險駕駛（相當嚴重）和惡意攻擊他人身體（非常嚴重，這類罪行通常意味著必須坐牢）。在充分的考量後，在我身處的那一方小世界角落裡負責這件案子的地方檢察官，准許史密斯以危險駕駛的罪行從輕量刑。他被判郡監獄內六個月監禁（刑期緩刑），並吊銷駕駛資格一年；他同時也被判一年之內不能駕駛任何交通工具，其中包括了剷雪車和小型四輪越野車。也就是說到西元二〇〇一年的秋天或冬天，史密斯就能夠再次合法的開車上路。（譯按：此事件發生約一年後的二〇〇〇年，史密斯離奇死亡。）

5

大衛·布朗醫生在五次馬拉松式的手術後將我的腿接回了原位，手術後的我既消瘦又虛弱，幾乎到達我所能忍受的極限，但手術也留給我能夠重新走路的微小機會。我的腿由一具以鋼和碳纖維製成，稱之為外用固定器的大型器具所固定，八根稱為向茲式骨釘的大鋼釘穿過固定器在我的膝蓋上下方穿進骨頭，五個較小型的鋼棒則從膝蓋處向外呈放射狀，這樣子看起來有點像小朋友所畫太陽的光線。膝蓋本身是被固定住的，每天三次，護士會打開小鋼釘和大部分的向茲式鋼釘，並用氧化氫來擦抹鋼釘留下的洞。我從沒有把我的腿浸在煤油裡然後點火，但如果那真的發生的話，我確信那感覺會十分像這每天例行的鋼釘消毒工作。

六月十九日我住進了醫院，到了二十五日左右，我第一次站了起來，蹣跚地走了三步到廁所，我坐在那兒，大腿間放著我的醫院便桶，低下頭，試著讓自己不要哭泣，但卻失敗了。你試著告訴自己說你很幸運，而且還是不可思議般的幸運，通常這種自我安慰很有效，因為這本來就是事實，但有的時候它卻起不了任何作用，如此而已，那時你只能放聲大哭。

在開始邁出步伐的一兩天後，我開始了復健治療。在我首次的療程中，我成功地拿著步行輔助器在下樓的階梯上走了十步。同時也有另外一位病人在學走路，一位名叫艾莉絲的八十歲瘦弱老太太，她剛從中風裡恢復過來。當我們還有餘力喘口氣的時候，我們會互相加油打氣。在我們第三天到下樓階梯那做復健時，我告訴艾莉絲她的襯裙露了出來。

「小傢伙，你的『屁股』露出來了。」她氣喘吁吁地說，繼續走著。

到了七月十四日時，我已可以在輪椅上久坐到足夠外出，到醫院後方裝卸貨物的碼頭上看煙火。那是個燠熱難耐的夜晚，街上滿是吃著零食的人們、喝著啤酒和汽水、抬頭望著天空。當紅的綠的、藍的黃的煙火點亮天空之際，塔比就站在我身旁，握著我的手。塔比住在醫院對街的一間雙併公寓裡，每天早上她都會為我帶來水煮蛋和熱茶。看來，我是需要補充營養的。一九九七年時，當我從一場橫渡澳洲沙漠的摩托車之旅回來時，體重重達二百一十六磅。而當我從中緬因州立醫學中心返家休養時，我的體重只剩下一百六十五磅。

在醫院住了三個星期之後，我在七月十九日返回邦加鎮上的家。我開始了一套每天復健的療程，包括伸展、彎曲，和靠拐杖行走。我試著保持自己的勇氣與振奮的精神。八月四日那天我回到中緬因州立醫學中心進行另一項手術。在我的手臂上插入一根點滴注射管時，麻醉師告訴我：「好，史蒂芬——你會感覺自己像是剛喝了幾杯雞尾酒一樣。」我張開口打算告訴他那會是十分有趣的事，因為我已經十一年沒喝過雞尾酒了，但就在我說出任何字之前，我便又失去了意識。當我這回醒來，在我大腿上方的向茲式鋼釘已經拆除，我的膝蓋又可以彎曲了。布朗醫生宣布我復元的狀況「在預定的進度上」，並送我回家繼續進行更多的復健和物理治療〔像我們一樣經驗過物理治療（Physical Therapy，簡稱P.T.）的人都了解，這二個字實際上意味著痛苦（Pain）和折磨（Torture）〕。而在這期間，發生了些別的事情。七月二十四日，也就是我被史密斯的道奇廂型車撞倒的五個星期後，我又開始了寫作。

6

我實際上是在一九九七年的十一月或是十二月開始寫《史蒂芬·金談寫作》，雖然我通常只需要三個月的時間就能完成一本書的初稿，這本書在十八個月後卻只完成了一半。那是因為我在一九九八年二、三月時將之擱置一旁，不知道該如何繼續下去，或是我是否應該繼續寫下去。寫小說時的樂趣幾乎一如以往，但寫非小說類文稿的每一個字卻都像是種折磨。這是我自《站立》（*The Stand*）一書以來，第一本沒寫完就擱置一旁的書，而且《史蒂芬·金談寫作》還在抽屜中被擱置了更長的時間。

一九九九年六月，我決定用整個夏天來完成這該死的寫作書——我想，就讓在斯克里布納出版社工作的蘇珊・莫道和南・葛理漢來決定這書寫得好壞與否吧！我把手稿從頭到尾讀了一遍，心中雖然抱著最壞的打算，但事實上我發現我還滿喜歡自己所寫的內容。把書完結的方向也似乎很清楚明白。此時我已完成了傳記的部分（履歷表），試著在這部分裡呈現一些之所以讓我成為現在這個作家的事件和人生狀況，我同時也涵蓋了寫作技巧——至少是那些在我看來特別重要的。而剩下來要完成的是本書的核心「談寫作」，在此我會試著回答一些我曾在研討會或演講中曾被問到，加上那些我「希望」能被問到的……有關語言的問題。

六月十七日那天晚上，充滿幸福地尚未意識到我距離和布萊恩・史密斯（更別提那隻名叫子彈的洛威拿狗）那個小小的交會剩不到四十八小時，我坐在家中的餐桌前，把所有我想要回答的問題，以及所有我想強調的重點列在單子上。六月十八日，我寫下「談寫作」部分的開頭四頁，而那也就是在七月底，當我決定自己最好開始工作……，或至少試一下也好時，本書仍然停留的地方。

我壓根兒不「想」重新提筆工作。我全身疼痛難忍，右邊的膝蓋無法彎曲，而且行動被步行器所限制，我根本不能想像長時間坐在桌子後面，甚或是坐在我的輪椅上的狀況．因為我那遭受重創的臀部，坐著不動四十分鐘以上對我而言就是種折磨，坐上一個小時又十五分鐘以上更是不可能辦到的事；再加上這本書本身，看來似乎更勝以往的令人畏縮——我怎麼能在我自己的世界裡最緊迫的事變成是要如何做才能撐到下一次服用止痛劑（Percocet）的時候，還在這裡寫什麼對話設計、角色塑造和找個經紀人這種事。

然而與此同時，我又覺得自己像是走到了那種當你根本沒有選擇時要面對的十字路口。我之前發生這樣糟糕的情形時是寫作助我度過難關——因為寫作至少會讓我暫時忘記我自己，或許寫作能夠再一次幫助我；但就我全身疼痛的程度和肢體上的無力感而言，這樣的想法似乎有點荒謬，但我腦子裡有個聲音響起，溫和而堅定的，以兄弟會（The Chambers Brothers，編按：黑人靈魂樂團）的名句告訴我，今天便是時機成熟時（Time Has Come Today）。要我不去理會這聲音是做得到的，可是不去相信它卻十分困難。

最後是塔比投了決定性的一票，就像她在我生命中許多重要時刻中所做的一樣；我也希望我偶爾也會這樣地幫助她，因為對我而言，婚姻中一項重要的事似乎就是在你自己無法抉擇下一步該做什麼時，有人為你做這突破性的決定。

我的妻子是我人生中最適合指責我工作量太超過的人，她總是說這是該放慢腳步的時候了，離開你那該死的電腦一下，史蒂芬，休息一下吧。當我在七月的那個早晨告訴她我想我最好開始工作時，我以為會招來一頓說教。可是，沒想到她卻問我想在哪裡寫作？我回答不知道，根本還沒想到這問題。

她想了想後說：「我可以幫你在後廳放個小桌子，就在餐廳外，那裡有好些插座——你可以放你的蘋果電腦、那台小印表機，以及一台電風扇。」在暑熱難消的夏天裡，電扇是絕對必要的——那是一個極端酷熱的夏天，在我開始工作的那天，室外氣溫高達九十五度，就算在後廳也不會涼快到哪去。

塔比花了個把小時把東西準備好，那天下午四點她推著我坐著剛新裝設好的輪椅穿過飯廳，來到後廳。她在那兒為我準備了個精緻的小小工作站：筆記型電腦連接著印表機並放在一起，檯燈、手稿（我一個月前寫的筆記整齊地放置其上）、筆、以及參考資料，書桌的一角放著一張我小兒子的照片，那是初夏時塔比為他拍的。

「可以嗎？」她問我。

「太完美了！」我說，並且抱著她，真的非常完美，而她也是。

之前那個住在緬因州老城的塔比莎．史布魯斯，知道我何時工作過了頭，但她也知道有時候工作是幫助我擺脫困境的良方。她把我推到桌前，親吻了我的額頭，然後就走開讓我一個人在那仔細地想想我是否還有什麼是還沒有寫到的。是有沒寫到的地方，一點點，但是如果沒有她直覺般了解到這就是時候了，我想我們沒有人能真的如此確定。

回來工作後第一次的寫作時間長達一小時又四十分鐘，這是自從我被史密斯的廂型車撞到以來坐得最久最直的一次。當寫作告一段落時，我汗如雨下幾乎筋疲力竭地癱在輪椅上，我臀部的疼痛就像一種啟示。最初寫下的五百字真是特別地讓人害怕——就好像我在之前從未寫過任何東西一樣，我以前所有的寫作技巧似乎皆已離我而去。我從一個字游移到下一個字，像一位年紀非常大的老人試著找出一條路來跨越滿布濕滑石頭的曲折小溪一般。在那第一個下午沒有出現一絲靈感，有的只是一種頑固的決心，希望如果我繼續堅持下去的話，事情就能漸入佳境。

塔比拿了杯百事可樂給我——又冰又甜又美味——一邊喝著飲料的同時我環顧著四周，不顧身體疼痛地笑了出來，我曾經在租來的小拖車的洗衣間裡寫出《魔女嘉莉》和《午夜行屍》；而我們在邦加鎮上這間房子的後廳，看來足以讓我覺得像是繞了一圈後又回到了原點一樣。

那個下午並沒有發生什麼奇蹟似的突破，除了那種企圖去創作點東西的平凡奇蹟。我所知道的是過了一陣子之後我寫作的速度加快了一點，然後過了一陣又再快了一點。我的臀部還是很痛，我的背也還是很痛、我的腿也一樣，但這些疼痛似乎漸漸開始離我遠去。我開始能夠忍受它們。沒有令人興奮的感覺，也沒有嗡嗡作響的悸動感——那天都沒有——但是卻有一種幾乎讓人感到同樣美好的成就感，我又開始工作了，就只是這樣而已。最令人恐懼的那一刻，總是出現在你真正開始做什麼之前。

在那之後，一切都只會漸入佳境。

7

對我而言，事情持續好轉下去。自從在後廳寫作的第一個悶熱夏日午後，我又動了兩次腿部手術，我有一個十分嚴重的傷口感染，而且也繼續每天服用大約一百顆藥丸，不過外用的固定器已經拆除，我也持續寫作下去。有些日子裡寫作是一件十分討人厭的苦工，而其他日子——隨著我的腿傷日益痊癒，這種日子也越來越頻繁，我的思考也自我調適到往日的狀況——我感覺到那股令人雀躍的快樂，那種因為找到了合適字句並把它們寫成文字的感覺，這就像是坐在即將起飛的飛機上：你在地面上、在地面上、在地面上……，然後你在剎那間升空，坐在一張空氣編成的神奇魔毯上，像個王子般俯瞰你周遭地面的景致。這讓我覺得很開心，因為這是我生來要做的事。我仍然沒有太多體力——我能做的不到我之前一天內可以做的一半——但我做得到的部分足夠讓我完成了這本書，為此我已感激不盡。寫作並沒有挽回我的生命——大衛・布朗醫生精湛的醫術和我妻子充滿愛的照顧才是，但是它一如往常地持續發揮功能：它讓我的生命成為一個更明亮又更愉悅的地方。

寫作不是為了賺錢、出名、得到更多約會、跟人上床的機會或交朋友。到了最後，它是為了豐富那些閱讀你作品的人的生命，也是為了豐富你自己的生命，寫作其實是為了得到進步、超越和快樂。是為了得到快樂，懂嗎？得到快樂。這本書裡有些部分——可能占的篇幅有點太多了——是在談我是如何學得這個道理。書的大部分是談你們如何能做得更好。其餘的、可能也是最棒的，是一個承諾：你可以、你應該，而且如果你勇於開始的話，你將會成功。寫作是種魔術，就像其他任何創作藝術中的生命之水。這水是免費的，所以喝它吧！

喝了之後再裝滿它。

更多之一

關門，開門

在本書稍早，當我提到我在《里斯本週報》體育版擔任體育編輯的那份短暫工作時（事實上，我就代表整個體育部門；一個小鎮版的霍華・柯賽爾），我提出了一個有關編輯工作進行過程的實例，那個例子十分簡短，而且講的是非小說的編輯。接下來的這一段則是講小說的編輯，這完全未經加工，是我在關著門時才覺得自在去做的那樣——這個故事沒穿外衣，站在那裡僅僅身著襪子及內衣。我建議你們在看已修正版之前，先好好仔細閱讀這個要被加以編輯的版本。

飯店故事

當邁可・伊斯林仍站在旋轉門裡時，他看到海豚飯店的經理奧斯特麥伊爾，正坐在大廳的椅子上，邁可的心往下沉了一點，他心想：「也許還是應該帶著律師一起來。」現在為時已晚，而且就算奧斯特麥伊爾決定在邁可和一四〇八房中間再丟出其他一兩個阻礙，那也不全然是件壞事；最後這些都會成為他講這則故事時加分的材料。

當邁可步出旋轉門時，奧斯特麥伊爾看到了他，起身穿越房間，並伸出一隻肥胖的手。海豚飯店位於六十一街，和第五大道僅隔一個轉角；小巧而精緻。就在邁可將提在右手中的小旅行袋換到左手，以便和奧斯特麥伊爾握手的同時，一對穿著晚宴服的男女從他身旁經過，女人有著一頭金髮，理所當然地穿著黑色禮服，她身上輕盈、花香調的香水味聞起來就像是紐約的縮影。中庭的吧台裡，有人正演奏著〈夜晚與白晝〉，彷彿為這幅景象加上註腳。

「伊斯林先生，晚安。」

「晚安，奧斯特麥伊爾先生，有什麼問題嗎？」

奧斯特麥伊爾面露痛苦表情，有一瞬間，他環顧著這個小而精緻的大廳，就像是在求助一樣。在旅館門房站立的位子旁，有一對夫妻正在討論戲票，而門房則以淺淺的、耐心的微笑注視著他們。大廳櫃檯前，一個臉上布滿著只有在飛機商務艙裡待了長時間後才會出現的皺紋的男人，正和一位身著可以充當晚宴服的時髦黑色套裝的女工作人員討論他的訂房。這是海豚飯店的日常光景，每個人都有可以提供幫忙的人，除了可憐的奧斯特麥伊爾先生之外，他已掉入了作家的掌控之中。

「奧斯特麥伊爾先生？」邁可再問了一次，對這男人感到些許抱歉。

「不，」奧斯特麥伊爾先生總算開口。「沒什麼問題，但是，伊斯林先生……，我可以請您到我的辦公室談談嗎？」

「所以，」邁可心想，「他是想再試一次。」

要是在別種狀況下他早就已經不耐煩了。但他現在沒有，這對一四〇八號房那段描述會有所幫助，提供他的讀者們似乎十分喜愛的那種預兆般的語調——這會是最後的警告——但並不僅只如此。邁可・伊斯林直到現在才確定，不管之前所有的故事布局和描述；現在他確定・奧斯特麥伊爾不是在假裝，奧斯特麥伊爾是真的害怕一四〇八號房，以及今晚邁可會在那房裡發生什麼事情。

「當然可以，奧斯特麥伊爾先生。我應該把袋子留在櫃檯或隨身帶著呢？」

「喔！我們就帶著它吧？」奧斯特麥伊爾，這位稱職的飯店經理，伸手欲取那只袋子。他仍然抱著些許希望能說服邁可不要留在那間房裡。否則，他會要求邁可直接到飯店櫃檯……，或是他自己拿著它到那裡。「請讓我為您服務。」

「我自己拿著就行了，」邁可說。「裡面不過是一些換洗衣物和牙刷。」

「您確定？」

「是的。」邁可回答，眼睛直視著他。「我很確定……。」

有一瞬間，邁可想奧斯特麥伊爾會就此放棄。他嘆了口氣，這位穿著暗色圓襬外套和打著整齊領帶的小小圓胖男人，然後他又再次挺起了肩膀。「好吧，伊斯林先生。請跟我來。」

這位飯店經理在大廳裡看起來充滿試探、沮喪、近乎筋疲力竭。而在他那橡木鑲板的辦公室裡，牆上掛著飯店相片（海豚飯店於一九一〇年十月開幕——邁可也許沒有在有評論的期刊或是在大城市的報章上發表作品，不過他還是有做該做的功課），奧斯特麥伊爾似乎再次恢復了自信。辦公室地板上鋪著一張波斯地毯，二座立燈透著暈黃的燈光，桌上一座菱形花格的檯燈，就放在雪茄盒旁，而雪茄盒旁還有邁可・伊斯林的三本最新作品，都是平裝本，當然那時還沒出精裝本。雖然如此他還是表現得很好。「我的旅館主人已經自己做了些研究了。」邁可心想。

邁可坐在書桌前的一張椅子上。他希望奧斯特麥伊爾能坐在書桌後，因為這樣他就可以藉此描繪出他的權威感，可是奧斯特麥伊爾令他訝異。他坐在他心想也許是給員工坐的書桌這一邊的另一張椅子上，交叉著雙腿，然後向前傾著他那小肚腩去拿雪茄盒。

「來根雪茄嗎，伊斯林先生？不是古巴產的，不過品質相當不錯。」

「不，謝謝，我不抽菸。」

奧斯特麥伊爾的眼神瞥到邁可右耳後的香菸上——以一種輕快模樣突出地放在那，就像舊時妙語如珠的紐約記者把下一根要抽的菸卡在軟呢帽緣邊貼著普萊絲牌子。因為香菸變得就像他自己的一部分，所以邁可一時之間還真不知道奧斯特麥伊爾是在看什麼。然後他想了起來，笑了笑，把香菸拿下看著它，然後再看向奧斯特麥伊爾。

「我已經九年沒抽過一根菸了，」他說，「有一個哥哥死於癌症，他死後不久我就戒菸了，在耳後放支菸……，」他聳了聳肩。「我想，部分是心理作用，部分是迷信。就像你有時在別人桌子或牆上看到的那樣，裝在一個小盒子裡，上面寫著『緊急時打破玻璃。』有時我會告訴別人要是核戰爆發的話我就點燃它。一四〇八號房是可吸菸房嗎，奧斯特麥伊爾先生？萬一核戰真的爆發的話？」

「事實上，是的。」

「那麼……，」邁可認真地說，「這點倒是入夜後比較不用擔心的事了。」

奧斯特麥伊爾先生再次嘆氣，極不開心的，但這次少了他在大廳裡嘆氣時的沉悶感。沒錯，就是這房間，邁可馬上認了出來。「他的」房間，就算當天下午，當邁可在羅賓森律師的陪伴下一起前來時，奧斯特麥伊爾一旦踏進這裡後看起來都似乎顯得比較不狼狽。邁可那時還以為一部分原因是因為他們不再招來路過人群的眼光，另一部分則是因為奧斯特麥伊爾決定放棄了。現在他才明白，是因為這間房間。為什麼不是呢？這是一間牆上掛著好畫、地板上鋪有漂亮地毯、雪茄盒裡放有上好雪茄——雖然不是古巴產的——的房間。無疑的是，自一九一〇年十月以來許多飯店經理一定在此處理了為數眾多的生意往來；它以自成一格的方式呈現了紐約的風情，就像那位穿著黑色露肩晚宴服的金髮女子，她身上的香水味，以及可想而知，她在清晨短暫時光裡流露出來那自然不做作的優雅性感——紐約的性感。邁可本身來自奧哈馬，雖然他已經有許多年沒回去過了。

「你還是不相信我能說服你放棄你的想法吧，是嗎？」奧斯特麥伊爾問道。

「我知道你不能。」邁可說，並將香菸放回耳後。

一四〇八？

飯店故事

史蒂芬・金 著

當邁可・伊斯林仍站在旋轉門裡時，他看到海豚飯店的經理~~奧斯特麥伊爾~~奧林②，正坐在大廳的椅子上，邁可的心往下沉了~~十點~~，他心想：「也許還是應該帶著律師一起來。」現在為時已晚，而且就算~~奧斯特麥伊爾~~奧林決定在邁可和一四〇八房中間再丟出其他一兩個阻礙，那也不全然是件壞事；最後這些~~都會成為他講這則故事時加分~~終將成為報酬的材料。

當邁可步出旋轉門時，~~奧斯特麥伊爾~~奧林看到了他，起身穿越房間，並伸出一隻肥胖的手。海豚飯店位於六十一街，和第五大道僅隔一個轉角；小巧而精緻。就在邁可將提在右手中的小旅行袋換到左手，以便和~~奧斯特麥伊爾~~奧林握手的同時，一對穿著晚宴服的男女從他身旁經過，女人有著一頭金髮，理所當然地穿著黑色禮服，她身上輕盈、花香調的香水味聞起來就像是紐約的縮影。中庭的吧台裡，有人正演奏著〈夜晚與白晝〉，彷彿為這幅景象加上註腳。

「伊斯林先生，晚安。」

「晚安，~~奧斯特麥伊爾~~奧林先生，有什麼問題嗎？」

~~奧斯特麥伊爾~~奧林面露痛苦表情，有一瞬間，他環顧著這個小而精緻的大廳，就像是在求助一樣。在旅館門房站立的位子旁，有一對夫妻正在討論戲票，而門房則以淺淺的、耐心的微笑注視著他們。大廳櫃檯前，一個臉上布滿著只有在飛機商務艙

③

裡待了長時間後才會出現的皺紋的男人，正和一位身著可以充當晚宴服的時髦黑色套裝的女工作人員討論他的訂房。這是海豚飯店的日常光景，每個人都有可以提供幫忙的人，除了可憐的~~奧斯特麥伊爾~~奧林先生之外，他已掉入了作家的掌控之中。

「~~奧斯特麥伊爾~~奧林先生？」邁可再問了一次。~~對這男人感到些許抱歉。~~③

~~「不，」奧斯特麥伊爾先生總算開口。~~「沒什麼問題，但是，伊斯林先生……，我可以請您到我的辦公室談談嗎？」

~~「所以，」~~當然，有何不可呢？~~邁可心想。「他是想再試一次。」~~

~~要是在別種狀況下他早就已經不耐煩了。但他現在沒有~~——這對一四〇八號房那段描述會有所幫助，加上提供他的讀者們似乎十分喜愛的那種預兆般的語調——這會是最後的警告——但並不僅只如此。邁可．伊斯林直到現在才確定，不管之前所有的故事布局和描述；現在他確定．~~奧斯特麥伊爾~~奧林不是在假裝，~~奧斯特麥伊爾~~奧林是真的害怕一四〇八號房，以及今晚邁可會在那房裡發生什麼事情。

「當然可以，~~奧斯特麥伊爾~~奧林先生。~~我應該把袋子留在櫃檯或隨身帶著呢？~~」

「喔！我們就帶著它吧？」奧斯特麥伊爾，這位稱職的飯店經理，伸手欲取那只袋子。他仍然抱著些許希望能說服邁可不要留在那間房裡。否則，他會要求邁可直接到飯店櫃檯……或是他自己拿著它到那裡。「請讓我為您服務。」

「我自己拿著就行了，」邁可說。「裡面不過是一些換洗衣物和牙刷。」

「您確定？」

⑤「我已經穿著我的幸運夏威夷襯衫了」他微笑著。

「是的。」邁可回答，眼睛直視著他。「我很確定……。」

有一瞬間，邁可想奧斯特麥伊爾會就此放棄。他嘆了口氣，這位穿著暗色圓襬外套和打著整齊領帶的小小圓胖男人，然後他又再次挺起了肩膀。「好吧，伊斯林先生。請跟我來。」

這位飯店經理在大廳裡看起來充滿試探、沮喪、近乎筋疲力竭。而在他那橡木鑲板的辦公室裡，牆上掛著飯店相片（海豚飯店於一九一〇年十月開幕——邁可也許沒有在有評論的期刊或是在大城市的報章上發表作品，不過他還是有做該做的功課），奧斯特麥伊爾似乎再次恢復了自信。辦公室地板上鋪著一張波斯地毯，二座立燈透著暈黃的燈光，桌上一座菱形花格的檯燈，就放在雪茄盒旁，而雪茄盒旁還有邁可．伊斯林的三本最新作品，都是平裝本，當然那時還沒出精裝本。雖然如此他還是表現的很好。「我的旅館主人已經自己做了些研究了。」邁可心想。

邁可坐在書桌前的一張椅子上。他希望奧斯特麥伊爾能坐在書桌後，因為這樣他就可以藉此描繪出他的權威感。可是奧斯特麥伊爾令他訝異。他坐在他心想也許是給員工坐的書桌這一邊的另一張椅子上，交叉著雙腿，然後向前傾著他那小肚腩去拿雪茄盒。

「來根雪茄嗎，伊斯林先生？不是古巴產的，不過品質相當不錯。」

「不，謝謝，我不抽菸。」

奧斯特麥伊爾的眼神瞥到邁可右耳後的香菸上——以一種輕快模樣突出地放在那，就像舊時妙語如珠的紐約記者把下一根要抽的菸卡在軟呢帽緣邊貼著普萊絲牌子。因為香菸變得就像他自己的一部分，所以邁可一時之間還真不知道奧斯特麥伊爾是在看什麼。然後他想了起來，笑了笑，把香菸拿下看著它，然後再看向奧斯特麥伊爾。

「我已經九年沒抽過十根菸了，」他說，「有一個哥哥死於癌症，他死後不久我就戒菸了，在耳後放支菸……，」他聳了聳肩。「我想，部分是心理作用，部分是迷信。就像你有時在別人桌子或牆上看到的那樣，裝在一個小盒子裡，上面寫著『緊急時打破玻璃。』有時我會告訴別人要是核戰爆發的話我就點燃它。一四〇八號房是可吸菸房嗎，奧斯特麥伊爾先生？萬一核戰真的爆發的話？」

「事實上，是的。」

「那麼……，」邁可認真地說，「這點倒是入夜後比較不用擔心的事了。」

奧斯特麥伊爾先生再次嘆氣，極不開心的，但這次少了他在大廳裡嘆氣時的沉悶感。沒錯，就是這房間，邁可馬上認了出來。「他的」房間，就算當天下午，當邁可在羅賓森律師的陪伴下一起前來時，奧斯特麥伊爾一旦踏進這裡後看起來都似乎顯得比較不狼狽。邁可那時還以為一部分原因是因為他們不再招來路過人群的眼光。另一部分則是因為奧斯特麥伊爾決定放棄了。現在他才明白，是因為這間房間。

為什麼不是呢？

如果不是在屬於你自己的特別地方之外，還有哪些能讓你感到一切都在掌控之下呢？這就是奧林的辦公室對他的意義。

這是一間牆上掛著好畫、地板上鋪有漂亮地毯、雪茄盒裡放有上好雪茄——雖然不是古巴產的——的房間。無疑的是，自一九一〇年十月以來許多飯店經理一定在此處理了為數眾多的生意往來；它以自成一格的方式呈現了紐約的風情，就像那位穿著黑色露肩晚宴服的金髮女子，她身上的香水味，以及可想而知，她在清晨短暫時光裡流露出來那自然不做作的優雅性感——紐約的性感。邁可本身來自奧哈馬，雖然他已經有許多年沒回去過了。

「你還是不相信我能說服你放棄你的想法吧，是嗎？」奧斯特麥伊爾問道。

「我知道你不能。」邁可說，並將香菸放回耳後。

大部分變更的理由不說自明；如果你來回對照二個版本，我有信心你們將會理解幾乎所有的改變，而且我希望你們可以看出來，一旦你真的詳加查驗，就算是一位號稱「專業作家」寫的初稿看起來會有多麼未經雕琢。

大部分的修改是刪除東西，這是為了加快故事的速度。我在做刪除時心中都會想著修辭大師史川克——「去掉不必要的字」——而且也是為了符合我之前提到過的寫作公式：二稿等於初稿減百分之十。

我在這裡提出一些更改部分的簡要說明：

①很明顯的，〈飯店故事〉永遠不可能取代《殺死睡蟲》（*Killdozer!*）或是《白蟻皇后諾瑪珍》（*Norma Jean, the Termite Queen*）在標題名稱上的地位。我只是單純地把它插入初稿內，因為我知道在我繼續寫下去的過程裡，一定會想到另一個更好的標題。（如果沒想到另一個更好的標題，編輯通常會以他的意見做替代，而結果常是慘不忍睹。）我喜歡一四〇八，因為這是一個有關「十三樓」的故事，而這幾個數字加起來總和剛好是十三。

②奧斯特麥伊爾是個又臭又長的名字。如果把它改成奧林，我就可以一口氣把整個故事的篇幅減少十五行。而且，當我寫下「一四〇八」這幾個字時，我想到這本書有可能會轉錄為有聲書。而我要自己念這個故事，但又不想

枯坐在那小小的錄音室裡，整天念著奧斯特麥伊爾、奧斯特麥伊爾、奧斯特麥伊爾，所以我把它給改了。

③ 我常會站在讀者的立場去想事情，基於大部分的讀者有自我思考的能力，所以我覺得我可以自在的將這段文句由五行刪減成二行。

④ 大多的場景編排，對一目瞭然的事情太多冗長贅述，還有太多笨拙的背景故事，因此我決定一併刪除。

⑤ 哦，故事裡有件幸運的夏威夷衫，它出現在初稿裡，不過卻是出現在第三十頁。對一件重要的故事道具來說這實在是太遲了些，所以我把它移放到前面去。劇場裡有個不成文的老規矩：「如果第一幕裡壁爐上放了把槍，那它在第三幕時就該消失。」這規矩反之亦然；如果主角的這件幸運夏威夷衫在結尾時扮演了一個重要部分，那麼它就應該在故事稍早時被介紹出場。不然看起來就會像是一個半路殺出的程咬金（當然它也的確是如此）。

⑥ 在初稿裡句子讀來是「邁可坐在書桌前的一張椅子上。」對啊——不然他還能坐在哪兒呢？坐在地上嗎？我可不這麼想，所以就把這句話刪了；同

樣刪掉的還有古巴雪茄的橋段，這不但有些老掉牙，而且還是那種三流電影中壞蛋總是會講的台詞。「來根雪茄吧！這可是古巴貨啊！」這種寫法連想都別想！

⑦初稿及二稿裡所有的想法和基本資訊都一樣，不過在二稿時，所有的事物都被刪減至核心。而且看啊！看到那個差勁的副詞了沒？那個「簡短地」，我是不是把它給踩得扁扁的？我可一點都不心軟！

⑧有一個副詞我倒是沒刪掉……，這不只是個副詞，還是個小詭計：「那麼，邁可認真地說……」但我堅持我沒刪除這個副詞的選擇，並主張這是寫作規則中一個例外。「認真地」被留下來的原因是我想讓讀者知道，邁可是在愚弄可憐的奧林先生。只有一點點，不過是的，他是在取笑他。

⑨這一段文句不只是在冗長地描述著一目瞭然的事，而且還不斷地加以重複，全部把它刪掉。然而，人們在屬於他們自己的特別地方裡會產生舒適感的這個概念，似乎闡明了奧林的人格特質，所以我把它加了進去。

我把玩著在本書中放進《一四〇八》這故事完整的最終版本，不過這主意和我主張精簡的堅持互相衝突，我人生中可就這麼一次。如果你有興趣聽聽看完整的故事，你可以在《血和煙》（*Blood and Smoke*）這部三篇故事集的有聲書裡找到。在賽門·舒斯特出版社（Simon and Schuster）的網站（http://www.SimonSays.com）上也可以找到試聽的片段。請記得我們在此的目的，你並不需要去完成一個故事。這裡談的是如何做引擎的維護，而不是兜風馳騁的樂趣。

更多之二

書單

當我談到寫作時，我通常會提供我的聽眾一份構成本書第二部分「論寫作」的簡要版本。這其中當然包括了最重要的原則：多讀、多寫。在論壇後接下來的問答時間裡，總有人會一成不變地問我：你都看些什麼書？

對於這問題，我從來沒有給大家一個滿意的答案，因為這個問題讓我的腦袋有種電路超載的感覺。簡單的回答是：「任何我可以拿到的書。」這答案夠誠實，但卻沒有什麼幫助。接下來的書單可以針對這個問題提供一個更明確的答案。這些書是我過去三、四年來所讀過最好的佳作，這段時間裡我寫了《愛上湯姆高登的女孩》、《勿忘我》、《史蒂芬・金談寫作》，以及尚未發表的《來自別克8》（From a Buick 8，已於二〇〇七年出版）。我覺得書單上的每一本書或多或少都對我寫的作品有所影響。

當你檢視這份書單時，請記住我不是脫口秀主持人歐普拉，這也不是我的讀書會，這些書是我覺得不錯的，如此而已。而這其中許多書也許能夠對你的工作帶來新的啟示，就算沒有，它們仍然提供了你閱讀的樂趣，因為它們確實讓我享受到了這種樂趣。

彼得・亞伯拉罕：完美的犯罪／Abrahams, Peter: A Perfect Crime

彼得・亞伯拉罕：光滅／Abrahams, Peter: Lights Out

彼得・亞伯拉罕：降壓／Abrahams, Peter: Pressure Drop

彼得・亞伯拉罕：九號革命／Abrahams, Peter: Revolution #9

詹姆斯・艾吉：家庭中的一次死亡事件／Agee, James: A Death in the Family

克里斯汀・貝克司：怪物狗的生活／Bakis, Kirsten: Lives of the Monster Dogs

帕特・巴克：再生／Barker, Pat: Regeneration

帕特・巴克：門中之眼／Barker, Pat: The Eye in the Door

帕特・巴克：鬼之路／Barket, Pat: The Ghost Road

李察・包許：在夜晚的季節／Bausch, Richard: In the Night Season

彼得・布勞尼爾：入侵者／Blauner, Peter: The Intruder

保羅・包爾斯：遮蔽的天空／Bowles, Paul: The Sheltering Sky

T・克萊夫森・鮑爾：玉米餅窗簾／Boyle, T. Coraghessan: The Tortilla Curtain

比爾・布萊森：別跟山過不去／Bryson, Bill: A Walk in the Woods

克利斯多夫・巴克利：多謝你抽菸／Buckley, Christopher: Thank You for Smoking

瑞蒙・卡佛：我打電話的地方／Carver, Raymond: Where I,m Calling from

邁可・察本：少年狼人／Chabon, Michael: Werewolves in Their Youth
溫莎・卻爾頓：零緯度／Chorlton, Windsor: Latitude Zero
邁可・康納利：詩人／Connelly, Michael: The Poet
喬瑟夫・康拉德：黑暗之心／Conrad, Joseph: Heart of Darkness
K. C. 康士坦丁：家庭價值／Constantine, K.C.: Family Values
唐・狄尼羅：黑社會／DeLillo, Don: Underworld
尼爾森・德米勒：大教堂／DeMille, Nelson: Cathedral
尼爾森・德米勒：黃金海岸／DeMille, Nelson: The Gold Coast
查爾斯・狄更斯：孤雛淚／Dickens, Charles: Oliver Twist
史蒂芬・杜賓斯：共同的屠殺／Dobyns, Stephen: Common Carnage
史蒂芬・杜賓斯：死亡女孩的教堂／Dobyns, Stephen: The Church of Dead Girls
羅狄・多莉斯：走進門裡的女孩／Doylc, Roddy: The Woman Who Walked into Doors
史戴利・艾金：狄克吉布森秀／Elkin, Stanley: The Dick Gibson Show
威廉・福克納：出殯現形記／Faulkner, William: As I Lay Dying
艾力克斯・葛藍：海灘／Garland, Alex: The Beach
伊莉莎白・喬治：他心中的詭計／George, Elizabeth: Deception on His Mind

泰斯・喬瑞森：重力／Gerritsen, Tess: Gravity

威廉・高汀：蒼蠅王／Golding, William: Lord of the Flies

妙麗・葛瑞：火爐／Gray, Muriel: Furnace

葛蘭姆・葛林：職業殺手／Greene, Graham: A Gun for Sale (aka This Gun for Hire)

葛蘭姆・葛林：哈瓦那特派員／Greene, Graham: Our Man in Havana

大衛・霍伯斯坦：五〇年代／Halberstam, David: The Fifties

彼得・漢米爾：史納崔事件的原因／Hamill, Pete: Why Sinatra Matters

湯瑪斯・哈里斯：人魔／Harris, Thomas: Hannibal

肯特・哈如夫：單聲聖歌／Haruf , Kent: Plainsong

彼得・霍格：情繫冰雪／Hoeg, Peter: Smilla,s Sense of Snow

史蒂芬・杭特：骯髒的白男孩／Hunter, Stephen: Dirty White Boys

大衛・伊格納修斯：火力攻擊／Ignatius, David: A Firing Offense

約翰・厄文：寡居的一年／Irving John: A Widow for One Year

葛拉罕・喬伊絲：牙仙子／Joyce, Graham: The Tooth Fairy

亞倫・賈德：惡魔的傑作／Judd, Alan: The Devil,s Own Work

羅傑・卡恩：好到可作夢／Kahn, Roger: Good Enough to Dream

瑪莉・卡爾：大說謊家俱樂部／Karr, Mary: The Liars, Club
傑克・卡秋：生活的權利／Ketchum, Jack: Right to Life
塔比莎・金：生還者／King, Tabitha: Survivor
塔比莎・金：水中的天空（未出版）／King, Tabitha: The Sky in the Water (unpublished)
芭芭拉・金索爾沃：毒木聖經／Kingsolver, Barbara: The Poisonwood Bible
強・克拉庫爾：巔峰／Krakauer, Jon: Into Thin Air
哈波・李：梅崗城故事／Lee, Harper: To Kill a Mockingbird
伯納德・李福科威茲：我們的人／Lefkowitz, Bernard: Our Guys
班特利・利特：忽略／Little, Bentley: The Ignored
諾曼・麥克林：大河戀／Maclean, Norman: A River Runs Through It and Other Stories
桑莫賽特・毛姆：月亮與六便士／Maugham, W. Somerset: The Moon and Sixpence
戈馬克・麥卡錫：草原城市／McCarthy, Cormac: Cities of the Plain
戈馬克・麥卡錫：橫渡／McCarthy, Cormac: The Crossing
法蘭克・麥考特：安琪拉的灰燼／McCourt, Frank: Angela,s Ashes
艾麗斯・麥德莫：迷人的比利／McDermott, Alice: Charming Billy
傑克・麥克戴維特：蠻荒海岸／McDevitt, Jack: Ancient Shores

伊恩・麥克尤恩：愛到永遠／McEwan, Ian: Enduring Love
伊恩・麥克尤恩：泥地花園／McEwan, Ian: The Cement Garden
賴瑞・麥可莫特瑞：交易男人的散步／McMurtry, Larry: Deal Man,s Walk
賴瑞・麥可莫特瑞和黛安娜・歐莎娜：查克與尼德／McMurtry, Larry, and Diana Ossana: Zeke and Ned
華特・米勒：萊柏威茲頌歌／Miller, Walter M.: A Canticle for Leibowitz
喬依絲・卡蘿・奧茲：殭屍／Oates, Joyce Carol: Zombie
提姆・歐布萊恩：鬱林湖失蹤紀事／O,Brien Tim: In the Lake of the Woods
史都華・歐耐：速度皇后／O,Nan, Stewart: The Speed Queen
麥可・翁達傑：英倫情人／Ondaatje, Michael: The English Patient
理查・諾斯・派特森：沒有安全的地方／Patterson, Richard North: No Safe Place
理查・普萊斯：捍衛自由／Price, Richard: Freedomland
安妮・普露：斷背山：懷俄明州故事集／Proulx, Annie: Close Range: Wyoming Stories
安妮・普露：真情快遞／Pronlx, Annie: The Shipping News
安娜・昆德蘭：親情無價／Quindlen, Anna: One True Thing
露絲・藍黛兒：一睹為樂之事／Rendell, Ruth: A Sight for Sore Eyes
法蘭克・羅賓遜：等待／Robinson, Frank M.: Waiting

J.K. 羅琳：哈利波特與消失的密室／Rowling, J.K.: Harry Potter and the Chamber of Secrets

J. K. 羅琳：哈利波特與阿茲卡班的逃犯／Rowling, J. K.: Harry Potter and the Prisoner of Azakaban

J. K. 羅琳：哈利波特與神祕的魔法石／Rowling, J. K.: Harry Potter and the Sorcerer,s Stone

理察・魯索：摩霍克族／Russo, Richard: Mohawk

約翰・柏罕・史瓦茲：保留道路／Schwartz, John Burham: Reservation Road

維克拉姆・塞斯：合適的男孩／Seth, Vikram: A Suitable Boy

歐文・蕭：幼獅／Shaw, Irwin: The Young Lions

理察・史洛金：火山口／Slotkin, Richard: The Crater

迪尼塔・史密斯：幻影者／Smith, Dinitia: The Illusionist

史考特・史賓塞：身著黑衣的男人 Spencer, Scott: Men in Black

華萊士・史達格納：喬・希爾：Stegner, Wallace: Joe Hill

唐娜・塔特：神祕歷史／Tartt, Donna: The Secret History

安・泰勒：補綴的星球／Tyler, Anne: A Patchwork Planet

寇特・馮內果：戲法／Vonnegut, Kurt: Hocus Pocus

艾芙琳・渥夫：夢斷白莊／Waugh, Evelyn: Brideshead Revisited

唐諾・韋斯雷克：斧頭／Westlake, Donald E.: The Ax

國家圖書館出版品預行編目 (CIP) 資料

史蒂芬・金談寫作 / 史蒂芬・金（Stephen King）著；石美倫譯．-- 四版．-- 臺北市：商周出版：英屬蓋曼群島商家庭傳媒股份有限公司城邦分公司發行，2023.06
面；　公分
譯自：On writing : a memoir of the craft
ISBN 978-626-318-696-5（平裝）

1.CST：金（King, Stephen, 1947-）2.CST：回憶錄 3.CST：作家 4.CST：寫作法 5.CST：美國

785.28　　91002510

史蒂芬・金談寫作

原　書　者 / On writing : A Memoir of the Craft
作　　者 / 史蒂芬・金 Stephen King
譯　　者 / 石美倫
責任編輯 / 王筱玲
版　　權 / 吳亭儀、林易萱、顏慧儀
行銷業務 / 周佑潔、林秀津、黃崇華、賴正祐、郭盈均
總　編　輯 / 陳美靜
總　經　理 / 何飛鵬
事業群總經理 / 黃淑貞
發　行　人 / 何飛鵬
法律顧問 / 台英國際商務法律事務所 羅明通律師
出　　版 / 商周出版
臺北市 104 民生東路二段 141 號 9 樓
電話：(02) 2500-7008　傳眞：(02) 2500-7759
E-mail：bwp.service@cite.com.tw
發　　行 / 英屬蓋曼群島商家庭傳媒股份有限公司　城邦分公司
臺北市 104 民生東路二段 141 號 2 樓
讀者服務專線：0800-020-299　24 小時傳眞服務：(02) 2517-0999
讀者服務信箱 E-mail：cs@cite.com.tw
劃撥帳號：19833503　戶名：英屬蓋曼群島商家庭傳媒股份有限公司城邦分公司
訂購服務 / 英書虫股份有限公司客服專線： (02) 2500-7718；2500-7719
服務時間：週一至週五上午 09:30-12:00；13:30-17:00
24 小時傳眞專線：(02) 2500-1990；2500-1991
劃撥帳號：19863813　戶名：書虫股份有限公司
E-mail: service@readingclub.com.tw
香港發行所 / 城邦（香港）出版集團有限公司
香港灣仔駱克道 193 號東超商業中心 1 樓
E-mail: hkcite@biznetvigator.com
電話：(852) 2508-6231　傳眞：(852) 2578-9337
馬新發行所 / 城邦（馬新）出版集團
Cite (M) Sdn. Bhd.
41, Jalan Radin Anum, Bandar Baru Sri Petaling, 57000 Kuala Lumpur, Malaysia.
電話：(603) 9057-8822　傳眞：(603) 9057-6622　E-mail: cite@cite.com.my
封面設計 / 黃宏穎
美術編輯 / 李京蓉
印　　刷 / 韋懋實業有限公司
總　經　銷 / 聯合發行股份有限公司
新北市 231 新店區寶橋路 235 巷 6 弄 6 號 2 樓
電話：(02) 2917-8022　傳眞：(02) 2911-0053

■ 2023 年 6 月 8 日四版 1 刷　　Printed in Taiwan

定價 450 元
ISBN 978-626-318-696-5

城邦讀書花園
www.cite.com.tw